Oceani. 210

Victoria Belim
La Casa del Gallo
Un segreto di famiglia in Ucraina

traduzione di Tiziana Lo Porto

La nave di Teseo

Titolo originale: *The Rooster House*

Disegno della mappa: David Andrassy

ISBN 978-88-346-1389-4

Prima edizione La nave di Teseo giugno 2023

Finito di stampare nel mese di giugno 2023
presso PuntoWeb S.r.l., Via Variante di Cancelliera snc – Ariccia (RM)

La Casa del Gallo

Pavlo *e* Uliana

Nicodim
Odarka
Ivan
Fedir
Oksana
Mykyta
Nestir

Dmitry *e* Daria

Vladimir
Valery

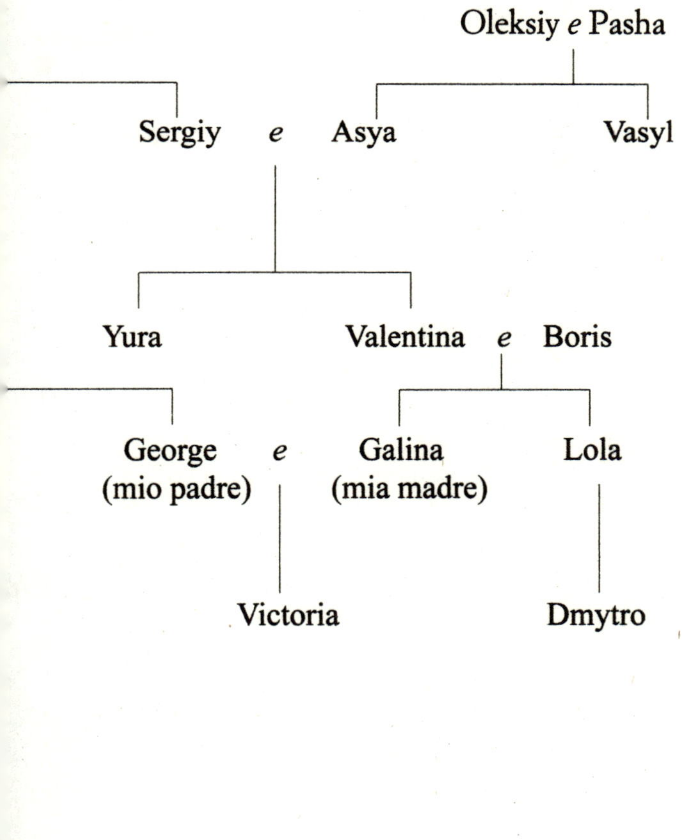

Oleksiy *e* Pasha
Sergiy *e* Asya
Vasyl
Yura
Valentina *e* Boris
George (mio padre) *e* Galina (mia madre)
Lola
Victoria
Dmytro

Luoghi ucraini nominati nel libro

Hadiatch
Kharkiv
Poltava
Krutyy Bereh
Reshetylivka
Mykhailivka
Maiachka
Petrykivka
Donetsk
Mariupol
Crimea

In memoria di mia nonna Valentina (1934-2021)

Chi siamo? Da quali padri siamo nati?
Taras Shevchenko

Mentre è chiaro che se vogliamo cominciare a vivere nel presente, dobbiamo cominciare col mettere in gioco il nostro passato, liberarcene.
Anton Cechov, *Il giardino dei ciliegi*

Prologo

Ho apportato le revisioni finali alla *Casa del Gallo* nell'agosto del 2022 e, nel rileggere il manoscritto sullo sfondo delle recenti notizie dall'Ucraina, sono rimasta nuovamente colpita dall'urgenza che ho sentito nello scrivere questo libro. Il mio ritratto del paese è personale, e traccia la mia storia contro quell'ondata di marea che è la storia dell'Ucraina. Allo stesso tempo, il libro rivela la natura complicata dell'identità ucraina e il difficile rapporto del paese con il suo passato sovietico. Da questa prospettiva, *La Casa del Gallo* spiega il contesto in cui si svolge l'attuale guerra.

Il 2014 è stato un anno che mi ha cambiato la vita e i suoi eventi mi hanno fatto capire l'intensità del mio legame con il luogo in cui sono nata, anche se non ci vivevo da anni. L'annessione della Crimea ha mostrato quanto facilmente l'ordine mondiale possa essere invertito e quanto siano fragili gli accordi stipulati dagli stati-nazione. Mi ha anche rivelato la complessità della storia dell'Ucraina, influenzata dalla sua geografia come "terra di confine". Situata tra la Russia e l'Unione Europea, l'Ucraina non può evitare di essere tirata in una o nell'altra direzione. A volte l'oscillazione significa un vibrante scambio di idee. Altre volte si trasforma in una catastrofe, come è successo nel 2014.

Quell'anno sono tornata nel paese dove avevo vissuto i primi quindici anni della mia vita per stare con mia nonna Valentina e riscoprire l'Ucraina. I viaggi che ho fatto da allora al 2019 hanno fornito l'ispirazione per *La Casa del Gallo*.

Nel rileggere *La casa del gallo* adesso, trovo un'eco tra le vecchie guerre e quella ancora in corso, un'eco che spero, malgrado la sua natura triste, risuonerà ancora più potente per i lettori che desiderano capire il paese che chiamo casa. Laddove il futuro rimane incerto, la resilienza dell'Ucraina mi fa sperare che uscirà vittoriosa da questa guerra.

Ho deciso di scrivere *La Casa del Gallo* con il cognome della mia bisnonna Asya, Belim, usando l'ortografia che preferiva, per onorare una delle donne più influenti della mia vita e colei che mi ha ispirata a scrivere le nostre storie. Mentre i nomi dei membri della mia famiglia sono reali, alla luce dell'attuale situazione in Ucraina, i nomi di alcune persone nel libro sono stati cambiati per rispettarne la privacy.

Prima parte
Verso la riva ucraina

Uno

Io e zio Vladimir abbiamo litigato un mese dopo che il suo omonimo ha annesso la Crimea. Alle tre del mattino, ora di Tel Aviv, mi ha inviato il suo ultimo messaggio dicendo che la nostra famiglia doveva essere grata all'Unione Sovietica. Quando alle otto del mattino a Bruxelles ho letto l'e-mail di mio zio, non ho quasi notato che il suo avatar Skype era diventato grigio e senza vita e che il suo profilo Viber non mostrava più la sua foto nella posa del loto.

La mia attenzione era attratta dal messaggio di Vladimir. In passato aveva scritto molte cose offensive: che l'America mi aveva fatto il lavaggio del cervello; che il capitalismo americano aveva ucciso mio padre. Ma a colpire un nervo scoperto adesso era l'idea che noi, intendendo con noi la nostra famiglia, dovevamo essere grati all'Unione Sovietica. Il pensiero che qualcuno potesse desiderare un regime il cui nome era sinonimo di totalitarismo mi sembrava osceno. Non riuscivo a credere che mio zio, appassionato praticante di yoga e fotografo entusiasta, avesse finito per giustificare le atrocità dell'Unione Sovietica. L'URSS aveva violato così spietatamente il mio albero genealogico, decimandoci in guerre, carestie ed epurazioni, che avevamo pagato a caro prezzo i sette decenni di socialismo sovietico. Più passavo al setaccio i ricordi della mia infanzia sovietica in Ucraina e più ricordavo lo squallore della nostra vita negli anni ottanta, più mi si serrava la gola e mi pulsavano le tempie. Ho chiuso il portatile, sono andata alla finestra e ho premuto la fronte contro il vetro freddo.

Gli edifici dai tetti spioventi di Bruxelles luccicavano dopo la pioggia recente e alcune nuvole pesanti incombevano ancora su una linea scura di alberi in lontananza che segnava i confini esterni della città. Ho espirato lentamente sul vetro, guardando i tetti rossi sfumare in un arancione pallido. Dopo pochi secondi, però, la nebbia del mio respiro si è diradata e tutto è tornato in vita più vivido di prima. Ma i miei pensieri sono rimasti nel caos.

Vladimir era il fratello maggiore di mio padre. Avevo perso mio padre tre anni prima e Vladimir rimaneva l'unico legame con quel lato della mia famiglia. Eravamo nati nello stesso paese, l'Ucraina. Parlavamo la stessa lingua, il russo. Ognuno di noi adesso viveva in posti dove nessuno ci conosceva da bambini, come amava dire Vladimir. Eppure, quando litigavamo, avremmo potuto benissimo provenire da due pianeti differenti. Ero emigrata dall'Ucraina a Chicago a quindici anni e Vladimir a Tel Aviv a cinquantacinque anni, ma lui era rimasto nella sua galassia sovietica. La sua Unione Sovietica non somigliava affatto a quella che conoscevo. Per me l'Unione Sovietica era privazione e scaffali vuoti. La sua era potenza nucleare e un forte esercito. La mia Unione Sovietica era stata il crollo degli anni ottanta e il disastro di Chernobyl. La sua era il boom degli anni cinquanta e la missione di Yuri Gagarin, il primo uomo nello spazio. Il fatto che Vladimir si aspettasse che fossi grata a uno di quei sindacati sovietici mi stupiva.

Avevamo avuto diversi comunisti tesserati in famiglia e il mio bisnonno materno si definiva orgogliosamente bolscevico. Ma quegli stessi comunisti nel 1991 avevano votato a favore dell'indipendenza dell'Ucraina, così come il mio bisnonno bolscevico. Nessuno aveva desiderato l'Unione Sovietica. Ho sempre pensato alla nostalgia come a una malattia e alla nostalgia sovietica come a una patologia speciale, e il caso di Vladimir mi turbava. Le persone normali non dovrebbero sentire la mancanza delle file per il cibo, dei blackout e delle continue carenze di qualcosa. Le persone sane non dovrebbero desiderare ardentemente un regime che ha rovesciato tutti i valori umani e ucciso e imprigionato milioni di suoi sudditi. Lo stesso Vladimir era stato arrestato per avere duplicato i nastri dei Beatles, così se c'era qualcuno che aveva subito il lavaggio del cervello, quel qualcuno era lui.

Se la mia conversazione con Vladimir fosse avvenuta in un altro momento, avrei ignorato i suoi commenti. Aveva circa settant'anni e molte persone della generazione dei miei nonni avevano opinioni e idee che non riuscivo a capire. Me la prendevo per le sue diatribe antiamericane, ma la televisione russa gli faceva guardare il mondo in termini di quinte colonne e subdole cospirazioni. Di solito deviavo le conversazioni dalla politica allo yoga, un interesse che condividevamo. Oppure gli chiedevo di guardare insieme i film muti che aveva girato da giovane e che stava gradualmente digitalizzando. Nell'ultimo che aveva restaurato c'ero io, esistente ma non ancora nata. Vladimir aveva girato il filmino durante una vacanza in campeggio con la famiglia: mia madre incinta con la mano sulla pancia, che immerge le dita dei piedi nel fiume e guarda timidamente in camera; mio padre che tira fuori dall'acqua un grosso pesce luccicante. La telecamera li inquadra muovendosi da mio padre a mia madre mentre lui le passa il pesce da pulire. La telecamera inquadra il viso pallido di mia madre incorniciato da un caschetto nero e ci mostra la sua smorfia. Vladimir stava lavorando alla seconda parte del filmato che ripercorreva la mia infanzia fino al 1986, l'anno in cui è esplosa la centrale di Chernobyl e i miei genitori hanno divorziato.

Eppure, mentre Vladimir propagandava la sua nostalgia sovietica, l'Ucraina veniva fatta a pezzi nel nome della ricostruzione della cortina di ferro. Un'altra cosa che Vladimir aveva in comune con Putin era la sua convinzione che la fine dell'Unione Sovietica fosse "la più grande catastrofe del secolo".

Se mio zio non fosse stato così fissato con gli Stati Uniti come fonte di tutti i mali, avrebbe potuto dare la colpa alla mia nuova casa, Bruxelles, perché tutto era iniziato con un documento inventato nella sede dell'UE in fondo alla strada dove abitavo io. Avrebbe potuto fare risalire la tragedia a un accordo che stabiliva i termini della collaborazione e del commercio tra l'UE e l'Ucraina. L'accordo prevedeva un'associazione economica e politica, con l'UE che prometteva di fornire sostegno finanziario, accesso preferenziale ai mercati e l'eventuale uniformità degli standard legali e della politica di difesa. Le ricche risorse agricole dell'Ucraina e la sua posizione strategica sulla frontiera orientale dell'UE ne facevano un partner interessante. Ma agli occhi della Russia, l'apertura all'Occidente del paese vicino appariva minacciosa e provocatoria, perché significava la perdita di influenza e controllo sull'Ucraina, un territorio importante nella politica russa sin dai tempi degli zar. Se l'accordo di associazione fosse stato firmato, forse non sarebbe cambiato molto, tanto meno per l'Ucraina, perché solo i più ottimisti potevano sperare che questo pezzo di carta aprisse le porte dell'ingresso nell'UE a un paese post-sovietico disfunzionale.

Ma l'accordo non è stato firmato. L'allora presidente ucraino Viktor Yanukovych ha sorriso falsamente durante gli incontri con i funzionari dell'UE e ha nicchiato su argomenti come la libertà e la democrazia. Poi, nel novembre 2013, ha accettato un prestito di salvataggio dalla Russia e ha consegnato all'UE un accordo non firmato. Quando si è diffusa la notizia, molti ucraini si sono indignati. Anche se l'accordo non avrebbe cambiato molto, rappresentava comunque una svolta verso l'Occidente e il sogno di una vita senza la corruzione dilagante e la costante ingerenza della Russia. "Adesso non cambierà più niente," aveva detto mia madre al telefono da Chicago, deglutendo a fatica e tirando su col naso. Avevamo guardato i servizi televisivi che mostravano studenti che si radunavano a Maidan Nezalezhnosti, la piazza centrale di Kiev, per protestare contro l'improvviso voltafaccia di Yanukovich. "In Ucraina non cambia mai niente," ripeteva mia madre ogni volta che parlavamo, la voce resa fragile dalla disperazione. È arrivato il Natale e gli studenti continuavano a presidiare Maidan durante i giorni più freddi dell'inverno ucraino. "Dove porterà tutto questo?" mi chiedeva mia madre, ma io non sapevo cosa risponderle.

L'inizio delle proteste di Maidan mi ricordava la rivoluzione arancione del 2004, nata per contestare la frode elettorale commessa da Yanukovich. Quella rivoluzione si era esaurita tra le stesse accuse di corruzione che avevano afflitto tutte le presidenze ucraine. Non potevo lasciarmi coinvolgere in un'altra rivoluzione che probabilmente sarebbe finita allo stesso modo, e io e Vladimir eravamo d'accordo sul fatto che dare un senso alla politica ucraina fosse un affare ingrato. Avevo studiato scienze politiche e avevo persino scritto una tesi sui modelli di corruzione nel mondo post-comunista, ma l'Ucraina continuava a lasciarmi perplessa. Il luogo dove ero nata era rimasto una terra lontana, sconosciuta.

Ma che riuscissi o meno a capire l'Ucraina, gli eventi di Maidan hanno finito per assorbirmi. Quando le forze governative hanno attaccato i manifestanti, il raduno è cresciuto, attirando persone di ogni classe e provenienza. La risposta del governo è diventata brutale ed è culminata con la fucilazione dei manifestanti da parte dei cecchini.

Guardavo il filmato del telegiornale in stato di shock. Le immagini surrealmente esplicite di pozzanghere rosse sui marciapiedi, fori di proiettile e pneumatici di auto in fiamme non si registravano nella mia mente come Maidan. La mia Maidan era un posto diverso.

"Vediamoci a Maidan." Anche se io e la mia compagna di scuola Alyona abitavamo a pochi passi l'una dall'altra, attraversavamo la città per andare a Khreshchatyk, una strada lunga un miglio nel centro di Kiev, dove si trovava Maidan. Ci sedevamo sui caldi gradini di pietra della piazza e guardavamo la folla colorata di studenti, famiglie e turisti affrettarsi davanti a noi. Ci immaginavamo parte di quell'energia, allegria e glamour. Il giorno prima che partissi per gli Stati Uniti, nel 1994 – tre anni dopo l'indipendenza dell'Ucraina – io e Alyona siamo andate a Maidan, abbiamo comprato un gelato al cioccolato da un chiosco sulla strada e lo abbiamo mangiato passeggiando per la piazza. Alyona indossava un vestito blu cobalto con un colletto di velluto che la faceva sembrare la femme fatale che avrebbe voluto essere. Io avevo un rossetto al mirtillo rosso che mi sanguinava agli angoli della bocca e mi faceva sembrare l'adolescente goffa che non avrei voluto essere. I castagni fiorivano di un rosa scuro, come accadeva solo a Khreshchatyk, e sembrava che la primavera non finisse mai.

Nel 2014 sembrava che la primavera non fosse mai arrivata. Le figure sullo schermo barcollavano e si scontravano l'una con l'altra. La telecamera correva dietro di loro, fendendo il fumo nero, e poi ha catturato le ombre dei cecchini. Il suono degli spari ha rimbalzato ed echeggiato nella mia stanza a Bruxelles. Il battito del mio cuore mi ha assordata. Quando qualcosa di nostro, qualcosa che davamo per scontato fosse nostro, viene distrutto sotto i nostri occhi, anche noi veniamo distrutti. Assistendo agli spari su Maidan, mi sono aggrappata ai miei ricordi dell'Ucraina nel tentativo di ripristinare ciò che era mio e parte di me.

Alyona stava protestando contro Maidan, mi chiedevo? C'eravamo tenute in contatto per alcuni anni dopo che avevo lasciato l'Ucraina, ma poi le nostre lettere si erano accorciate e alla fine si erano interrotte. Ricordavo dove abitava Alyona a Kiev, ma non sapevo cosa ne fosse stato di lei.

A mano a mano che le relazioni tra Ucraina e Russia diventavano tese, pensavo comunque che il conflitto non avrebbe mai colpito la mia famiglia. Anche dopo i fatti di Maidan, non immaginavo che la Russia avrebbe intrapreso una guerra. E anche ammettendo l'improbabile evento della guerra, ero sicura che un conflitto tra Russia e Ucraina non avrebbe potuto spezzare le radici intrecciate della mia famiglia. Il ramo ucraino della mia famiglia aveva origini rom e forse ebraiche, e quello russo aveva fatto proprio lo slogan comunista "l'amicizia dei popoli" perché per via di vari matrimoni una buona metà delle repubbliche dell'Unione erano apparse nel mosaico umano della mia famiglia.

A casa parlavamo russo, a eccezione dei miei bisnonni materni Asya e Sergiy, che parlavano ucraino. Non lo prendevo come un segno di differenza etnica, perché Asya e Sergiy vivevano in un villaggio e il resto di noi a Kiev; in Unione Sovietica le città parlavano russo e i villaggi le lingue locali delle repubbliche. Sia mio padre, di etnia russa, che Vladimir conoscevano l'ucraino e sapevano recitare i versi del bardo nazionale Taras Shevchenko meglio di mia madre che era di etnia ucraina. Alcuni dei nostri parenti parlavano azero, armeno, yiddish, polacco e bielorusso. Nuove usanze e tradizioni apparivano mentre nuovi matrimoni e amicizie portavano ulteriori colori e culture alla nostra variegata famiglia. Ero così confusa su cosa avrei dovuto inserire nella colonna della nazionalità sui moduli obbligatori che compilavamo a scuola, che la lasciavo vuota, con grande costernazione del mio insegnante. Non mi è stato insegnato a pensare alle persone in termini di etnia, lingua o razza e non sono stata educata a identificarmi con un gruppo particolare. Mi ci sono voluti anni per imparare che non era la norma, ma non ho mai perso la convinzione che dovrebbe esserlo.

Quando ci siamo trasferiti a Chicago, la mia identità personale è rimasta vaga come sempre. Mi mancavano i miei amici e i miei nonni in Ucraina. Mi mancava Kiev e la giustapposizione della sua crudezza sovietica con lo splendore medievale dalle cupole dorate. Sono diventata depressa e scrivevo poesie sulla morte e sulla futilità della vita. Mia madre e il mio patrigno erano impegnati ad adattarsi alla loro nuova vita, e io sono stata lasciata a me stessa per sopravvivere a questo periodo di transizione da un paese all'altro, dall'infanzia all'età adulta. Ma in poco tempo ho trovato molto da amare nel mio nuovo paese. Crescendo nei sobborghi di Chicago negli anni novanta, ho assorbito l'idea americana di melting pot e identità poliedrica. Non sentivo il bisogno di definirmi. Quando le persone mi chiedevano da dove venivo, rispondevo "Russia". La maggior parte degli americani che avevo conosciuto sapeva l'abc della storia sovietica, ma ignorava del tutto l'Ucraina. Mia madre era ucraina, mio padre russo, e dato che in URSS l'etnia veniva tramandata dalla parte paterna, avrei potuto tranquillamente essere russa.

Niente di tutto ciò aveva importanza all'interno della nostra famiglia. Né il crollo dell'Unione Sovietica né l'emigrazione avevano alterato l'approccio aperto e tollerante della mia famiglia nei confronti della diversità, e non mi aspettavo che l'ennesima crisi politica in Ucraina lo avrebbe fatto.

Ma quando l'esercito russo è apparso in Crimea, la situazione tra me e Vladimir ha cominciato a farsi tesa. Più leggevo le notizie – e le leggevo ogni ora – meno il mio corpo si sentiva come se mi appartenesse. Non riuscivo a trattenermi dal guardare quel filmato cupo, cercando la speranza in qualcosa, qualsiasi cosa, che avrebbe impedito agli eventi di precipitare fuori controllo. Ma i carri armati sono entrati, uomini in uniformi verdi anonime hanno mantenuto le loro posizioni e il panico mi ha invasa.

"Non prendertela così tanto. La penisola è stata donata all'Ucraina da Krusciov," ha detto Vladimir. Era il suo tentativo di confortarmi. Quando io e Vladimir ci siamo collegati su Skype, avevamo in mente la Crimea, e lui ha fatto riferimento all'atto del 1954, quando il segretario generale rese la penisola parte della Repubblica sovietica ucraina. "I crimeani sono russi, come noi."

Volevo aggiungere che io ero mezza ucraina, ma non l'ho fatto, perché la guerra non riguardava l'etnia, nonostante i tentativi di renderla diversa, e comunque resistevo alle etichette.

"Ti stai dimenticando dei residenti originari, i tatari," ho detto. "I residenti originari erano i greci," ha risposto Vladimir.

"Be', Stalin ha deportato sia i greci che i tartari dopo la seconda guerra mondiale," ho ribadito con impazienza.

"E quando l'Ucraina si è staccata dall'Unione Sovietica, ha voluto con sé la Crimea e non ha chiesto alla gente cosa volesse. Ci hai pensato?" Vladimir ha alzato la voce e non si è preoccupato più di consolarmi. Ancora una volta non ero d'accordo con la lettura della storia di mio zio, perché nel 1991 l'Ucraina aveva tenuto un referendum sull'indipendenza e tutte le regioni, inclusa la Crimea, avevano votato per lasciare l'URSS. Per essere onesti, in Crimea la proporzione era minore che altrove, ma non l'ho detto a Vladimir dato che comunque non mi ascoltava.

"Dai la colpa ai crimeani per avere sostenuto Putin?" ha continuato.

"Perché difendi Putin?" ho chiesto. "Proprio a Tel Aviv!"

"Sono russo."

"Da quando hai lasciato l'Ucraina, a quanto pare sei diventato più russo. Ma dove sei nato? Dove hai trascorso la maggior parte della tua vita? In Ucraina!"

Vladimir guardava in basso nell'angolo sinistro del suo schermo. Era tutto articolazioni affilate, testa calva e guance infossate. Asceticamente magro, sembrava un monaco stilita, ma quando dicevo qualcosa che lo turbava, come adesso, storceva la bocca in un sorriso storto che lo faceva somigliare a un elfo irascibile.

"Quando ascolto i discorsi dei politici americani ed europei, sono stupito dalla loro ignoranza sulla storia dell'Ucraina," ha detto alla fine Vladimir. "I loro discorsi non sono altro che balbettii infantili."

"Anche gli ucraini conoscono a malapena la loro storia, per cui che ti aspetti dagli altri?" ho detto. Vladimir ha annuito e, sollevato dal fatto che potessimo ancora essere d'accordo su qualcosa, siamo passati a parlare di film e di come la telecamera vedesse più dell'occhio.

Quel giorno mi sono resa conto di quanto la guerra fosse diventata una tragedia personale. Il conflitto in Ucraina riguardava il controllo, non l'etnia o la lingua. Eppure, etichette come filo-russo, filo-ucraino, di lingua russa, di lingua ucraina o filo-europeo erano diventate una scorciatoia per assumere una posizione politica. Per la prima volta nella mia vita, ci si aspettava che mi schierassi e mi definissi con un'etichetta, eppure non riuscivo a tirare fuori i fili ucraini o russi dall'arazzo della mia identità. E poi non ero sicura della mia posizione politica, se non per il fatto che categoricamente non volevo un ritorno in URSS.

Eppure all'epoca non ero sicura di volere tornare in Ucraina. Mia madre andava in visita ogni anno da quando ci eravamo trasferiti negli Stati Uniti, trascorrendo l'estate con Valentina, sua madre e mia nonna, ma non sempre potevamo permetterci un biglietto aereo transatlantico per entrambe. Nelle rare occasioni in cui sono partita anche io, mi sono sentita più straniera a Kiev che a Chicago. L'Unione Sovietica dove avevo vissuto per i primi tredici anni della mia vita era scomparsa e l'Ucraina che ne aveva preso il posto mi sembrava sconosciuta. Dopo vent'anni negli Stati Uniti, mi ero trasferita con mio marito in Belgio e adesso tornavo sui miei passi verso il vecchio mondo che la mia famiglia aveva lasciato con pochi rimpianti. Pensavo che sarei andata in Ucraina più spesso. Non l'ho fatto. "Partire è difficile, così come tornare," ha detto Valentina. Non capivo cosa intendesse. Tutto quello che sapevo era che era abbastanza complicato arrivare, e lo era ancor di più fare i conti con ciò che si era lasciato alle spalle.

Alla fine, non ho avuto scelta in merito, perché l'Ucraina è tornata da me. Il tempo si resetta da solo, riavvolgendo gli anni trascorsi in Belgio e in America come se non fossero mai accaduti. L'Ucraina che non ho mai rivendicato mi ha presa e ha riempito i miei pensieri e i miei vuoti con i suoi ricordi. I punti di riferimento familiari della mia infanzia – il nostro vecchio appartamento a Kiev, i castagni di Khreshchatyk e la casa color pesca dei miei bisnonni a Bereh – mi sono apparsi più lucidi degli edifici fuori dalla mia finestra a Bruxelles. Questi ricordi luminosi che balenavano contro la notizia della carneficina in Ucraina erano strazianti, ma io li cercavo, evocando i minimi dettagli, come quando si preme un livido che pulsa per vedere quanto dolore si può sopportare. La sparatoria di Maidan ha dissipato la mia illusione che l'Ucraina fosse lontana. Poi la decisione di Putin di usare la forza militare in Ucraina, sancita dal parlamento russo il 1° marzo 2014, ha mandato in frantumi le mie idee sbagliate sulla guerra. La guerra stava arrivando.

Come la maggior parte dei bambini sovietici, sono cresciuta con i ricordi dei miei nonni della seconda guerra mondiale. "Se solo non ci fosse la guerra," era un mantra che ripetevano. Ogni altra catastrofe poteva essere superata, dicevano, ma sopravvivere alla guerra era peggio della morte.

La guerra sovietico-afghana mi aveva dato il primo indizio di ciò che intendevano i miei nonni. Per quanto lontane fossero le battaglie, i veterani che tornavano dalle montagne dell'Afghanistan portavano con sé la guerra. A volte li vedevamo accigliati, senza arti, suonare la fisarmonica per strada o parlare ad alta voce sull'autobus, pronunciare frasi confuse che mi spaventavano. I più terrificanti, tuttavia, erano persone come Danil, l'amico di mio padre. Era stato arruolato nel 1984 e congedato un anno dopo. Alto, dai capelli scuri e straordinariamente bello, si sedeva al nostro tavolo da pranzo con sua moglie Masha e scherzava, affrettandosi verso le battute finali delle sue barzellette e ridendo così forte che non si accorgeva del nostro silenzio. Poi si interrompeva a metà frase e si aggrappava al bordo del tavolo, con le nocche delle dita che diventavano bianche. Le mani e gli occhi di Masha non riuscivano a trovare un posto dove riposare. Mia madre lanciava un'occhiata a mio padre, che fissava implorante Danil. Dopo pochi secondi che duravano un'eternità, Danil si ricomponeva il viso e rideva, scoprendo i denti, ma sua moglie continuava a rispondere farfugliando qualcosa di sconclusionato e mia madre mi diceva di andare a giocare fuori. Non usavamo parole come depressione, ansia o disturbo da stress post-traumatico. Dicevamo solo una parola, guerra, e spiegava tutto.

Un giorno Danil e Masha ci hanno invitati a cena da loro. Quando siamo arrivati, siamo stati bloccati da una grande folla e da un'ambulanza. "Un uomo così bello," ha detto qualcuno accanto a noi.

"Gli ex soldati hanno sempre pistole."

"Molti di loro tornano turbati."

"No, ha usato il fucile da caccia."

"Lo ha fatto nella vasca da bagno."

"La guerra..."

Mio padre ha spinto da parte la gente e si è affrettato verso la casa. Mia madre mi ha coperto le orecchie e ha premuto il mio viso contro la sua gonna. Le mani le tremavano con una tale violenza che l'anellino di perle che portava al dito mi tirava dolorosamente i capelli. Mi sono liberata dalla presa. Due medici trasportavano una barella coperta da un lenzuolo bianco. Il braccio di una bambola di pezza ondeggiava al ritmo dei loro passi. Masha se ne stava rigida sull'uscio di casa, ma quando ha visto mio padre si è accasciata a terra e ha ululato. Mia madre mi ha afferrato la mano ed è corsa fuori dal cortile, trascinandomi dietro di sé. Lo straziante grido animale di Masha ci ha seguite per il resto del nostro viaggio verso casa.

Avrò avuto appena sette anni quando Danil si è suicidato, ma nel 2014, leggendo della guerra in Ucraina, tremavo ancora al ricordo. L'ululato di Masha viveva in me, e più la guerra diventava reale, più lo sentivo in gola. La guerra è diventata reale ancor prima che venissero sparati i colpi, ma presto è accaduto anche quello e la gente è morta. Dopo che la Russia ha annesso la Crimea, diverse città dell'Ucraina orientale hanno dichiarato l'indipendenza dal governo di Kiev e hanno cercato il sostegno russo. Nuove repubbliche sono apparse dall'oggi al domani, così come nuovi campi di battaglia. Le prime pagine dei giornali erano piene di nomi di città in cui la gente aveva preso d'assalto gli edifici governativi e si era picchiata a vicenda: Kharkiv, Donetsk, Odessa, Mariupol.

Vedendo i punti di riferimento della mia geografia personale sprofondare nel tumulto, ho perso il senso del tempo. Mia madre è nata a Kharkiv, la metropoli più orientale dell'Ucraina, dove mia nonna Valentina studiava geografia. Mio padre una volta aveva portato un pezzo di carbone grezzo da Donetsk, dove aveva lavorato brevemente dopo un infruttuoso periodo di estrazione dell'oro in Siberia. Diceva che era un meteorite; mia madre diceva che era solo un sasso, ma la forma ruvida e luccicante mi affascinava comunque. A Odessa, ho perso il mio orsacchiotto preferito correndo giù per la famosa scalinata Potëmkin ed ero inconsolabile fino a quando più tardi, sulla spiaggia, mio padre mi ha mostrato come i paguri cambiano il loro guscio. A Mariupol, una città famosa per i suoi frutti, io e mia madre abbiamo comprato una sottile piantina di ciliegio per il giardino della mia bisnonna Asya. Gli eventi attuali in Ucraina hanno stemperato tutte le mie emozioni a parte la paura e il panico. Il luogo dove sono nata, dove sono cresciuta, e dove mia nonna ha vissuto, ha sofferto e ho sofferto anch'io. Ogni nuovo attacco di violenza che sconvolgeva l'Ucraina mi risuonava dentro, liberando una marea di immagini e ricordi.

Anche Vladimir lottava con le proprie ansie. Nei giorni buoni, mi inviava per e-mail foto di quando era giovane accompagnate da storie di viaggi attraverso l'Ucraina in sella alla moto di un amico o di lui che costruiva dispositivi per registrare suoni con i suoi fratelli. Più spesso, tuttavia, mi bombardava con link di siti web russi che descrivevano gli eventi in Ucraina come opera di neonazisti e nazionalisti. Quando i ribelli di Donetsk e Lugansk hanno fondato le loro repubbliche separatiste, la propaganda russa è andata in tilt e teneva alta l'attenzione dei suoi telespettatori con una litania di teorie del complotto, atteggiamenti da grande potenza e paranoia. Una volta che Vladimir ha sposato la teoria secondo cui gli eventi in Ucraina erano opera della CIA in collaborazione con i nazionalisti ucraini, le nostre conversazioni hanno iniziato a essere perseguitate dai loro spettri. Un altro bersaglio della sua ira erano gli Stati Uniti. "Perché l'America doveva intromettersi? Perché si intromettono sempre?" Vladimir puntava il dito ossuto verso la telecamera.

Potevo pure avere lasciato gli Stati Uniti, ma era il posto che mi aveva nutrito e provavo un forte affetto per il paese. E poi vedevo il sostegno degli Stati Uniti all'Ucraina come cruciale per impedire alla Russia di invadere il suo territorio. Stavo perdendo la pazienza e a ogni conversazione mi mettevo sempre più sulla difensiva.

"Quando tuo padre ha deciso di trasferirsi in America, gli ho detto quello che pensavo," ha continuato Vladimir. "Gli ho detto che stava commettendo un grosso errore. Se solo tuo padre mi avesse ascoltato..."

La mascella mi si è contratta. "Lascia fuori mio padre, va bene?" ho detto, e ho inventato un postino alla porta come scusa per interrompere la nostra conversazione.

Col passare del tempo, l'Ucraina e la politica hanno cominciato a dominare le nostre discussioni. Nonostante gli scambi fossero diventati sempre più tesi, Vladimir era l'unico legame con la famiglia di mio padre. Pensavo avesse bisogno della mia compagnia perché aveva settant'anni e viveva con sua figlia che era impegnata a fare due lavori. La salute fragile faceva sì che la maggior parte della sua vita sociale fosse online e, da parte mia, desideravo legami familiari in un posto dove non ne avevo. Eppure, a mano a mano che le opinioni di Vladimir diventavano più radicali, non potevo né prevedere né controllare le mie reazioni.

"L'Europa dovrebbe essere grata a Stalin," ha detto un giorno Vladimir. "Se non fosse stato per lui, saremmo stati tutti distrutti da Hitler."

Avevo già sentito Vladimir elogiare Putin e denigrare la democrazia come un modo per legittimare il capitalismo, ma la sua venerazione per Stalin è stata una sorpresa.

"Stalin era come Hitler," ho detto, alzando la voce più di quanto intendessi.

"Ma ha vinto la guerra," ha risposto Vladimir. La guerra, come al solito, giustificava tutto.

"A che costo! L'Unione Sovietica ha perso nove milioni di vite per colpa del suo disprezzo per le persone. Dei dodici fratelli di nonna Daria, i tuoi zii e le tue zie, solo due sono sopravvissuti alla guerra! E quante persone ha ucciso il regime di Stalin? Venti milioni, se non di più!" Una fredda brezza primaverile soffiava da una finestra aperta e faceva tremare le carte sulla mia scrivania, ma l'aria che avevo intorno era calda ed elettrica.

"Sono sopravvissuto alla guerra," ha detto cupamente Vladimir. Non ho detto niente e ci siamo mossi velocemente davanti ai nostri schermi, giocherellando con le angolazioni della telecamera.

"Ma come ho detto, Stalin aveva una guerra da combattere e ha dovuto essere spietato. Ci sono sempre delle conseguenze." Vladimir era di nuovo calmo e raccolto.

"Quale guerra ha combattuto negli anni trenta quando ha fatto morire di fame milioni di contadini in Ucraina?"

"Stai parlando dello Holodomor?" ha chiesto Vladimir, mettendo un'inflessione sarcastica sulla parola che gli ucraini usavano per riferirsi alla Grande Carestia. "Il raccolto è andato a male. La gente è morta di fame in molti altri posti, non solo in Ucraina."

"Ma Stalin ha imposto la disastrosa collettivizzazione e il Partito comunista ha negato gli aiuti alle zone colpite dalla carestia. Ci sono documenti che dimostrano che la carestia è stata creata deliberatamente per spezzare i contadini ucraini che resistevano alle politiche sovietiche."

"È quello che ti insegnano nelle scuole americane?"

Avevo esposto prove e fatti nella mia mente, ma ora le mie argomentazioni si erano trasformate in agitazione.

"Sono cresciuta con persone che se lo ricordavano. Asya e Sergiy l'hanno vissuto e mi hanno raccontato storie al riguardo," ho detto con la voce spezzata.

"Raccontiamo tutti storie, ma a volte siamo noi stessi i primi a non capirne il senso."

Più tardi, Vladimir mi ha mandato per e-mail un articolo di un sito web nazionalista russo dal titolo *La vera storia della carestia ucraina*. Non avrei dovuto aprirlo, ma non ho resistito a infliggermi altro dolore. L'articolo sosteneva che la carestia degli anni trenta era stata inventata dai nazionalisti ucraini in Canada e che gli ucraini si erano aggrappati all'idea di sfruttare il loro essere vittime. Ho dato una scorsa al testo con gli occhi asciutti, sentendo ogni muscolo del mio corpo irrigidirsi.

La carestia ha colpito altre regioni dell'Unione Sovietica, ma l'Ucraina l'ha subita più di tutti. Quattro milioni di ucraini sono morti di fame nello Holodomor del 1932 e del 1933. Ha lasciato cicatrici profonde nei ricordi dei miei bisnonni materni che l'hanno vissuta. La mia bisnonna Asya, da parte di mia madre – che Vladimir ha conosciuto al matrimonio dei miei genitori – lavorava come insegnante in una piccola scuola di un villaggio vicino a Poltava e ha visto i suoi studenti morire uno per uno. Le sue lezioni quotidiane iniziavano dopo avere scavato le tombe per i bambini morti a cui non era rimasto nessun altro a seppellirli. I raccolti venivano confiscati e inviati in altre regioni dell'URSS o per l'esportazione, e le frontiere sono state chiuse per impedire alle persone di lasciare i loro villaggi. Asya all'epoca aveva solo diciotto anni e la paura della fame l'ha ossessionata per il resto della sua vita. Una volta ho buttato via un barattolo di marmellata ammuffita e quando la mia bisnonna l'ha scoperto era livida. Ha urlato che ero una mocciosa viziata che sprecava cibo e che non sapevo cosa fosse la fame. Si è accovacciata accanto al bidone della spazzatura e ha raschiato via la marmellata dal barattolo. Poi l'ha mangiata.

Ho chiuso il computer. Le orecchie mi fischiavano e le guance mi bruciavano. Il fatto che Vladimir negasse l'esperienza vissuta dalla mia famiglia è stato come uno schiaffo in faccia.

La volta successiva che ha chiamato non ho risposto, ma gli ho mandato un messaggio in cui dicevo che non capivo come potesse elogiare un'Unione Sovietica che ha distrutto così tante vite nella nostra famiglia.

Vladimir ha risposto sostenendo a lungo che l'URSS ha difeso il mondo dal fascismo. L'URSS ha inviato il primo uomo nello spazio. L'URSS è una grande potenza. Certo, c'erano anche problemi. Qualsiasi sistema aveva dei difetti. Il capitalismo statunitense era di gran lunga peggiore, per esempio.

"La marcia ideologia della democrazia sta riempiendo l'Ucraina con la sua puzza," ha detto quando ha chiamato la volta successiva. "Putin sta resistendo all'America. Era ora che qualcuno lo facesse."

"Se ti piace così tanto Putin, perché vivi in Israele?" ho risposto.

"E tu, patriota ucraina, perché sei a Bruxelles e non nel 'tuo paese' con il 'tuo popolo'?"

È stato allora che gli ho ricordato che lui stesso era stato arrestato per una cosa così banale come i Beatles. Era stato lui ad avere subito la repressione sovietica ed era stato condannato per avere venduto dei dischi. I giudici si erano offesi così tanto per *I'm back in the U.R.S.S. You don't know how lucky you are* da avere messo Vladimir dietro le sbarre per tre anni?

Vladimir ha riattaccato. Mi sono sentita in colpa e mi sono rimproverata, ma ero ancora arrabbiata per i suoi commenti sullo Holodomor. Nei giorni successivi ho visto il suo profilo Skype accendersi di tanto in tanto, ma non mi ha né chiamata né inviato un'e-mail. Ha risposto alla fine della settimana con un breve messaggio.

Ha scritto che era stato arrestato in Unione Sovietica, ma che non aveva rimpianti. "Dobbiamo essere grati all'Unione Sovietica per tutte le opportunità che ci ha dato," ha aggiunto alla fine del messaggio. "Non posso dirti niente che riesca a convincerti, perché l'America ti ha fatto il lavaggio del cervello così come il capitalismo americano ha ucciso tuo padre."

Un suono sibilante mi ha trafitto le orecchie come se stessi cadendo da una grande altezza. Ho inspirato, cercando di riempire i polmoni nonostante il nodo alla gola. Una volta che la rabbia iniziale si è spenta, ho passato l'intera giornata a pensare a una risposta. Ho scritto che la mia esperienza dell'Unione Sovietica mi lasciava incapace di sentirmi grata. Se la nostra famiglia aveva ottenuto qualcosa, era stato nonostante il sistema, non grazie a esso. Ho riletto il messaggio e l'ho cancellato. Ho scritto ricordando a Vladimir che per quanto a lungo fossi stata lontana dall'Ucraina, era ancora il luogo dove sono nata e cresciuta. Ho cancellato anche quello. Poi gli ho scritto chiedendogli di evitare le sue ridicole teorie sul ruolo del capitalismo americano nella morte di mio padre. Ci ho pensato un attimo e ho spostato il messaggio nel cestino.

L'e-mail che ho inviato a Vladimir alla fine consisteva in una riga: "Ti sei dimenticato del patto che abbiamo fatto tre anni fa?"

Mentre scrivevo, riuscivo a vedere chiaramente il volto di mio padre: i suoi folti baffi sfumati di grigio, gli occhiali cerchiati d'oro e i ricci capelli castani. L'ultima volta che l'ho visto è stato a San Francisco. Lui e la mia matrigna Karina vivevano già nella Bay Area da più di dieci anni e gli feci una visita a sorpresa dopo un viaggio di lavoro in California. Mio padre è venuto a prendermi alla stazione dei treni, ha caricato la mia piccola valigia nel bagagliaio della sua macchina e mi ha guardata con inaspettata tenerezza. La nostra relazione era spesso tesa e non sapevo come reagire. L'ho abbracciato e ho sentito un odore familiare di fumo di sigaretta e acqua di colonia che mi ha rassicurata.

"Sei un'adulta adesso," ha detto. Avrei voluto dirgli che a trentadue anni lo ero di sicuro, ma una nota di tristezza nella voce di mio padre mi ha fatto sussultare il cuore. Si era pentito di essere stato assente dalla mia vita per anni di fila? Voleva fare ammenda?

Ci siamo divertiti insieme durante quella visita, guardando contest musicali e cucinando granchi con la mia matrigna. Mio padre sembrava di buon umore, parlava di una nuova impresa e mi ha mostrato anche alcune case che voleva comprare. Abbiamo discusso del mio lavoro di giornalista freelance concentrandoci sull'olfatto e su come descrivevo i profumi e i ricordi che evocavano. Era stato solo un lungo fine settimana, ma lo ricordavo ancora vividamente, incluso il motivo batik della camicia gialla di mio padre e il sapore dolce del granchio bollito.

Dopo la sua morte io e Vladimir abbiamo fatto un patto. È stato Vladimir stesso a proporlo: avremmo parlato di mio padre e di qualunque cosa era accaduta quando fossi stata pronta. In quanto fratello maggiore di mio padre, era la persona più vicina nella mia vita a conoscere mio padre così bene. Vladimir aveva condiviso molti ricordi di loro cresciuti insieme, ma non ero pronta a esaminare le cause dietro la sua morte. Era troppo brutale e troppo doloroso. Ora, in tutte queste nostre discussioni sull'Unione Sovietica, Vladimir aveva infranto la sua promessa. Negare la storia dell'Ucraina mi ha sconvolta; resuscitare il fantasma di mio padre mi ha fatto male. Se Vladimir pensava che il capitalismo lo avesse davvero ucciso, non volevo sentire le sue ragioni.

Vladimir non ha mai ricevuto il mio messaggio. La mia nota è tornata indietro con un breve commento che diceva che l'utente non era stato trovato. Ritrovarmi privata della possibilità di rispondere mi ha fatta infuriare così tanto che ho bloccato l'inanimato avatar Skype di Vladimir e ho contrassegnato il suo indirizzo e-mail come spam.

Due

Piangere un luogo è ancora più difficile che piangere una persona. La perdita di una persona cara è una parte tragica ma inevitabile dell'esperienza umana, ma la guerra no. Vedendo i nostri punti di riferimento familiari sprofondare nella violenza, ci addoloriamo per i noi stessi che eravamo una volta e ci chiediamo cosa siamo diventati. Il dolore mi ha schiacciata al punto che non riuscivo più ad articolare alcun pensiero in modo coerente. A volte, mentre bevevo un bicchiere di vino con gli amici, pensavo, e se l'esercito russo invadesse altri territori oltre la Crimea? Immagini grigie prese in prestito dai film della mia infanzia sulla seconda guerra mondiale mi scorrevano davanti: carri armati che attraversavano il villaggio dei miei bisnonni, uomini in divisa che abbattevano il nostro giardino dei ciliegi, bombe che cadevano sul nostro vecchio appartamento a Kiev. Qualcuno a quel punto mi chiedeva se stavo bene, e io bevevo un sorso di vino e annuivo. Non sapevo come spiegare ai miei amici comprensivi per i quali la guerra esisteva solo in luoghi lontani e sulle pagine dei giornali, che ogni giorno di quella guerra non dichiarata qualcosa si infrangeva dentro di me. Chiedere compassione in tali circostanze costringeva le persone a esprimere giudizi morali e a schierarsi, e io stessa faticavo a dare un senso agli eventi.

Molte notti me ne stavo sdraiata sul letto e l'unico modo per alleviare il dolore era immaginare un coltello affilato che mi tagliava il diaframma, mi rompeva le ossa e mi lacerava la carne. Immaginare un dolore peggiore di quello che provavo mi calmava momentaneamente prima di rivelare la vera profondità della mia agonia. Poi soffrivo ancora di più. Oppure restavo sveglia e mi sedevo sul davanzale della finestra del soggiorno, premendo il viso contro il vetro freddo e lasciando che le lacrime scorressero su Bruxelles tremante nell'alone argentato delle luci.

La mia famiglia ha pianto ed è stata presa dal panico, ognuno a modo suo. Mia madre immaginava gli scenari peggiori e usava esempi presi dalle guerre balcaniche per spiegare la situazione in Ucraina. Mia zia condivideva le sue discussioni con persone le cui opinioni erano simili a quelle di Vladimir. Si lamentava della fascinazione subita da un suo ex compagno di classe per il presidente della Russia. "Ha persino comprato una giacca simile a quella di Putin. Tutta nera e con un piccolo colletto rigido," ha detto. "Va in Russia ogni anno 'per respirare aria di libertà'. Ecco cosa scrive nei suoi post su Facebook. Vive in Canada." Dopo queste conversazioni, mi veniva voglia di piangere o di prendere a pugni i muri.

La persona con cui parlavo di più era mia nonna Valentina, perché non voleva parlare della guerra. Diceva che era su tutti i canali televisivi e in ogni conversazione ed era stanca. Parlava soprattutto del frutteto e della semina primaverile. Quando le chiedevo se aveva un passaporto valido nel caso dovessimo portarla fuori dall'Ucraina, mi diceva che non ne aveva bisogno. Quando insistevo, ripeteva, scandendo ogni parola, che non voleva andare da nessuna parte, qualunque cosa fosse accaduta. E così con Valentina non dovevo preoccuparmi di inciampare in un argomento che ci lasciava arrabbiate l'una con l'altra.

Parlare con mia nonna della potatura dei ciliegi e del piantare pomodori mi distraeva, ma quando riattaccavo, tornavo alla mia ansia e scoramento. Ero anche ossessionata dal conflitto con Vladimir. Ripercorrevo a mente vari argomenti per convincerlo che la più grande catastrofe non era il crollo dell'Unione Sovietica, ma la sua esistenza. Immaginavo di dirgli che l'Ucraina, con la sua posizione chiave tra la Russia e l'Europa occidentale, sarebbe sempre stata un campo di battaglia per le ambizioni imperiali russe e che la Russia avrebbe fatto qualsiasi cosa per mantenere questo lembo di terra sotto il suo controllo, ma che gli ucraini avevano il diritto di scegliere chi li governava e come vivere. Poi mi ricordavo delle sue accuse ingiuste e la rabbia tornava raddoppiata.

Ho trovato comunque una cosa che potevo fare. Ovvero, comprare un biglietto e andare in Ucraina. Vladimir me lo aveva detto a mo' di provocazione e ho deciso di accettare la sfida. E senza pensarci troppo, una mattina ho giurato di tornare a Bereh.

*

Bereh, o più propriamente Krutyy Bereh, era il nome con cui chiamavamo un villaggio vicino alla città di Poltava nell'Ucraina centrale. In passato Krutyy Bereh determinò la strategia della battaglia di Poltava, un momento spartiacque nella storia europea, e prosperò nella tessitura della seta, ma quegli eventi gloriosi erano passati da tempo. Krutyy Bereh significa "riva ripida", denotando la sua posizione sul fiume Vorskla, ma senza aggettivi Bereh significa "la nostra riva", dove nostra sta per il lato materno della mia famiglia.

Nessuno della famiglia di mia madre è nato qui, nemmeno i patriarchi, i miei bisnonni Asya e Sergiy. Le loro radici erano nella regione di Poltava, ma Bereh era la cosa più vicina a una casa ancestrale che avevano. Non possedevano gioielli tramandati da antenati illustri e nessuna traccia di alberi genealogici. Sapevano dei loro lontani antenati solo in virtù della loro stessa esistenza. Avevano lasciato poche tracce. Era difficile accumulare cose e una storia ininterrotta quando si viveva in un luogo chiamato "le terre del sangue", "la terra di confine" o "la frontiera". Asya e Sergiy hanno vissuto molti sconvolgimenti nel ventesimo secolo e il loro stile di vita è stato spazzato via da uno tsunami di eventi dopo l'altro. Alla fine, tutto ciò che è sopravvissuto è stato valutato semplicemente perché è emerso dal caos. Mia madre e mia zia contestavano la proprietà delle coppe scheggiate di Asya degli anni trenta con la stessa foga con cui i greci chiedono il rimpatrio dei marmi del Partenone. Un frammento di porcellana traslucido era l'opposto di un *memento mori*, un promemoria della mortalità. È diventato un *memento vivere*, una preziosa testimonianza di vita e di resilienza. In quanto luogo in cui la famiglia di mia madre è sbarcata dopo il tumulto della guerra ed è sopravvissuta, Bereh è diventata il nostro più importante ricordo da vivere.

Sono nata a Kiev, ma le prime quindici estati della mia vita si sono svolte in questo villaggio sul fiume Vorskla. Bereh era la mia seconda casa e Asya e Sergiy erano i miei secondi genitori. Conservo la foto del loro matrimonio nella mia libreria a Bruxelles: due giovani con espressioni serie sul viso. Sembrano pronti per la battaglia, piuttosto che per il matrimonio, ma il loro è stato un connubio ideale per la nostra famiglia. Hanno anche dato a tutti noi un senso di casa. Quando avevo otto anni, i miei genitori hanno divorziato e Bereh è diventata il mio rifugio.

Sergiy era il preside di una scuola media a Bereh e un veterano di guerra che aveva perso una gamba durante la famigerata battaglia di Kursk nel 1943. Quando è andato in pensione, si è occupato del giardino e dei suoi pronipoti. Ha assunto le responsabilità di padre quando il mio si è assentato dopo il divorzio. Un uomo pacato e dai modi miti, raramente alzava la voce o perdeva la pazienza, eppure proiettava forza e risolutezza. A mia memoria, l'unica volta che si è arrabbiato con me è stato quando, dopo avere letto avidamente la sua biblioteca, ho divorato un tomo di scritti di Lenin e ho deciso che il miglior insulto per mio cugino di sei anni sarebbe stato "borghese". "Nessuno nella nostra famiglia è borghese! Non è una bella parola!" ha tuonato Sergiy quando mi ha sentita. Aveva abbracciato il movimento comunista quando era ancora un adolescente e non ha mai vacillato nella sua lealtà. La natura offensiva dell'essere chiamato "borghese" era il punto centrale, ovviamente, ma ho tenuto a freno la lingua, mentre Sergiy rifletteva se l'elenco delle letture di una dodicenne dovesse ricevere una maggiore supervisione. Asya ha riso di cuore quando ha sentito la storia.

Asya un tempo lavorava nella stessa scuola di Sergiy, ma quando sono nata io si era ritirata da tempo dall'insegnamento e riversava la sua passione nel suo giardino, che includeva diverse varietà di fiori e alberi da frutto. Da sempre imprenditrice, ha colto l'occasione e non appena il governo ha consentito il commercio privato su piccola scala, ha avviato un'attività di vendita di fiori e frutta al mercato centrale di Poltava. Chiamata "la città" dalla gente di Bereh, Poltava era un tranquillo luogo di provincia con edifici neoclassici bianchi, chiese verde menta e monumenti a Nikolai Gogol, un ragazzo del posto. Ci volevano quindici minuti di pullman per raggiungerla da Bereh, un viaggio che Asya faceva tutti i giorni, eccetto il lunedì, quando il mercato di Poltava era chiuso. Asya aveva investito i suoi guadagni in oro e quando l'Unione Sovietica è crollata insieme alla sua economia, lei e i suoi risparmi ne sono usciti illesi. Il suo giardino dei ciliegi ci ha nutriti e vestiti e ci ha aiutati a sopravvivere al caos dei primi anni novanta. Asya non vedeva niente di sbagliato nell'essere chiamati borghesi.

A differenza del mio severo bisnonno, Asya aveva una lingua tagliente e un osceno senso dell'umorismo. Si poteva contare su di lei per sentire cose inaspettate e sconcertanti. Un giorno, quando ero abbastanza grande da avere una cotta per i ragazzi a scuola, mi sono chiesta come si fossero conosciuti Asya e Sergiy. Il sole pomeridiano entrava nella stanza attraverso la stretta finestra a bifore e proiettava i suoi raggi ambrati sui pesanti mobili di quercia e sulla tavola apparecchiata per il tè. Asya stava riposando dopo una giornata al mercato, per la quale si era svegliata alle quattro del mattino.

"Nonna, perché hai sposato il nonno?" Mi rivolgevo ad Asya in russo, mentre lei rispondeva in ucraino, uno schema tipico nelle famiglie miste sovietiche come la nostra.

"Perché? Perché sono stata una stupida," ha detto, senza rendersi conto che la sua risposta mi avrebbe confusa. Mi aspettavo serenate con la chitarra e altri rituali di corteggiamento che avevo intravisto in film e libri.

"Ero bellissima," ha aggiunto, gesticolando con entrambe le mani per evocare la figura a clessidra di un tempo. Le credevo, perché anche nei suoi quasi settant'anni Asya era ancora una donna mozzafiato, alta, maestosa, con curve alla Rubens.

"Il tuo bisnonno era innamorato di me." Credevo anche a questo, perché Sergiy era ancora creta nelle sue mani. Durante la seconda guerra mondiale aveva prestato servizio in un reparto di carri armati, ma a casa era Asya a dettare legge. Eravamo così silenziosi che si riuscivano a sentire le colombe che sbattevano le ali sotto la grondaia di casa.

"Aveva una tessera annonaria," ha detto. Sergiy è entrato in quel momento, con in mano un cesto di ciliegie. "Asya, di che diamine stai parlando!" è intervenuto, e il viso gli è diventato rosso come i frutti che aveva tra le mani. Asya ha alzato lo sguardo con un luccichio malizioso negli occhi azzurri ed è scoppiata in una risata melodiosa che di sicuro faceva ancora colpo su Sergiy. Lui ha scosso la testa ed è uscito dalla stanza.

All'epoca non capivo cosa significasse la storia di Asya. Sembrava impossibile che il suo matrimonio fosse basato su calcoli freddi e venali. Quando Sergiy la guardava, il profondo cipiglio tra le sue sopracciglia si addolciva e il viso le si illuminava. "Possa tu trovare qualcuno che ti ami tanto quanto Sergiy ama Asya," diceva mia madre, non del tutto convinta che fosse possibile. Il matrimonio dei miei bisnonni era durato sessant'anni, quello di mia madre solo otto. Eppure i miei bisnonni si erano conosciuti mentre lavoravano come insegnanti del villaggio e nel 1932 era iniziata la carestia. In quegli anni le tessere annonarie erano il principale mezzo di sostentamento e, in quanto insegnante con una certa anzianità d'incarico, Sergiy ne aveva una. Era infatuato di Asya e quando si è proposto, lei ha accettato. Non ha fatto finta di averlo sposato per amore.

Le storie di Asya erano come i racconti delle *Mille e una notte*: intricate narrazioni contenenti altre parabole che solo gli iniziati riuscivano a seguire. Ero troppo giovane e troppo immersa nella propaganda sovietica per cogliere i suggerimenti di Asya. A scuola negli anni ottanta e novanta ci veniva insegnato che i contadini e gli operai erano il fondamento della società, i principali beneficiari del regime comunista. Il governo sovietico non avrebbe fatto morire di fame le persone che avevano "liberato dal giogo dei malvagi proprietari terrieri". Negli anni sessanta lo stalinismo era stato screditato da Krusciov, ma Lenin era ancora una brava persona, e sulla mia uniforme scolastica indossavo una stella del Giovane Pioniere decorata con il profilo del leader della rivoluzione bolscevica e attendevo con ansia il giorno in cui avrei potuto sfoggiare una sciarpa rossa. È stato lo stesso Lenin a dire: "Le forze intellettuali degli operai e dei contadini stanno crescendo e si rafforzano nella loro lotta per rovesciare la borghesia." L'ho letto in uno dei libri di Sergiy. Ho iniziato a mettere insieme i pezzi solo molto più tardi, da adulta.

Asya era il nostro centro, e mi piaceva quando mia zia e la sua famiglia venivano a stare a Bereh, perché dovevo cedere loro la mia camera da letto e potevo dormire accanto ad Asya. I miei bisnonni dormivano in letti separati: lui su una stretta branda spartana e lei su un enorme materasso a molle ricoperto di cuscini ricamati e trapunte colorate. Mi rannicchiavo accanto a lei, tra il suo ventre morbido e il ruvido tappeto turkmeno appeso alla parete. Sergiy si svegliava spesso durante la notte – la sua gamba amputata lo infastidiva, mandando spasmi di dolore sordo in tutto corpo, e al mattino aveva un elaborato rituale per indossare la sua protesi. Lo guardavo avvolgere il moncone rosa pallido in strati di flanella con lo stesso fascino con cui osservavo la dentiera di Asya galleggiare in un bicchiere d'acqua. La seconda guerra mondiale aveva trafitto la famiglia con una falce, lasciando cicatrici, ma per me facevano parte della vita ordinaria.

"Raccontami una storia del tuo passato," sussurravo ad Asya quando sentivo il respiro di Sergiy diventare regolare e lento. Raramente raccontava le sue storie davanti a lui. I suoi racconti simili a enigmi mi lasciavano perplessa, persistendo nella mia memoria, e incitavo Asya a dirmene altri.

"Chiacchiere da vecchia, ecco cosa sono le mie storie. Non riempirti la testa di queste sciocchezze. Il passato è alle nostre spalle," ribatteva Asya, chiudendo il libro e strofinando un unguento dall'odore pungente sulle mani graffiate dalle spine di rose. A volte, però, mi assecondava e raccontava.

Quando avevo quindici anni io, mia madre, il mio patrigno e mio fratello ci siamo trasferiti a Chicago, e Asya e Sergiy sono morti pochi anni dopo. Nei miei vent'anni negli Stati Uniti, sono tornata a Bereh solo due volte, ed entrambe le volte i ricordi della loro assenza erano così netti che il posto mi deprimeva. Vedevo aiuole non potate e ragnatele sugli attrezzi da giardinaggio di Asya. La protesi di Sergiy, innaturalmente lucida tra i mobili impolverati della casa, era accanto al suo letto vuoto. Dato che a quel tempo mia nonna Valentina viveva ancora a Kiev e tornava a Bereh solo d'estate, la casa e il frutteto portavano segni di abbandono. Mia madre e sua sorella tornavano ogni anno immancabilmente, incapaci di rinunciare al *memento vivere* di Bereh. Ma per me aveva perso il suo significato senza Asya e Sergiy. L'avevo sigillato nell'ambra dei ricordi e lo avevo messo da parte, seguendo il consiglio inculcatomi da Asya di pensare al passato come qualcosa alle mie spalle. Sono diventata un'esperta nel dimenticare, spostando qualsiasi cosa scomoda o dolorosa nella cartella chiamata "passato".

Adesso, però, dovevo tornarci, perché mia nonna Valentina aveva venduto il suo appartamento a Kiev e viveva stabilmente a Bereh.

Per quanto fossi preoccupata per Bereh, ero entusiasta di rivedere Valentina. Non le sono mai stata vicina come lo ero con Asya, ma ammiravo ed emulavo mia nonna. Durante la mia infanzia, Valentina era stata un'indaffarata donna in carriera, insegnante di geografia e successivamente direttrice di un dipartimento delle risorse umane. Una volta, quando avevo undici anni, era venuta a Bereh per il fine settimana, e anche il modo elegante in cui era uscita dalla Volga bianca di mio nonno Boris la faceva sembrare intimidente e affascinante. Guardando a bocca aperta il caschetto laccato, il vestito verde pistacchio e le scarpe bianche, mi accorsi di una macchia d'erba sulla mia tuta e sporcizia sulle mie ginocchia ossute. Dopo che Valentina si era cambiata mettendosi in abito da casa e pantofole, trasudava ancora raffinatezza. Mi aveva lanciato uno sguardo e si era messa in azione, pulendo la casa da cima a fondo, facendomi andare di corsa a cambiarmi i vestiti per aiutarla a preparare un banchetto a più portate. Mi aveva raccontato storie di artisti e pittori famosi e mi aveva lasciato liste di libri da leggere, film da guardare e musei da visitare. Dopo che mi sono trasferita negli Stati Uniti, parlavamo ogni settimana al telefono, discutendo della fede di Tolstoj nella redenzione o del trattamento riservato alle donne da Picasso.

"Bene, mi aiuterai con il giardino dei ciliegi," ha detto Valentina, quando le ho comunicato che volevo andare in Ucraina per la Pasqua ortodossa. "Sai che quest'anno ho intenzione di espanderlo?" Non ha detto che sarebbe stata felice di vedermi dopo così tanto tempo né che stava aspettando che andassi. Ha parlato solo del frutteto, ma dal momento che il giardinaggio riempiva tutte le nostre conversazioni recenti, non mi è sembrato strano. Abbiamo confrontato le tariffe aeree, discusso le date e stilato liste di regali per diversi vicini di Bereh. Avevo alcuni progetti in corso a Bruxelles, ma dato che la maggior parte del mio lavoro era da freelance, potevo stare lontana da casa per lunghi periodi alla volta. Ho deciso di rimanere tre settimane. Mio marito era preoccupato per il mio viaggio in Ucraina, ma ne ha capito l'importanza e ha appoggiato la mia scelta. I preparativi mi hanno distratta così tanto che ho rimuginato sempre meno sull'e-mail offensiva di Vladimir e ho smesso di controllare se si collegava a Skype.

*

Da bambina tenevo dei diari a imitazione delle memorie e delle autobiografie che Valentina amava leggere. Ho chiesto a mia madre di spedirmeli a Bruxelles, perché fintanto che ero a Bereh scrivevo di più ed ero curiosa di vedere cosa avevo catturato tanti anni fa. Mia madre ha usato la mia richiesta come scusa per sgomberare la soffitta e mi ha mandato due scatole piene di libri, disegni e diari della mia infanzia. Ho sfogliato volumi ammuffiti di poesie di Pushkin, fiabe da tutto il mondo, haiku giapponesi tradotti in russo e i miei diari scolastici. Quando ho raggiunto il fondo della scatola, ho trovato un piccolo taccuino blu. "Il nostro villaggio natale di Maiachka nel governatorato di Poltava era un insediamento cosacco, ed è per questo che abbiamo sostenuto la rivoluzione bolscevica," era scritto sulla prima pagina, e ho riconosciuto la mano del mio bisnonno Sergiy.

A prima vista, il diario non conteneva nulla che non avessi sentito da Sergiy stesso. Nello stile meticoloso del mio bisnonno, era organizzato per argomenti: "Il nostro villaggio di Maiachka, i miei genitori, la nostra fattoria, la nostra vita quotidiana, la prima guerra mondiale, i miei fratelli e le mie sorelle." Ogni fratello aveva il proprio paragrafo. Il più breve e ultimo ha attirato la mia attenzione. Diceva: "Fratello Nikodim, scomparso negli anni trenta combattendo per un'Ucraina libera." Era sottolineato.

Sergiy era il più giovane di otto fratelli. Oksana morì di tifo durante la guerra civile del 1918. Mykyta lavorò per la polizia segreta dello zar e venne ucciso durante la rivoluzione bolscevica. Fedir morì sul fronte orientale nel 1942. Nestir e Odarka sopravvissero a due guerre mondiali. Ivan era nato con una gamba corta, così evitò la leva militare e lavorò duramente in una fattoria collettiva. E poi c'era Nikodim. In greco antico, il suo nome significava "vittoria del popolo". Di lui non c'era traccia.

L'assenza di Nikodim nelle nostre storie familiari era sorprendente. Non ricordavo nemmeno che Sergiy avesse mai parlato di lui. Mentre ero lì seduta a sfogliare il taccuino, mi sono resa conto di quanto la voce di Sergiy fosse sfuggente nella mia memoria. Ho cercato di afferrare un ricordo, ma si è dissolto prima che potessi mettere insieme qualsiasi narrazione. Anche lui, come Asya, ci raccontava tante storie, ma a parte la seconda guerra mondiale, in cui aveva combattuto eroicamente, ricordavo poco altro. Ai miei occhi era la guerra a definire Sergiy e la sua esperienza di vita. Nikodim non ne faceva parte.

Ho chiamato mia madre per chiedere informazioni sul taccuino.

"Non ti ricordi quell'estate in cui Sergiy è venuto a Kiev per farsi operare alla gamba?" ha detto mia madre. "Ma no, non te lo puoi ricordare. All'epoca eri a Chicago."

Sergiy teneva un diario durante la convalescenza nel nostro appartamento di Kiev, ma non se lo era mai portato con sé a Bereh e un anno dopo era morto. Ho chiesto a mia madre se avesse mai sentito parlare di Nikodim.

"Uno dei fratelli di Sergiy viveva in un villaggio vicino a Bereh, ma ad Asya quella famiglia non piaceva," ha detto mia madre.

"Perché?"

"Diceva che non erano a posto," ha risposto, cercando un modo per spiegarlo. "Come se non fossero mentalmente sani o qualcosa del genere."

"Sergiy ha mai parlato di Nikodim?" ho chiesto di nuovo.

"Parlava spesso della seconda guerra mondiale..."

"Mamma, Sergiy ha mai parlato di Nikodim?" l'ho interrotta.

"Non parlava molto della sua famiglia."

Ho sfogliato il taccuino che avevo in grembo, perplessa per le risposte evasive di mia madre.

"Ma nel diario che Sergiy teneva sulla sua famiglia," ho detto, provandoci ancora una volta, "ha scritto: 'Fratello Nikodim, scomparso negli anni trenta combattendo per un'Ucraina libera.'"

"Se questo Nikodim ha combattuto per l'indipendenza ucraina, come dici tu, allora sarebbe stato pericoloso parlare di lui."

"Anche dopo la caduta dell'Unione Sovietica?"

"Forse. Non lo so. Le vecchie paure persistono. Comunque, perché mi stai interrogando?"

Chi era Nikodim? Cosa aveva fatto? Come era scomparso? Ho chiesto a mia zia Lola, la sorella minore di mia madre, ma lei ha confermato quanto mi aveva detto mia madre. Sergiy non parlava molto della sua famiglia e ad Asya non piaceva fare loro visita. Nel frattempo, il nome di Nikodim era stato scritto con l'inchiostro blu scuro sul taccuino. "Una parola detta non può essere ritirata; una parola scritta non può essere cancellata," era il detto popolare ucraino preferito di Sergiy. Ho passato il dito sulla riga. La penna era stata usata con tale forza nello scrivere "Nikodim" da avere lasciato un'impronta sulla pagina successiva.

Pensavo di chiedere a Valentina di Nikodim quando ci siamo parlate al telefono, ma alla fine ho deciso di non farlo. Se l'argomento era così delicato come suggerivano mia madre e Lola, sarebbe stato meglio affrontarlo quando ci saremmo viste di persona.

Ma non riuscivo a smettere di pensare a Nikodim. Nella primavera del 2014, le persone morivano per un'Ucraina libera e scomparivano senza lasciare traccia. Il mio dolore per il mio paese e il mio litigio con Vladimir si sono trasformati in un'unica forma oscura, per cui mi sedevo sul pavimento della mia stanza e fissavo il taccuino di Sergiy, desiderando che quelle parole scritte parlassero. Nikodim era scomparso negli anni trenta. Una notte – quando? – era stato portato via da casa sua – da chi? – e non era mai tornato. Cosa era successo?

Il mistero della scomparsa di Nikodim e la successiva amnesia da parte della mia famiglia mi turbava. Molte delle storie dei miei bisnonni contenevano omissioni, e ora le parole sarcastiche di Vladimir sulle storie e sull'inganno della memoria suonavano minacciose. Cos'altro delle cose che avevo sempre considerato delle verità aveva le fondamenta di un castello di sabbia? Le storie in cui cercavo conforto mi si sgretolavano tra le dita.

Mia madre diceva che le vecchie paure persistevano e c'era un posto che le incarnava, in mattoni e malta. Ad alta voce, Asya la chiamava la Casa del Gallo. A bassa voce, la chiamava la Trappola del Gallo.

La Casa del Gallo non aveva un brutto aspetto. Di fatto era l'edificio più bello di Poltava. Anche "casa" non era una parola adatta, perché era un'elegante villa costruita all'inizio del ventesimo secolo per ospitare una banca. Due voluttuose sirene rosse, "galli" nel linguaggio colloquiale, fiancheggiavano il portone, mentre elaborati mosaici di uccelli di fuoco che risorgevano dalle ceneri luccicavano sulla facciata cremisi. Il simbolismo dell'uccello di fuoco come creatura che brucia prima di rinascere era paradossalmente appropriato per l'organizzazione che aveva occupato la Casa del Gallo durante il periodo sovietico. Inizialmente era noto come Comitato straordinario (Cheka), poi come Direzione politica statale (GPU), successivamente come Apparato di sicurezza e polizia segreta sovietica (NKVD), e infine Comitato per la sicurezza dello Stato (KGB). Qualsiasi fosse il nome, era la polizia segreta.

I poltavi erano soliti scherzare tetramente sul fatto che la Casa del Gallo fosse l'edificio più alto della città, perché anche dal suo seminterrato si poteva vedere fino alla Siberia. I piani inferiori fungevano da camere di tortura della Cheka e al culmine del Grande Terrore nel 1937-38 le persone che vivevano nelle vicinanze riuscivano a sentire urla soffocate provenienti da sottoterra. O così diceva Asya. La mia bisnonna preferiva fare una lunga deviazione invece di percorrere l'elegante viale presieduto dalle sirene rosse. Dal modo in cui la guancia destra le si contraeva e la voce le si riduceva a un sussurro, sapevo che la Casa del Gallo era un posto da evitare. Sapevo anche che non dovevo farle domande al riguardo.

Per leggere la storia ucraina bisogna prendere del bromuro, dichiarò scherzando Volodymyr Vynnychenko, romanziere e premier nel primo governo ucraino indipendente del 1917. Asya e Sergiy erano sopravvissuti alla rivoluzione bolscevica, alla guerra civile, al terrore rosso, alla collettivizzazione forzata, allo Holodomor del 1932-33, alle grandi purghe del 1937-39, alla seconda guerra mondiale, alla carestia del 1946, al decadimento degli anni settanta e al crollo degli anni ottanta e dei primi anni novanta. "La parola è d'argento, il silenzio è d'oro," diceva Asya. Anche se l'Unione Sovietica della mia infanzia non era il violento stato stalinista, la Casa del Gallo mi instillava comunque terrore. Se l'eredità del secolo scorso in Ucraina era stata traumatica per chi non aveva vissuto il peggio e aveva vissuto la maggior parte della sua vita all'estero, che ombra oscura aveva gettato sul presente? Non era forse un esempio perfetto di quanto fosse stata orribile l'URSS? immaginavo di dire a Vladimir.

Ho iniziato a essere ossessionata dalla scoperta della verità su Nikodim. Pensavo a questo zio che aveva combattuto per un'Ucraina libera e che aveva pagato il prezzo più alto come spirito affine, e volevo restituirgli il posto che gli spettava nella storia della famiglia.

Il giorno dopo, mentre la Russia schierava truppe lungo il confine con l'Ucraina, ho comprato un biglietto Bruxelles-Kiev. "Sei sicura di volere andare adesso?" mi ha chiesto mia madre al telefono preoccupata. "Perché non aspettare un po'?" I giornali stavano già azzardando ipotesi su quante ore sarebbero volute all'esercito russo per raggiungere la capitale dell'Ucraina. Non volevo rimandare il mio viaggio. Più decidevo di tuffarmi in un passato sconosciuto per trovare Nikodim, più le mie paure sul presente svanivano.

Tre

Ho aperto gli occhi, ho fissato confusa la carta da parati a motivi cachemire e poi ho lasciato che lo sguardo viaggiasse su un dipinto di due cervi in un paesaggio invernale. Mi ci sono voluti alcuni istanti per ricordare che ero a Kiev nell'appartamento di mia zia Lola. Lo aveva conservato dopo essere emigrata in Canada, sperando che due camere da letto a Kiev avrebbero placato la sua ansia di fronte all'ignoto dall'altra parte dell'oceano. Lola non è mai tornata a vivere in Ucraina, ma mio cugino Dmytro sì. Un'estate è venuto in Ucraina e c'è rimasto, un anno di "studi all'estero" che si è trasformato in un altro e poi in altri dieci. Quando l'ho visto nella sala arrivi dell'aeroporto di Boryspil, stentavo a credere che l'uomo con in mano un grande mazzo di rose fosse lo stesso cuginetto a cui avevo insegnato a nuotare. Dopo che io e lui ci siamo baciati tre volte sulle guance, alla maniera ucraina, ha preso la mia valigia e mi ha consegnato il bouquet e il telefono. Valentina era in linea.

"Dmytro, che diavolo succede? Perché l'aereo è così in ritardo?" stava dicendo, come se mio cugino controllasse il traffico aereo.

"Babushka, sono arrivata sana e salva," ho detto e l'ho sentita sospirare di sollievo. Valentina si preoccupava sempre troppo quando viaggiavamo e, nonostante adesso avessi quasi trent'anni, non era cambiato nulla. Anche se vivevo lontano e anche se c'erano lunghi intervalli tra le mie visite, continuava a essere protettiva come sempre.

Abbiamo scambiato poche parole. Per lo più era mia nonna a parlare, mentre io me ne stavo stordita davanti all'ingresso del terminal con in mano le mie rose, ascoltando Valentina e sorridendo beata.

*

Ho sentito i passi di Dmytro echeggiare in corridoio e avvicinarsi alla porta. "Sei già sveglia?" ha chiesto, la sua sagoma dalle spalle larghe pixellata dal vetro decorato della porta. "Scusa per il sole, non ho avuto il tempo di comprare le tende. Ultimamente passo poco tempo a Kiev." Il sole picchiava su di me con un'intensità allarmante, facendomi lacrimare gli occhi, ma vedevo comunque che l'appartamento sembrava come se i suoi inquilini non avessero mai finito il trasloco. Scatole di cartone torreggiavano in un angolo, accanto a una panca. Un mobile a parete marrone, alla moda intorno al 1989, era vuoto, a parte alcuni bicchieri di cristallo ceco, due bottiglie di liquore vuote esposte come souvenir e una statuetta di Buddha in bronzo. Uno scaffale accanto al mio letto era pieno di edizioni sovietiche di classici dall'aria intellettuale nelle loro identiche rilegature grigie.

"Sono sveglia," ho detto. Ho guardato il cellulare e ho visto che erano solo le sei del mattino. Dmytro è andato a correre e io mi sono alzata dal letto. Ho percorso il lungo corridoio, il pavimento di linoleum appiccicato ai miei piedi nudi. Ho trovato due asciugamani e una saponetta che Dmytro mi aveva lasciato su una sedia in corridoio e sono entrata nella doccia. L'acqua gelida che sgorgava dal soffione arrugginito mi ha mandata in shock ipotermico – ho notato troppo tardi che Dmytro aveva attaccato un post-it sullo specchio: "Scusa, niente acqua calda. Benvenuta in Ucraina!"

Gli armadietti della cucina erano vuoti, a parte una scatola di semola di grano saraceno, zucchero e salgemma. Il frigorifero ha emesso un gemito quando l'ho aperto rivelando il suo vuoto. Ho riempito un bicchiere con l'acqua del rubinetto e ho guardato fuori dalla finestra. La tenda della cucina aveva fiocchi e pieghe civettuole che contrastavano con l'austero paesaggio esterno. I contorni squadrati degli edifici, i rami spogli dei pioppi e i tralicci dell'elettricità sembravano un dipinto minimalista, spogliato di ogni eccesso e in parte anche del minimo indispensabile.

La porta d'ingresso si è spalancata e Dmytro è apparso sulla soglia tenendo in equilibrio un vassoio con due bicchieri di carta. "Il tuo caffè del mattino," ha detto, posando il vassoio sul tavolo della cucina e porgendomi una delle tazze.

Ho mandato giù un sorso amaro e ho sospirato di piacere. Era delizioso, oltre a essere caffè. "Ne avevo bisogno," ho detto. "Anche se c'è solo un'ora di differenza tra Kiev e Bruxelles, mi sembra di avere viaggiato dall'altra parte del mondo. E sono io, o questo caffè è veramente buono?"

"Qui sono tutti ossessionati dal caffè. Anche a Bereh puoi prendere un bel bicchierino di caffè espresso al negozio sulla collina," ha detto Dmytro, sorseggiando il suo americano. Bereh aveva un solo negozio di alimentari e una sola collina, ma tutti insistevano ancora nello specificare il luogo.

"Vuoi andare a fare colazione da Puzata Hata?" ha chiesto Dmytro. Non avevo idea di cosa fosse Puzata Hata, ma ho annuito. Volevo uscire di casa.

Fuori l'aria era frizzante, luminosa e vivace. Abbiamo attraversato il cortile, salutando un anziano signore in abito grigio rattoppato che leggeva un libro rilegato in pelle. "Ricordami di comprare del cibo per Petr Ivanovic," ha detto Dmytro. "Spende la pensione dando da mangiare ai gatti del quartiere e soffre la fame." Ho indicato una bottiglia di birra accanto al signore. Dmytro mi ha sorriso. "Ho detto fame, non sete!"

"Le cose quantomeno erano stabili prima che tutto questo iniziasse," ha detto mentre attraversavamo la strada verso un centro commerciale inglobato nell'ormai defunta fabbrica di armi. "Chissà cosa succederà dopo..." Era quanto di più vicino fossimo arrivati a discutere di politica, ma dopo il mio confronto con Vladimir, ero diventata cauta nel sondare gli altri, in particolare la famiglia, sui loro punti di vista. Il tono cinico di Dmytro mentre diceva "tutto questo" ha fatto scattare il mio allarme interiore.

Puzata Hata, che significa "capanna panciuta", era una catena di ristoranti che serviva piatti popolari ucraini come *borsch*, ravioli, foglie di cavolo ripiene e crêpe. Ho ordinato un piatto di *varenyky*, ravioli a forma di mezzaluna con patate, e ho chiesto della panna acida extra. Dmytro ha ordinato insalata di cavolo e cetriolo, pane nero e tefteli, polpette in salsa di pomodoro. Ha insistito per pagare i nostri pasti e ha portato il vassoio a un tavolo vicino a una grande vetrata. Mentre mangiavamo, scrutavo i volti delle persone intorno a me, come se potessi trovare il significato della rivoluzione ucraina in una tavola calda. Il posto era pieno di studenti che bevevano caffè e mangiavano *varenyky*, controllando i messaggi sui loro telefoni.

"Cosa vuoi fare oggi?" ha chiesto Dmytro, spingendo da parte il piatto. "Devo lavorare alla mia nuova campagna promozionale, ma più tardi possiamo uscire insieme." A Bereh gestiva una piccola azienda di lavorazione dei metalli che produceva attrezzature sportive e passava ore online alla ricerca di nuovi clienti.

Dmytro aveva sei anni meno di me ed eravamo cresciuti insieme. Eravamo più fratelli che cugini, condividevamo gli stessi ricordi di Bereh. Aveva solo quattro anni quando è emigrato, molto più giovane di me quando me ne sono andata. Eppure è stato lui a tornare. Una volta ho chiesto a Dmytro cosa gli ha fatto scegliere l'Ucraina al posto del Canada, ma lui ha scrollato le spalle, senza una risposta. Come adesso sapevo per esperienza personale, i desideri latenti sfuggono alla logica.

Ho frugato nella borsa in cerca del telefono e ho visto che erano già le nove passate. La mattinata mi stava sfuggendo e volevo correre e raggiungerla. "Non preoccuparti per me," ho detto. "Prenderò la metropolitana per il centro città e me ne andrò un po' a zonzo. Mi sento come se dovessi presentarmi di nuovo alla città. Andiamo?"

"Ho bisogno di restare qualche giorno a Kiev per incontrare alcune persone sul lavoro," ha detto Dmytro quando siamo usciti in strada. "Dopo avere vissuto a Bereh, trovo Kiev estenuante. Non mi piace venire qui più spesso del necessario. Quando vai a Bereh?"

"Domani," ho detto, strizzando gli occhi al sole gelido. "O il giorno dopo. Comunque, devo andare..." La voce mi si è spenta. Volevo prepararmi a tornare in un luogo che conteneva così tanti ricordi da avere smesso di fare parte della geografia del mondo reale.

"Ti accompagno alla stazione della metropolitana," ha detto Dmytro, vedendo che non sarei tornata all'appartamento. Ha assunto quell'aria seria e protettiva che avevo già notato negli uomini ucraini e che trovavo dolce ed esasperante in egual misura.

La metropolitana di Kiev era stata modellata su quella di Mosca, con splendidi palazzi e mosaici sotterranei. L'appartamento di Lola era vicino a una stazione più recente che non aveva la magnificenza di luoghi centrali come Khreshchatyk o Maidan, ma mentre scendevo una scala mobile interminabilmente lunga nel ventre fresco della città, assaporavo ogni dettaglio. Anche il tipico odore della polvere metallica e il bagliore giallastro delle lampade di vetro opaco della metropolitana mi entusiasmavano. Ho confrontato le fugaci impressioni con i miei ricordi e mi sono ritrovata di nuovo, davvero di nuovo, a Kiev.

Sono uscita dalla metropolitana a pochi isolati da Maidan e ho visto che ero su Khreshchatyk. Kiev, una città con molti quartieri ed enclavi caratteristici, ha un centro ben preciso: una strada lunga un miglio che unisce la Città Alta ai vicoli trafficati intorno al mercato Besarabsky. Un tempo Khreshchatyk era un burrone a forma di croce, ma l'unica cosa che resta di quell'epoca è la parola slava *khrest* come radice del nome. Quando la città si espanse grazie ai profitti dello zucchero e del grano, alla fine del diciannovesimo secolo, il burrone a forma di croce venne riempito e trasformato negli Champs-Élysées di Kiev. Nel settembre 1941, l'intera Khreshchatyk fu demolita dall'Armata Rossa in ritirata, e quando fu ricostruita negli anni cinquanta, i palazzi neoclassici lasciarono il posto al rococò stalinista. Nel ventunesimo secolo, i nuovi edifici in vetro e cromo costruiti per soddisfare i gusti delle nuove élite oscuravano quella visione familiare, confermandomi che Khreshchatyk conservava il suo status centrale.

Sono cresciuta nella capitale dell'Ucraina, ma la Kiev della mia infanzia era confinata in un appartamento con tre camere da letto che apparteneva alla famiglia di mio padre e si trovava in un quartiere di scatole di cemento grigio dell'era Krusciov. I cosiddetti appartamenti krusciovіani erano pieni di altre famiglie come la nostra, che vivevano in alloggi angusti e mal progettati. Facevano le stesse file, si infilavano negli stessi tram bianchi e rossi e mandavano i loro figli nelle stesse scuole che prendevano il nome dagli stessi eroi sovietici. Fuori dalla finestra della nostra camera da letto vedevo il cortile, dominato da un cassonetto e da una fila di condomini identici. Se entravo nella camera da letto di Vladimir, ignorando la sua posa da cane bastonato e i barattoli di carote in fermentazione, potevo ammirare i pioppi che si stagliavano come schiere di soldati a una parata militare, lo zigzagare delle linee del tram e gli occhi gialli delle finestre in un insieme simile di condomini dall'altra parte della strada. Eppure quella Kiev mi piaceva. Era familiare, era mia.

La Città Vecchia, con i suoi antichi monasteri e i palazzi barocchi italiani, avrebbe anche potuto essere stata su un altro pianeta. Eppure era anche la mia Kiev, perché l'avevo scoperta con mio padre. Quando i miei genitori vivevano ancora insieme, mi portava a fare lunghe passeggiate intorno al Kyivo-Pecherska Lavra, un santuario ortodosso medievale sul fiume Dnepr. Passeggiavamo per il complesso del monastero e ammiravamo gli affreschi decorati all'interno delle chiese buie. Sarei voluta andare direttamente alla Lavra, ma prima dovevo vedere Maidan. Cercavo segni di quello che la città aveva sofferto solo poche settimane prima, ma vedevo solo la Kiev primaverile che ricordavo dalla mia infanzia. Le cupole dorate delle chiese risplendevano nel freddo sole di primavera. Vicino agli ingressi della metropolitana, le vecchiette vendevano violette e cipolle verdi avvolte in giornali umidi. Ragazze con tacchi vertiginosi sfilavano lungo le strade tortuose della Città Vecchia. I famosi castagni Khreshchatyk allungavano decisamente i loro rami verso il cielo. Ho girato in direzione di Maidan.

Il vento mi soffiava in faccia, portando l'umida freschezza del fiume Dnepr e l'odore acre della gomma fumante. Camminavo come se spingessi contro una forte corrente, ma non rallentavo né trattenevo il respiro. Ho lasciato che l'odore mi riempisse i polmoni fino a soffocare. Quando finalmente ho intravisto la piazza rotonda di Maidan e la colonna della vittoria, avevo la gola così secca che mi faceva male.

Ho visto edifici anneriti, strade acciottolate divelte, cumuli torreggianti di pneumatici per auto e accampamenti sbozzati. Ma nessuno di questi ricordi di violenza mi ha spaventato tanto quanto la calma inquietante. File di fotografie, candele e fiori fiancheggiavano i marciapiedi. Alcune persone erano inginocchiate a terra a pregare. Una giovane donna in giacca bianca puliva uno dei ritratti e riorganizzava le rigide ghirlande di garofani rossi attorno alla cornice nera. Il viso che guardava dalla foto era quello di un giovane dai grandi occhi spalancati e un sorriso dai denti divaricati. Non era più una piazza cittadina: era un cimitero.

Mi sono appoggiata al muro dell'edificio più vicino e mi sono sorretta con una mano. Le dita sono scivolate sulla superficie liscia della parete e ho sentito un foro rotondo circondato da una rientranza frastagliata a forma di stella. "Perché devi beccarti dei proiettili per un noioso accordo con l'UE?" continuava a chiedermi la gente a Bruxelles, cercando una spiegazione semplice a cose che erano diabolicamente complesse. A volte me lo chiedevo anch'io. A Maidan, invece, quella domanda appariva assurda e irrilevante. Le convinzioni che spingevano le persone ad affrontare le proprie paure andavano oltre qualsiasi fatto, evento, accordo non firmato o una riga del diario del mio bisnonno. Poi mi sono chiesta se sarei andata a Maidan se fossi stata in Ucraina durante le proteste, e non sapevo la risposta. Probabilmente no. Ero stata costretta a prendere parte a così tante parate e manifestazioni in Unione Sovietica che odiavo tutto quello che spingeva le persone a cantare slogan e a perdere la loro individualità, anche se credevo in quegli slogan. L'unica cosa che sapevo era che ora dovevo essere qui.

Per il resto della giornata, ho vagato per Kiev. Al di fuori di Maidan, la vita andava avanti come prima, sfidando tutte le aspettative, inclusa la mia. Mi aspettavo che la città rivelasse qualcosa di oscuro e cupo, ma Kiev era vivace. Mi aspettavo che le persone fossero cupe, ma sorridevano quando incrociavamo gli sguardi. "*Divčynka*, ragazzina, non essere triste, andrà tutto bene," ho sentito qualcuno gridare. Una donna che vendeva campanule alla fermata dell'autobus mi ha salutata. Il suo brillante fazzoletto turchese si abbinava al colore dei boccioli ben chiusi. Inizialmente non mi ero resa conto che si stava rivolgendo a me, perché avevo superato da tempo l'età in cui chiunque poteva chiamarmi ragazzina. Un'altra cosa che avevo dimenticato dell'Ucraina era la calda familiarità che gli estranei mostravano l'uno verso l'altro usando parole come "madre" o "nonna", o vezzeggiativi come "ragazzina". Ho sorriso alla donna di rimando.

"Se i piccoli fiori riescono a sopravvivere a un inverno lungo e rigido, possiamo farlo anche noi," ha detto la donna. Avevo anche dimenticato la propensione ucraina a parlare per parabole. Senza mercanteggiare, peccato grave secondo Valentina, ho comprato tre mazzi di fiori azzurri e ho seppellito il viso nei loro freschi petali.

Il telefono nella mia borsa vibrava impaziente. "Dove sei?" ha chiesto Valentina. "Quando arrivi qui?"

"Domani," le ho detto.

"Bene. Allora devo iniziare a cucinare," ha risposto.

Tornata a casa, Dmytro stava guardando *Friends* doppiato in russo sul suo laptop scricchiolante. "Puzata Hata?" ha chiesto e io ho annuito. L'indomani sarei andata a Bereh. Avrei visto Valentina. Sarebbe andato tutto bene.

Il nostro vicino Petr Ivanovich era ancora seduto con il suo libro fuori in cortile sotto l'unico lampione funzionante. Diversi gatti si aggiravano intorno a lui, strofinandogli la testa contro le gambe. "In questi giorni mi sento come il principe Andrei," ha detto Petr Ivanovic, alzando lo sguardo dal libro e fissando il cielo livido e nuvoloso sopra di noi. Stava leggendo *Guerra e pace* di Tolstoj. Mi sentivo più simile a Pierre Bezukhov, l'outsider di ritorno.

*

Arrivando sul treno notturno da Kiev a Poltava, avevo sempre amato il mio primo scorcio dell'ansa del fiume dal finestrino del treno. Il treno sbuffava e sibilava, e poi all'improvviso è apparso il fiume, con le sue curve voluttuose ricoperte di salici e punteggiate di casette piccole come scatole di fiammiferi che affogavano nei frutteti di ciliegi e albicocchi. Aspettavo sempre questo momento. Sapevo che al di là del fiume, avvolta nella nebbia, c'era la nostra casa color pesca con le persiane grigie.

Ma alla stazione centrale di Kiev, ho scoperto che il viaggio notturno che facevo da bambina era stato ridotto a un paio d'ore grazie a una nuova linea per pendolari. "C'è un treno notturno, ma ci vuole molto tempo," ha detto l'impiegato alla biglietteria divertito dalla mia insistenza. "Vuole davvero viaggiare per più di dodici ore?" Il mio lato pratico e impaziente ha prevalso e ho prenotato un posto su un treno ad alta velocità Hyundai per la sera stessa. Ho avuto solo il tempo di fare un'altra spedizione da Puzata Hata con Dmytro e rifare le valigie.

Il viaggio è stato così breve che prima che me ne rendessi conto, il moderno treno di fabbricazione coreana mi aveva scaricato a Poltava su un binario brulicante di altri viaggiatori. Il fischio acuto dei controllori del traffico si è spento, la folla si è dispersa, ma io sono rimasta in piedi sulla banchina, con la valigia in mano. La nebbia della sera scendeva sulla stazione, oscurando le file di magazzini di mattoni bianchi, i vagoni merci arrugginiti e le garitte verdi per le signore addette al traffico: il compito di controllare i passaggi a livello in Ucraina era un dominio esclusivamente femminile. Pozzanghere di pioggia primaverile riflettevano le fredde luci blu dell'atrio della stazione e le tremolanti lettere rosse dell'annuncio in corso sotto la tettoia, BENVENUTI A POLTAVA.

Mi sono avvicinata a un gruppo di tassisti che indossavano tutti giubbotti neri e pantaloni della tuta identici. "Quanto costa andare a Krutyy Bereh?" ho chiesto loro in ucraino. Uno dei tassisti mi ha squadrata dall'alto al basso e mi ha detto un prezzo. Sospettavo che mi stesse chiedendo una cifra esagerata, così ho aggrottato la fronte e ho stretto le labbra nel modo che ricordavo faceva Asya quando contrattava al mercato. L'uomo ha ridacchiato e ha detto un prezzo leggermente inferiore. Ho annuito e, orgogliosa di me per avere fatto miei con tanta facilità i modi di Poltava, ho caricato la valigia e me stessa nella sua Lada beige, una copia sovietica della Fiat.

Abbiamo attraversato l'oscura Poltava e siamo sfrecciati

oltre il fiume con le sue magnifiche sponde ripide. Il tassista ha cercato di fare due chiacchiere, ma ero troppo concentrata sui contorni familiari che apparivano e scomparivano nel crepuscolo, per cui la conversazione non è decollata. Ha acceso la radio e ha iniziato a canticchiare insieme a un cantante dalla voce roca, che si lamentava dei fardelli della vita criminale. "Avete ascoltato Radio Chanson," ha strillato il conduttore a fine canzone. Non ero sicura di come una canzone francese fosse diventata una ballata russa sulla malavita criminale, ma in passato il genere era popolare tra i conducenti di autobus e taxi ucraini. Anche questo era rimasto invariato.

Abbiamo attraversato il binario ferroviario che segnava ufficialmente il confine di Bereh. Il mio primo scorcio del nostro villaggio è stato una manciata di luci e i contorni dei rami degli alberi contro il cielo grigio scuro. Ho riconosciuto lo stadio di calcio e poi ho individuato il negozio "sulla collina". Il negozio aveva una nuova insegna luminosa che pubblicizzava prodotti di qualità europea. Vendeva ancora le caramelle polverose che la commessa, la nostra vicina di casa, un tempo pesava con la precisione di un gioielliere?

Anche se riuscivo a distinguerne solo la forma nell'oscurità torbida, sapevo che accanto al negozio sulla collina c'era la Dom Kultury, la Casa della Cultura, un circolo del villaggio con un portico finto greco e un tetto di lamiera. Quando l'abbiamo raggiunta, ho detto al tassista di prendere la seconda svolta e lui ha guidato con cautela nella zona residenziale. La strada era sterrata e più andavamo lenti, sprofondando nel fango soffice, più il cuore mi batteva all'impazzata.

"Per favore, si fermi qui," ho detto al tassista, indicando

un punto poco più avanti. Mi sono spostata sul bordo del sedile e avevo già la mano sulla maniglia della portiera. Non riuscivo a vedere nulla nell'oscurità, ma sapevo – sentivo – che la casa era lì. Alla fine l'auto si è fermata e sono saltata giù. Il tassista ha aperto il bagagliaio e mi ha consegnato la valigia. "È venuta a trovare i suoi dall'estero?" ha chiesto. Ero perplessa su come lo sapesse. Dopo avergli messo in mano una mazzetta di banconote, ho afferrato la valigia e mi sono precipitato verso casa. Le mie dita, codificate dalla memoria muscolare, hanno aperto il chiavistello del pesante cancello di legno. Si è sentito un vigoroso stridio e la porta si è aperta. Sono entrata in un'oscurità che odorava di mandorle amare e polvere di riso: gli albicocchi erano in fiore.

Vedevo le luci che si muovevano dentro casa. Più mi avvicinavo, più le voci che arrivavano dal televisore aumentavano. Ho spinto la porta e le luci e i suoni si sono precipitati verso di me. Valentina era seduta su una sedia, con un braccio appoggiato sulla tovaglia di plastica del tavolo da pranzo e l'altro che reggeva un telecomando. Si è voltata verso di me, ha ansimato e si è sporta in avanti. Indossava una camicia da notte di flanella bianca con sopra una giacca foderata di pelliccia. I corti capelli color mogano, umidi per il bagno, si distribuivano in riccioli stretti lungo la fronte. Aveva le guance arrossate e la bocca era contorta tra un sorriso e un singhiozzo.

"Babushka, sono qui," ho urlato. Valentina ha fatto per spegnere la tv ma invece ha alzato il volume. Mi sono mossa verso di lei. Il tappeto intrecciato sulla soglia si è impigliato nella fibbia del mio stivale sinistro. "Sei qui," ha detto Valentina. È rimasta goffamente all'estremità della sedia e mi ha teso le braccia. Trascinando il tappeto in soggiorno, sono inciampata nel suo abbraccio. Mi ha stretta con tutte le sue forze, come per assicurarsi che fossi reale. Mia nonna era più alta e più robusta di me, ma tra le mie braccia sembrava fragile, come un uccellino, e il battito del suo cuore mi pulsava dentro.

"Perché non sei tornata insieme a Dmytro?" mi ha chiesto mentre spegnevo il televisore, mi toglievo le scarpe e mi sedevo di fronte a lei. "Era preoccupato che non sarebbe stato sicuro per te arrivare così tardi." Le ho detto che Dmytro aveva ancora degli affari in sospeso a Kiev e che ci avrebbe raggiunte entro pochi giorni.

"Quanto hai pagato il taxi?" ha chiesto Valentina. Il viso liscio con le guance morbide e il mento arrotondato non tradivano quasi la sua età, ma erano i grandi occhi nocciola a farla sembrare particolarmente giovanile. Vi si leggevano tutte le sue emozioni: eccitazione, impazienza, sollievo.

Sentendo il prezzo, ha assottigliato gli occhi e dato una botta al tavolo. "Ti ha derubata! Ti ha fatto pagare minimo il doppio di quanto avresti dovuto pagare. Ecco perché avrei dovuto insistere perché tu e Dmytro viaggiaste insieme." Ha rimproverato il tassista per avere fatto il furbo, me per essere stata ingenua e lei per non averlo previsto. Essere rimproverata in stile nonna ucraina non appena avevo varcato la soglia mi ha deliziata così tanto che ho riso.

"Il denaro non è uno scherzo qui," ha detto Valentina. "Ciò che ti sembra una sciocchezza in euro è esorbitante in grivnia."

"Avevo persino contrattato e mi ero complimentata con me stessa per avere imparato le usanze locali appena sbarcata."

"Avrà capito che eri una straniera solo guardandoti." A quel punto mia nonna ha abbassato le braccia e ha riso. La sua risata era brillante e sfrenata.

"Sei qui, è tutto quello che conta," ha detto. "Lascia che ti prepari qualcosa da mangiare."

Non avevo fame, ma Valentina ha riscaldato una scodella di *borsch*. Mi ha raccontato dell'orto e dei vicini, e ha accennato alla guerra solo una volta, lamentandosi dell'aumento dei prezzi. "Volevo fare l'arrosto di maiale per Pasqua, ma la carne costa il doppio di prima," ha detto. "Ti dispiace se invece facciamo il pollo?" Ho detto che non mi dispiaceva affatto e ho deciso tra me e me che avrei acquistato il miglior arrosto di maiale per il nostro pranzo della domenica di Pasqua.

Io e Valentina siamo andate a letto che era passata la mezzanotte. "Ho sistemato tutto nella camera da letto di Asya. Non la usa più nessuno, ma l'ho pulita e riscaldata per te," ha detto, porgendomi un set di asciugamani e una camicia da notte di flanella bianca intonata alla sua. Si è diretta verso la sua camera da letto e poi si è voltata per darmi un'occhiata. "Sei tornata," ha detto dolcemente, e da lontano mi ha fatto il segno della croce. "Grazie al cielo."

Avvolta in panni che profumavano di acqua di tiglio e umidità, ho premuto la guancia contro il tappeto turkmeno alla parete, rassicurata dalla sua ruvidità familiare. "Sono tornata," ho detto ad alta voce per consolidare l'idea, poi mi sono addormentata.

*

Mi sono svegliata la mattina al suono delle voci. Mia nonna stava parlando con qualcuno del prezzo dell'acqua. La donna dall'accento cadenzato di Poltava si lamentava della difficoltà ad annaffiare il frutteto perché la pompa del suo pozzo era rotta. Poteva sempre utilizzare la fornitura idrica del governo, spiegava, ma aveva paura della polizia. "Hanno aerei speciali che sorvolano Bereh e controllano chi usa illegalmente l'acqua del governo. Aerei speciali!" continuava a ripetere. L'allegro abbaiare dei cani e il sibilo di un bollitore mi hanno fatta riaddormentare.

Quando finalmente mi sono alzata, Valentina stava apparecchiando la tavola per la colazione. Indossava una tuta blu scuro accompagnata dallo scialle rosa di Asya. "Non ti ho mai vista in pantaloni, tanto meno con un outfit così sportivo," ho esclamato, indicando il logo Nike sulla felpa. Mia nonna ottantenne sembrava altrettanto elegante in abiti sportivi quanto negli abiti sartoriali e in quelli da cocktail.

"Me l'ha mandata tua madre, ed è la cosa più comoda che abbia mai indossato. È perfetta per i lavori in giardino. Posso piegarmi in qualsiasi direzione e non devo preoccuparmi di scandalizzare i vicini," ha detto Valentina. "E poi non sto più in nessuno dei miei vecchi vestiti. Vedi quanto sono ingrassata?" Si è accarezzata le cosce ampie e ha riso, noncurante dei chili di troppo.

Mia nonna si è precipitata in cucina ed è tornata con un grande piatto di *syrnyky* dorati, piccoli pancake fatti di formaggio bianco fresco. Poi è scomparsa nuovamente. Ho sentito lo schiocco di un barattolo che veniva aperto.

"Spero che io e Sasha non ti abbiamo svegliata," ha detto

Valentina, mentre tornava con il vassoio del tè. "È venuta per discutere di una voce che ha sentito su aerei speciali che sorvolano la zona e controllano chi abusa della fornitura idrica del governo."

Valentina si è lasciata cadere pesantemente sulla sedia, ha spalmato un pezzo di pane con il burro e lo ha cosparso di sale grosso. "Se l'aviazione ucraina avesse una tale abilità, non avremmo questa guerra, ma non ho discusso con Sasha," ha detto mia nonna, addentando la sua tartina e incurante delle briciole di pane che le cadevano sulla felpa. "Quando sono arrivata a Bereh per la prima volta, pensavo che la gente fosse pazza a credere a tutte queste voci, ma ultimamente, quando innaffio il giardino, guardo in alto per vedere se c'è un aereo che vola sopra la mia testa." Ha riso e ha sgrullato via le briciole dall'ampio petto. "E non uso mai l'acqua del governo per fare giardinaggio!"

"Non fai colazione con me?" ho chiesto, osservando l'unico piatto sul tavolo.

"Ho appena mangiato," ha detto Valentina, inghiottendo il resto della sua tartina. "Vado dai nostri vicini per le patate in più per la semina."

Mia nonna si è alzata da tavola e ha indugiato vicino all'attaccapanni. "Ero così felice quando mi hai detto che saresti venuta," ha detto, frugando tra i vestiti invernali. "Dov'è il mio cappello?"

"Sei arrivata giusto in tempo per aiutarmi con la semina," ha continuato, allacciandosi sotto il mento un cappello di lana con un pompon rosso acceso. "C'è così tanto lavoro da fare qui intorno. Più tardi ti mostrerò i miei nuovi progetti per il giardino."

Valentina ha chiuso la cerniera della grossa giacca e si è tastata le tasche. "Soldi, occhiali, una lista, una penna... Ci vediamo dopo. Non ci metterò molto, ma quando hai fame, riscalda il *borsch*," ha detto.

"Probabilmente non lo sai, ma ora abbiamo un tubo del gas e una stufa come si deve!" ha urlato dal corridoio. Per molti anni Bereh non ha avuto fornitura di gas, nonostante si trovasse accanto ai giacimenti della pianura di Poltava, e dovevamo usare serbatoi di carburante portatili. Ho seguito Valentina in corridoio, intenzionata a dirle che non ero stata via così tanto e che sapevo del gas, ma lei era già uscita di casa e attraversava a passo svelto il cortile.

Sono tornata in soggiorno e mi sono accasciata al tavolo. La casa mi ha avvolta in un silenzio così inquietante che incombeva su di me, pesante e opprimente. Ho riempito il piatto di *syrnyky* e li ho annegati con marmellata di albicocche e panna acida. Ho dato un morso. La marmellata mi ha riempito la bocca dell'amaro dei noccioli di albicocca. Mi chiedevo perché le patate da semina fossero così importanti da impedire a mia nonna di restare a fare colazione con me il primo giorno del mio ritorno. Ho deglutito a fatica e mi si è stretta la gola. Improvvisamente mi sono sentita sola e smarrita. Il ticchettio arrugginito dell'orologio nella camera da letto di Asya scandiva parsimoniosamente i minuti.

Ho preso la tazza di tè e sono andata in cortile. Il sole è apparso da dietro una nuvola gettandomi in faccia manciate di polvere dorata. Abbagliata dal sole, riuscivo a malapena a distinguere l'ampio cortile circondato da capannoni, ricoperto di erba riccia e abbracciato da un giardino dei ciliegi su entrambi i lati. La biancheria stesa faticava a liberarsi e sbatteva eccitata al vento. Avevo dimenticato quanto fosse esilarante la primavera in luoghi che conoscevano il vero inverno e quanto fosse delirante. Mi sono ricordata dei miei piani per trovare Nikodim e la promessa di nuove avventure mi ha entusiasmata nonostante i dubbi. Andrà tutto bene, mi sono detta. Perché non dovrebbe?

Seconda parte
Il giardino dei ciliegi

Quattro

I pochi giorni successivi si sono svolti allo stesso modo. Spesso Valentina usciva di casa prima che mi svegliassi per occuparsi del frutteto o per andare dai vicini a discutere dei loro progetti di giardinaggio. Quando tornava, la sera, era troppo occupata a pianificare la semina primaverile per parlare della sua giornata, tanto meno degli eventi accaduti quasi un secolo prima. Mi sono abituata a fare colazione in compagnia del ticchettio dell'orologio e del sole mattutino.

La casa appariva come la ricordavo, e anche le porte scricchiolavano nello stesso registro acuto. I pavimenti cedevano e l'orologio a parete suonava ancora l'ora con quindici minuti di ritardo. I mobili erano gli stessi: credenze e un frigorifero degli anni cinquanta, e un tavolo di legno di quercia così solido che sembrava crescere dalle fondamenta. La casa era stata costruita dai soldati dell'Armata Rossa nel 1945. Una squadra di ingegneri che lavorava su una nuova rete ferroviaria scelse un prato tra la stazione ferroviaria e il fiume e costruì un'abitazione tozza, con decorazioni in mattoni a balze sopra le finestre, deliziosamente fuori posto sull'austera facciata. Una volta partita la squadra di ingegneri, il comando dell'esercito assegnò la casa e il terreno circostante al mio bisnonno recentemente smobilitato. La fretta con cui era stata costruita ci perseguitò decenni dopo: la camera da letto singola era minuscola e stretta, la cucina era gelida d'inverno e afosa d'estate, e il pavimento era irregolare. Quando ho visto le foto degli anni cinquanta, l'edificio non sembrava molto diverso dal suo stato attuale. Alla fine ci siamo adattati alla casa, piuttosto che il contrario.

Una fotografia di Pasha, la madre di Asya e la mia bisbisnonna, incombeva sul tavolo da pranzo. Indossava un velo bianco calcato sulla fronte e una lunga veste nera che la faceva sembrare una suora. Secondo Valentina, durante l'occupazione tedesca, si aggirava per il suo villaggio liberando il bestiame requisito e cancellando i segni di gesso dalle case che sarebbero state sequestrate dall'esercito tedesco. Quando i tedeschi si ritirarono nel 1943, lei rimase a "difendere la sua casa", mentre il resto della famiglia fuggì. Quando tornarono, era sana e salva e indossava un paio di robusti stivali tedeschi. Pasha era nota per essere di cattivo umore, imbronciata e incline a scoppi di violenza. "Non c'è da stupirsi che i tedeschi l'abbiano lasciata in pace," diceva Valentina. Ogni volta che ci riunivamo per cena, il ritratto di Pasha ci guardava con disapprovazione dal suo alto punto di osservazione sul muro.

La stanza in cui dormivo, una volta serviva da camera da letto e biblioteca di Asya e Sergiy. I miei bisnonni riposavano sotto un alto pino al cimitero di Bereh, ma a noi restavano le loro esili librerie intagliate, riempite con tre file di volumi rilegati in pelle di Gogol, Dostoevskij e Lermontov. Prima di imparare a leggere, ero solita aprire i resistenti sportelli di vetro e sedermi sul pavimento, inalando il profumo muschiato dei vecchi libri. Lo scaffale inferiore un tempo conteneva la raccolta di Sergiy degli scritti di Lenin e un'edizione con copertina dorata della Costituzione sovietica. I tomi spessi erano perfetti per essiccare i fiori che saccheggiavo dal giardino di Asya. Adesso Lenin era stato bandito e i libri di agricoltura di Valentina avevano preso il suo posto.

Vagavo di stanza in stanza, aprendo le librerie e gli album di foto come in cerca di indizi. Ho proseguito fuori, seguendo il sentiero del giardino e sbirciando nei capannoni lungo la strada. A Bereh queste costruzioni erano chiamate *sarai*, che in origine in turco significava "palazzo". Soffocavo per l'odore di muffa del legno pietrificato e della ruggine del grano e ho spazzato via una ragnatela che mi era caduta sul viso. La polvere danzava nell'aria trafitta da pallidi raggi di sole. Come un palazzo turco fosse diventato una casetta da giardino ucraina era un mistero per me, ma il nostro poteva essere definito un palazzo della memoria. Valentina non buttava via niente. In cima alle pile, ho visto la mia vecchia giacca della scuola e i jeans logori di mio cugino. Poi ho trovato i vestiti e le riviste di mia madre degli anni settanta. In fondo alla pila, ho riconosciuto le balze degli abiti da ballo di mia nonna che indossava per danzare al circolo degli ufficiali. Valentina e mio nonno Boris costituivano una coppia affascinante in quelle serate: lei con le sue gonne a ruota di pizzo e il rossetto rosso e lui in uniforme militare, ogni piega affilata come un coltello, ogni stella brillante. Era un ingegnere e direttore di una fabbrica di aeroplani, e aveva ricevuto onorificenze sul lavoro ma nessuna cura medica adeguata. Praticava nuoto sul ghiaccio e correva maratone, poi un giorno aveva sentito dei dolori allo stomaco e alcuni mesi dopo era morto. "Appendicite infettiva," disse il dottore. Più tardi Valentina ha scoperto che era morto di cancro. I libri di ingegneria e le pile di giornali di Boris fuoriuscivano dalle scatole del *sarai*. Ho sfogliato i numeri fatiscenti della *Pravda*, il principale quotidiano del Partito comunista, il cui nome significa "verità". "Il decadente Occidente è sull'orlo del collasso," augurava un titolo del 1988.

Uno dei miei posti preferiti a Bereh era sempre stato una piccola capanna ai margini del giardino dei ciliegi. L'avevamo chiamata la cucina estiva anche se nessuno l'ha mai usata per cucinare. Era un'abitazione tradizionale fatta di canne e argilla, imbiancata a calce e coperta da un tetto di terracotta, del tipo che stava svanendo nei villaggi ucraini sempre più piccoli. La nostra consisteva in una stanza quadrata con una finestra minuscola drappeggiata di pizzi e ragnatele, una stufa a legna e pavimenti in terra battuta ricoperti di stuoie di paglia. Dipinta di rosa acceso, la stanza era arredata con un tappeto alla parete, un letto a molle, un grande tavolo rotondo e un armadio antico. Il mio riflesso in uno specchio butterato appeso al muro appariva color seppia, come una fotografia vintage. All'inizio della primavera, la cucina estiva non riscaldata era ancora troppo fredda, ma io ho indugiato e mi sono seduta sul letto respirando il profumo dell'argilla umida e dei gusci di noci.

La malinconia che riempiva questa stanza trascurata mi ha sopraffatta. "Ogni angolo di questa casa è pieno di ricordi di vite crudelmente sperperate da uno stato negligente," ho composto mentalmente per un'email a Vladimir, prima di rendermi conto che non potevo inviargliela. Mi sono sdraiata sul copriletto di macramè e ho chiuso gli occhi, ricordando una poesia che avevo scritto a dieci anni, seduta su questo letto: "Chi sono io? Dove sono? Un granello di sabbia nel vasto universo. Dov'è l'inferno? Dov'è il paradiso? Chi sa dirmelo?"

"Che ci fai qui?"

La voce di Valentina mi ha fatto saltare in aria.

"Quella coperta non è stata lavata dall'autunno scorso. È sporca. Non hai fame?" Valentina era in piedi sulla soglia con in mano un mazzetto di cipollotti. Non aveva alcun interesse per l'angoscia esistenziale. Quando mia zia Lola ha compiuto cinquant'anni e ha chiesto a sua madre parole di saggezza, domandandole cosa desiderava di avere imparato prima nella vita, Valentina non aveva esitato un secondo prima di rispondere: "Coltivare pomodori grossi."

*

Dmytro è tornato da Kiev il mercoledì prima del fine settimana di Pasqua e, anche se di fatto viveva a Poltava città, in un piccolo appartamento in affitto con il suo amico, è venuto direttamente a Bereh. Valentina lo aveva chiamato più volte per verificare l'ora esatta in cui sarebbe arrivato e gli ha fatto trovare una grossa pentola di brodo di pollo con i ravioli. Svolazzava come una farfalla da una stanza all'altra, aprendo futon e stirando asciugamani. Dopo alcuni giorni di colazioni solitarie e passeggiate senza meta intorno a Bereh, ero felice anch'io di vedere Dmytro. Il frastuono dell'eccitazione, lo scartare i regali e l'agitarsi per il cibo mi ha ricordato le vacanze della nostra infanzia.

"Sei sicuro di non avere fame?" ha chiesto Valentina. "Vika, per favore, riscalda la zuppa per Dmytro." Mi chiamava con il diminutivo di Victoria, come faceva di solito la mia famiglia. Ho acceso la stufa e ho sollevato la pentola pesante per metterla sul fuoco.

"Babushka, ti ho già detto che non ho fame," ha detto Dmytro, sedendosi con una tazza di tè.

"Magari qualche patata?"

"Non ho fame."

"O vuoi qualcos'altro?"

"Non ho fame in questo momento. Farò uno spuntino più tardi. Ho vissuto qui abbastanza a lungo da sapere dov'è il frigorifero."

"Adesso non vivi qui," ha detto Valentina tirando su col naso, ed è andata in cucina sbattendosi la porta alle spalle. Sono rimasta in piedi in mezzo al soggiorno con un mestolo di zuppa in mano, incerta su cosa c'eravamo dette o su chi avesse accusato chi di cosa.

"Babushka non voleva che me ne andassi, e anche se sono già passati due anni da quando ho affittato casa mia a Poltava, ogni volta che può tira fuori l'argomento," ha detto Dmytro, lanciando un'occhiata colpevole alla porta. Cominciò a spiegare perché si era trasferito e perché era meglio sia per lui che per Valentina.

Se Valentina pensava che Dmytro l'avesse abbandonata trasferendosi nella città vicina, cosa doveva pensare delle sue figlie che si erano trasferite dall'altra parte dell'oceano? Cosa doveva pensare di me? Sapevo che mia madre e Lola volevano che Valentina emigrasse con loro, e che ogni anno la supplicavano di vendere la casa e trasferirsi negli Stati Uniti o in Canada, ma lei rifiutava. Non voleva rinunciare alla sua casa, al suo frutteto o alla sua libertà. Era stata una loro scelta andarsene, ma era stata una sua scelta restare. Eppure la nostra assenza doveva averla addolorata.

Dmytro ha fatto su e giù per la stanza e poi è andato in cucina a cercare Valentina. Dalla parete sottile, sentivo le loro voci agitate, altri singhiozzi e poi mormorii sommessi. Pochi istanti dopo, Dmytro è tornato in soggiorno e ha annunciato che sarebbe rimasto con noi per tutta la pausa pasquale. Valentina era in piedi dietro di lui, le mani giunte e irradiante felicità.

L'indomani mattina, che era il Giovedì Santo, noi tre abbiamo pulito la casa per Pasqua. Dmytro ha perlustrato i pavimenti del soggiorno, mentre io ho steso i tappeti sullo stendibiancheria in cortile e li ho battuti con una scopa, liberandoli di nuvole di polvere soddisfacenti.

"Ciao!"

Mi sono girata sui talloni e ho visto la nostra vicina di casa Sasha che apriva il cancello che separava le nostre proprietà ed entrava nel nostro cortile. Era una donna attraente sulla cinquantina, con i capelli bordeaux e le guance rossicce. Il vestito di cotone stampato, il gilet di lana e le pantofole da casa erano la versione Bereh dell'abbigliamento per il tempo libero. "Volevo passare a chiacchierare con te, ma gli affari mi tengono occupata in questi giorni," ha detto. Come mia nonna, Sasha e gli altri nostri vicini di Bereh mi parlavano in russo, ma tra di loro usavano l'ucraino. Dato che il mio ucraino aveva un accento inglese, i nostri vicini lo trovavano affascinante ma strano. Mi chiedevo cosa significasse per la mia identità ucraina, preoccupandomi di non appartenere al luogo in cui ero nata, ma mi piacevano così tanto i suoni melliflui della lingua che continuavo a parlarla. Valentina sembrava orgogliosa quando parlavo ucraino, e mentre mi correggeva con un lieve sussurro, si vantava di me come fossi una studentessa modello. Ogni volta che ne avevo la possibilità, passavo all'ucraino e lei si rallegrava delle nuove parole e frasi che avevo imparato.

"Buongiorno, Sasha," ho risposto in russo. Sin da piccola, era l'unica lingua che parlavo con lei, così mi è sembrato naturale continuare a usarla.

L'attività di Sasha era una bancarella nel mercato centrale di Poltava dove vendeva piantine di ortaggi e fiori recisi.

"Il piccolo Sasha ha cercato lavoro all'estero, ma sono contenta che alla fine sia rimasto a casa," ha detto. Il piccolo Sasha era il figlio diciannovenne di Sasha: la sua famiglia aveva risolto il dilemma del nome chiamando tutti i loro figli, maschi o femmine, Sasha.

Sasha sembrava sorridere, ma i suoi acuti occhi verdi mi stavano scrutando dalla testa ai piedi. Il sole primaverile in Ucraina era ingannevole, per cui mi ero infilata tutti i maglioni che avevo e in più mi ero messa la giacca di pelle di pecora di Sergiy. Mi faceva sembrare un pastore, ma ero a mio agio e al caldo.

Valentina mi ha avvertita che qualunque cosa avessi detto a Sasha sarebbe diventata un pettegolezzo del villaggio, ma sospettavo che sarebbe successo indipendentemente dal fatto che avessi detto qualcosa o meno, così ho sorriso in un modo che speravo sembrasse naturale e ho detto che casa era il posto migliore del mondo. È venuto fuori così falso che ho rabbrividito, ma Sasha non se ne è accorta, perché si era accigliata nel vedere che portavo gli stivali di gomma di Valentina.

"Tu e tuo marito guadagnate bene lì?" ha chiesto.

Mi spostavo da un piede all'altro nei miei goffi stivali di gomma. "Basta per noi due."

Poco convinta, Sasha ha lanciato un'altra occhiata alla mia giacca e ai miei stivali. "Cosa fai esattamente lì?"

Valentina è uscita di casa in quel momento, io mi sono infilata dietro di lei nel corridoio e ho lasciato mia nonna a parlare di una nuova varietà di pomodoro che voleva piantare.

Il sabato di Pasqua mi sono svegliata al suono di spari. Con il cuore che mi batteva forte, mi sono seduta sul letto e ho teso le orecchie per sentire da dove provenisse. Sono balzata in piedi e sono corsa a piedi nudi nel cortile. Sono rimasta sull'erba, che era abbastanza fredda da farmi bruciare la pelle, ma ogni schiocco mi inchiodava più saldamente sul posto.

"È solo l'addestramento delle reclute dell'esercito. Il loro campo base è vicino al fiume," ha detto Valentina, uscendo dal *sarai* con una grossa pentola. Si è accorta che ero scalza e si è portata le mani al viso, lasciando cadere la pentola. "Santo cielo, stai cercando di farmi venire un infarto? Entra subito in casa!"

Mi sono asciugata i piedi sul tappeto, le guance rosse. Mentre rifacevo il letto, ho sentito Sasha entrare in casa e salutare Valentina.

"Che putiferio stanno facendo," ha detto.

“Non hanno un minimo di rispetto. Fare una cosa del genere nel fine settimana di Pasqua,” ha detto Valentina, con la voce resa acuta dall’indignazione.

“Ho detto loro di non iniziare così presto, ma Igor ha detto che devono finire la recinzione entro la fine di questa settimana.”

Il rumore di trivellazione che arrivava dal terreno dell’altro nostro vicino di casa ha attutito gli spari e la risposta di mia nonna. L’esercitazione antincendio dell’esercito non turbava né mia nonna né Sasha tanto quanto il recinto di Igor.

Abbiamo preparato il pranzo di Pasqua con la colonna sonora di spari e trapani elettrici. Dato che il forno era acceso, abbiamo lasciato aperta la porta tra la cucina nella veranda e il soggiorno, e i rumori dall’esterno entravano più distintamente. Io sbucciavo le patate e cercavo di non sussultare ogni volta che risuonavano gli spari, anche se dopo poche ore si sono fusi nella solita cacofonia dei suoni di Bereh: galli, cani, bambini, vicini che si salutavano a vicenda. La facilità con cui tutti accettavamo l’anormale mi turbava, ma non sapevo se esistesse un altro modo di vivere una calamità.

“Il modo in cui prepariamo da mangiare per le feste è più movimentato della festa in sé,” ha detto Dmytro, arrivando dal negozio sulla collina con due pagnotte. “Passiamo due giorni a cucinare e poi tutti sono troppo stanchi per godersi il pasto. Sono sicuro che babushka ci sveglierà anche prima dell’alba per fare benedire le uova e il pane pasquale in chiesa.”

“Certo che sì. Ti comporti come se non avessi mai festeggiato la Pasqua prima,” ha detto Valentina. “Perché hai preso il pane integrale?” Ha picchiettato con le dita sul pane che chiamavamo *kirpichik*, mattoncino, per la sua forma rettangolare. "Ha un sapore troppo aspro!"

"Ha esattamente lo stesso sapore del *kirpichik* bianco," ha detto Dmytro. Ha staccato un pezzo di pane e se lo è messo in bocca. "E non è aspro."

"Ehi, non mangiare tutte le croste," ho detto, agitando il pelapatate. Entrambi amavamo i bordi croccanti e caramellati e ce li litigavamo ancora come facevamo da bambini.

"Abbiamo troppo da fare," ha detto Valentina, mettendo manciate di bucce di cipolla in una pentola capiente. "Vika, devi sbucciare più patate."

"Ne ho già sbucciate almeno una dozzina. Quante persone vengono a cena?" ho protestato, prendendo un'altra patata. A differenza di quelle che vendevano a Bruxelles, cedevoli e ovali, queste erano dure e avevano la forma di sculture surrealiste in miniatura. Eppure avevano un sapore decadente, dolce e burroso.

"Noi tre," ha risposto Valentina mentre metteva altre sei patate in una ciotola per farmele sbucciare. "A me e a Dmytro piacciono le patate."

"Valentina e l'esercito americano condividono lo stesso motto: dai sempre il massimo," ha detto Dmytro abbastanza forte perché Valentina lo sentisse. "In base alla mia esperienza, è meglio sottomettersi al generale Valentina e seguire gli ordini."

"Non sopporto di essere paragonata a un generale dell'esercito," ha detto Valentina, con un'aria comunque compiaciuta.

Ha preso la scodella di patate e mi ha dato una lista di ingredienti per la *paska*, una brioche pasquale cotta in un alto stampo cilindrico. “Sicura che ci occorrano due chilogrammi di farina?” ho chiesto a Valentina, calcolando che la *paska* sarebbe bastata per tutto il villaggio. Era nel corridoio a dare istruzioni a Dmytro, in partenza per l’ennesima spedizione di acquisti, e non mi ha sentito. Ho dosato farina, latte e lievito in una grande bacinella di legno che Valentina aveva lasciato sul tavolo da pranzo e ho immerso le mani nell’impasto grumoso. Il profumo cremoso del grano mi ha avvolta. Anche quando non festeggiavamo la Pasqua per via delle obiezioni del mio bisnonno a tutti i riti religiosi, ogni primavera facevamo la *paska* per assaporare il gusto ricco della brioche burrosa ripiena di uvetta bagnata nel rum e scorza d’arancia candita. L’impasto diventava elastico tra le mie mani, e più lo spingevo, attorcigliandolo in una serie di pieghe come mi aveva insegnato Valentina, più reagiva. L’ho coperto con una ciotola e mi sono seduta, asciugandomi la farina dagli avambracci.

Valentina è tornata in cucina e ha iniziato a fare la tintura naturale per le uova di Pasqua. Ha coperto con dell’acqua le bucce di cipolla e le ha bollite. L’odore dolciastro che si diffondeva nel soggiorno mi ricordava i manghi troppo maturi. Parlando di profumo, ho iniziato a notare i profumi intorno a me e ad associarli ad altri aromi che evocavano ricordi. Solo pochi mesi prima ero stata in India con mio marito a fare visita ai suoi parenti a Mumbai. Anche se non era la stagione dei manghi, i profumi dei frutti tropicali con le loro riconoscibili note pungenti danzavano nell’aria satura di odori di spezie, olio da cucina e fuochi. Avevamo visitato una piantagione di spezie a Goa dove i contadini mi avevano mostrato come raccoglievano pepe nero, cardamomo e baccelli di vaniglia. Avevo mandato a Vladimir le foto del villaggio, viti verdi e ghirlande di gelsomini. Vladimir aveva risposto dicendo che le capanne dei contadini gli ricordavano il villaggio dei suoi nonni in Russia. Il ricordo è fluttuato e svanito come una melodia ricordata a metà.

I quadrati di luce che entravano da una finestrella scivolavano dal tavolo al pavimento alle mie spalle; era mezzogiorno passato. Valentina ha colato il liquido oleoso delle bucce di cipolla bollite e ha fatto scivolare dentro le uova. Le ha lasciate cuocere a fuoco lento finché il colore pallido dei gusci non è diventato mogano scuro.

Io e Valentina ci siamo alternate a controllare l'impasto della *paska*, aggiungendo gradualmente uova, zucchero, burro e altra farina. L'impasto luccicava e si espandeva, riempiendo la stanza con il profumo di noce moscata e panna. Valentina impastava vigorosamente, spingendo tutto il corpo contro il tavolo, facendogli ballare il tip tap e lo shimmy. Si è chinata, spingendo l'impasto in avanti e poi improvvisamente si è bloccata a metà movimento ed è rimasta senza fiato. Con la mano ricoperta di burro e farina, si è stretta la parte bassa della schiena.

"Babushka, che c'è?" Sono corsa da lei.

"Niente di grave," ha detto, inspirando bruscamente. Aveva il viso contorto da una smorfia di dolore lancinante.

Ho preso la sedia e l'ho aiutata a sedersi.

"Forse ti sei stirata un muscolo. Lascia stare l'impasto, ci penso io."

Valentina mi ha guardata seccata. "L'ultima cosa di cui

ho bisogno è un problema alla schiena," ha detto, pulendosi le mani su un asciugamano che le ho dato, ma è rimasta seduta.

Dmytro è tornato dal mercato, Valentina si è alzata a fatica ed è andata in cucina. L'ho seguita.

"Abbiamo antidolorifici a casa?" ho chiesto a Dmytro. "Babushka si è stirata la schiena."

Valentina si è voltata e mi ha fissata. "Te l'ho detto, sto bene," ha sbottato. Mia madre mi aveva avvertito che Valentina era sensibile alla sua salute e aveva paura dei medici e, anche se si lamentava, rifiutava che le curassero i suoi disturbi. Sono tornata in soggiorno.

"Questa marca di prosciutto non mi piace," ho sentito che diceva a Dmytro.

"È quello che prendiamo sempre."

"Quanto hai speso per il formaggio a fette? Costa troppo! Perché ne hai comprato così tanto?"

I frammenti delle loro voci saettavano avanti e indietro nell'aria speziata. Ho dato un pugno all'impasto.

Dmytro ha sbirciato nel soggiorno e mi ha vista in piedi davanti al tavolo con le braccia immerse nella farina fino ai gomiti.

"Che razza di pane è che ci vuole tutto il giorno per farlo?" ha chiesto scherzando con un tono così gentile che mi ha fatto sorridere. Mi sono voltata dall'altra parte.

Lui si è avvicinato e mi ha guardata bene negli occhi. "Ti aiuto? Posso lavare i piatti." Ha preso dal tavolo la pila inclinata di piatti e ciotole e li ha portati in cucina.

"Non puoi lavare i piatti! Lo faccio io oppure ci pensa

Vika dopo che finisce con la paska," ha detto Valentina intercettandolo. "Lascia che ti prepari il tè. Hai fame?"

"Perché Dmytro non può lavare i piatti?" ho chiesto, osservando Dmytro che lasciava cadere la spugna nel lavandino e usciva. Ho ripreso a lavorare l'impasto, infilando dentro l'ultima porzione di burro. Spesso e scivoloso, l'impasto resisteva al burro e alle mie mani.

"Non è un lavoro da uomini," ha detto Valentina, spremendo del detersivo per i piatti su una spugna sbrindellata.

"A casa mia mio marito lava i piatti," ho detto ostinata.

"Gli uomini in Occidente sono diversi."

"Ma Dmytro è cresciuto in Canada." Mi pulsavano le braccia per avere lottato con la pasta. La stanchezza e l'irritazione mi stavano logorando e non riuscivo a trattenere le parole anche se sapevo che ogni osservazione mi metteva più fermamente in rotta di collisione con Valentina.

"A casa mia mio marito non ha mai lavato i piatti. Non gli lascerei fare un lavoro così umile da donna," ha detto, immergendo forchette e coltelli nell'acqua e sapone. Ha detto "mio marito" e non "tuo nonno", e nonostante il tintinnio dei piatti nel lavello e lo sbattere della pasta sul tavolo, tra noi è calato un gelido silenzio. L'impasto mi è sfuggito per un attimo dalla presa.

"Qui a Bereh abbiamo i nostri modi, e Dmytro è uno di noi," ha detto Valentina mentre faceva scorrere l'acqua fredda per sciacquare i piatti. Ho colpito di nuovo l'impasto, sbattendo il pugno contro il tavolo e sentendo una scossa di dolore al braccio. Non ho detto che Sergiy, suo padre, lavava i piatti, preparava il tè per Asya e preparava la colazione per me. Non le ho chiesto se includeva anche me in quel suo "noi". Avevo paura che dicesse di no.

*

Dmytro mi ha svegliata all'alba. Bereh non aveva la sua chiesa, ma il villaggio dall'altra parte dei binari della ferrovia sì, e c'era un prete che veniva da Poltava per eseguire la benedizione rituale. Ho frugato nell'armadio della camera da letto alla ricerca di vestiti adatti, ricordando che alcune chiese ortodosse avevano un rigoroso codice di abbigliamento per le donne. Ho indossato una lunga gonna blu plissettata, un soprabito di lana nera e una sciarpa grigia che continuava a scivolarmi tra i capelli.

"Sembri Asya da giovane," ha detto Valentina quando sono uscita dalla camera da letto. Dopo il litigio della notte precedente, ci trattavamo entrambe con innaturale riserbo e gentilezza. Sapevamo entrambe che non ero affatto alta e bionda come Asya e che i miei capelli scuri e la mia corporatura minuta erano tutti dalla parte di mio padre, ma ho capito cosa voleva dire Valentina e mi ha confortata.

Il tavolo della stanza principale era ricoperto di *paske*. Le alte forme cilindriche luccicavano sotto uno strato di meringa bianca e petali di violetta zuccherati. Abbiamo scelto la pagnotta più bella e l'abbiamo messa nel cestino, insieme a diverse uova e sale avvolto in un fazzoletto. Il pranzo di Pasqua iniziava con un uovo intinto nel sale benedetto e una fetta di *paska*. Il giorno prima non avevo mangiato molto e la fame rendeva più nitido ogni colore, consistenza e profumo.

Valentina ha fatto il segno della croce su di noi mentre uscivamo dal cancello. Decorava la sua toletta con icone e segnava le festività religiose nel calendario per ricordarsi di non fare lavori di giardinaggio in quei giorni, ma raramente andava in chiesa. Diceva che lì non sapeva come comportarsi, ma che le piaceva l'idea del pane benedetto.

Abbiamo attraversato case addormentate e frutteti che si stavano svegliando. Le bianche nuvole di albicocchi in fiore pervadevano il villaggio con la raffinatezza di un dipinto giapponese. Mentre io e Dmytro ci voltavamo verso il fiume, sono apparsi alla vista degli orti delimitati da serre portatili. Vista dall'estremità ripida della riva del fiume, Bereh assomigliava a un antico dagherrotipo di capanne imbiancate a calce con persiane di legno, salici piangenti e viti aggrovigliate. Le sponde del fiume erano deserte e la corrente scorreva rapida, portando con sé alberi capovolti, case sottosopra e le nostre ombre sfocate.

"Dov'è il campo di addestramento dell'esercito?" ho chiesto a Dmytro. Ha indicato in direzione delle foreste che, anche se si ergevano trasparenti e luminose contro il limpido cielo mattutino, mi apparivano oscure e minacciose.

La chiesa era un piccolo edificio bianco con un tetto di metallo blu decorato con croci dorate. Ci siamo uniti alla folla di persone nel cortile in attesa che le loro uova e *paske* venissero benedette. Due donne in jeans e giacca di pelle hanno guardato la mia gonna lunga e il mio soprabito e ridacchiando si sono sussurrate qualcosa. Ho notato che ero l'unica donna sotto i settant'anni che indossava una gonna. La porta della chiesa si è aperta, e un giovane prete con una barbetta nera e sottile che gli faceva sembrare il viso ancora più fanciullesco, è uscito nel cortile portando una piccola scopa e un secchio di latta come quelli che Valentina usava per conservare le patate. Ha immerso la scopa nel secchio, ha intonato *Khristos Voskres* e ha spruzzato dell'acqua su di noi. La scopa è diventata uno spruzzatore di acqua santa, il secchio di latta si è trasformato in un recipiente sacro e la folla assonnata è sembrata esaltata mentre rispondeva in un coro armonioso: "*Voistinu Voskres.*" Il sole del mattino è salito più in alto e ha incendiato le croci sul tetto della chiesa. Il prete ha fatto il giro benedicendoci tre volte con l'acqua benedetta ed è scomparso all'interno della chiesa. Ancora sotto l'incantesimo delle benedizioni, le persone si sono salutate, abbracciate e baciate. Non abbiamo visto nessuno di nostra conoscenza, ma in quel momento tutti sembravano familiari e cari, anche le donne che prendevano in giro il mio vestito antiquato.

"Voi due siete di Asya Berezko?" Vicino al cancello della chiesa, una donna curva con in mano un enorme cesto e un bastone da passeggio ci ha fatto cenno di avvicinarci. Dmytro ha annuito, ma io l'ho fissata confusa. Era passato molto tempo dall'ultima volta che avevo vissuto in un posto dove la gente conosceva la mia famiglia, e avevo dimenticato che a Bereh eravamo definiti dai nostri anziani, vivi o morti. La donna ha studiato i nostri volti in silenzio. "Sì, siamo i pronipoti di Asya," ha detto Dmytro.

"I nostri giovani stanno cercando di scappare e voi continuate a tornare," ha detto, posando a terra il cesto.

Sotto il telo ricamato che copriva il cesto, ho notato i pani pasquali, le uova e un mazzo di tulipani rossi, le loro corolle cremisi tenute strette da elastici. Quando Asya vendeva fiori al mercato, mi affidava il compito di tagliare dei palloncini giocattolo in strisce sottili e farli scivolare sui freschi boccioli. Palloncini rossi per i tulipani rossi, palloncini bianchi per i bianchi. Il trucco impediva ai fiori di aprirsi e perdere la loro freschezza. Senza aspettare la mia risposta, la donna si è strofinata le labbra con il dorso della mano e ha detto: "Ma perché non dovreste? Casa è sempre casa."

Quando siamo rientrati, mi sono addormentata sul divano e mi sono svegliata al tramonto. Gli incantesimi della cerimonia pasquale risuonavano ancora intorno a me. Avevo gli occhi umidi e il respiro pesante. Ho sentito la mano di qualcuno sulla fronte e ho visto Valentina in piedi su di me.

"Non siamo riusciti a svegliarti. Dmytro è andato a portare i pani pasquali benedetti a Sasha e agli altri nostri vicini. Sembri un po' accaldata. Devo prepararti una tazza di tè con la marmellata di lamponi?"

"Sto bene, davvero," ho detto, sedendomi e scrollandomi di dosso lo stordimento. "Ma il tè con la marmellata di lamponi lo voglio." Il rimedio preferito della nostra famiglia per il raffreddore era una tazza di tè nero con dentro un cucchiaio di marmellata di lamponi.

"È tutta colpa mia," ha mormorato Valentina, uscendo dalla camera da letto. "Avrei dovuto preparare le cose meglio. Ti ho fatto lavorare troppo." Valentina ha riscaldato l'arrosto di maiale e le patate e ha affettato la *paska* benedetta. Abbiamo sbattuto le uova tra noi per vedere chi avrebbe avuto più fortuna nel prossimo anno. Si è rotto il mio uovo; ha vinto Valentina. L'indomani mi sono svegliata presto e l'ho raggiunta nel giardino dei ciliegi.

Cinque

Avevo aspettato con ansia che finissero le vacanze di Pasqua per potere chiamare gli archivi nazionali di Kiev. Avevo studiato la storia e la politica del blocco socialista abbastanza a lungo da sapere che se qualcuno scompariva negli anni trenta in Unione Sovietica, il colpevole più probabile era la polizia segreta. Dovevo trovare un modo per entrare nella Casa del Gallo.

"Come ti aspetti che troviamo i documenti del tuo parente se non hai informazioni su di lui?" mi ha chiesto la voce all'altro capo del filo. "Sei scema o cosa?"

L'insulto gratuito mi ha ricordato il mio disgusto viscerale per la burocrazia in stile sovietico e per qualche motivo ho pensato a Vladimir e mi sono arrabbiata di più. Ma avendo scommesso una posta alta su questa conversazione, ho ingoiato la mia risposta acida e ho chiesto aiuto.

"Ci lasci i suoi contatti e la richiameremo," ha detto la voce, placata ma annoiata.

Non ha richiamato nessuno.

Il fatto che il primo giorno del mio ritorno a Bereh Valentina fosse corsa a lavorare in giardino, avrebbe dovuto farmi capire che i tè intorno al samovar e le lunghe chiacchierate piacevoli avrebbero languito nella mia immaginazione. Faceva finta di non sentire le mie domande su Nikodim e non aveva alcun interesse a rivivere giorni ormai lontani. La gente spesso presume che le persone più grandi di loro vivano nel passato e si divertano a rimescolare i propri ricordi come una pila di fotografie, ma Valentina non era Vladimir. Manifestava scarsa nostalgia per l'Unione Sovietica e per i giorni della sua giovinezza. Sorrideva ogni volta che mi vedeva guardare le fotografie di una donna alta e snella in posa civettuola per la macchina fotografica, la se stessa più giovane, che erano sparse per la casa. "Sì, decisamente bella," diceva, come se stesse valutando una sconosciuta.

Poi metteva da parte le foto e prendeva uno dei suoi almanacchi agricoli preferiti. "Ma quello era il passato. Ora dobbiamo pensare al futuro," diceva, prendendo appunti a margine e disegnando complicate trame di aiuole.

Seccata com'ero all'inizio, non potevo fare a meno di trovare toccante la ricerca di Valentina di un giardino perfetto come promemoria della ricerca ossessiva di Asya. Presto ho smesso di aspettarmi che mia nonna cambiasse la sua routine per me e piuttosto è stata lei a cambiare la mia: l'ho raggiunta nel frutteto.

"Chi ti ha insegnato a imbiancare così il frutteto!" ha detto Valentina. Ho alzato gli occhi. Mia nonna era in piedi accanto a me, le braccia sui fianchi, e il suo viso tondo aveva un'espressione esasperata. "Il bianco non è abbastanza denso," ha detto.

Non avevo mai imbiancato un frutteto in vita mia. Per me era un luogo dove divorare i romanzi di Jules Verne sotto i rami sparsi dei ciliegi, con il dolce fruscio delle foglie che mi accompagnava nel mio viaggio al centro della Terra. Più avanti, quando ho lasciato l'Ucraina per gli Stati Uniti, i miei ricordi del frutteto sono diventati fantasie romantiche di tè pomeridiani sotto i rami fioriti. Immaginavo il nostro frutteto quando ho letto la famosa poesia di Taras Shevchenko: "Un frutteto di ciliegi vicino alla casa. Sopra le ciliegie ronzano i coleotteri." Anche gli ucraini come mia madre, che non parlavano correntemente la loro lingua madre, sapevano recitare la coda romantica della poesia, "E gli usignoli vegliano".

Quando ho iniziato a scrivere di profumi, il frutteto ha fornito la tela profumata e ho attinto ai miei ricordi di fiori e alberi in fiore per aggiungere strati alle mie descrizioni di aromi. Il giardino di Bereh è diventato il mio serbatoio infinito di profumi e delle loro sfumature. Imbiancare il frutteto non rientrava nelle mie fantasticherie. Eppure, l'idea di Valentina di un perfetto ciliegio includeva alberi con bande bianche di soluzione di calce dipinte sui loro tronchi.

"Cosa intendi per non abbastanza denso?" ho chiesto. "Quanto è abbastanza?"

"Quando le bande sembrano bianche, non grigio striato," ha detto Valentina. Ho ricominciato a imbiancare tutto da capo, dipingendo la metà inferiore degli alberi il più accuratamente possibile e riempiendo ogni fessura con la pasta densa. Dopo un paio d'ore, il frutteto era bianco e luccicante, e avevo delle chiazze rosse scrostate sulle dita provocate dalla soluzione caustica che filtrava attraverso i guanti. Con indosso la vecchia tuta da ginnastica di mio nonno e il grembiule della mia bisnonna, sembravo un vagabondo degli incubi cittadini di Gogol, e non la padrona di una tenuta in campagna delle mie fantasie cechoviane.

Valentina è uscita per ispezionare il lavoro. "Sembra ben fatto," ha detto, girando intorno agli alberi. Poi si è fermata e si è accigliata. "Ma non lo vedi che ora è irregolare? Alcune bande sono più spesse di altre. E hai saltato l'albero vicino al pozzo."

Mi bruciavano le mani sporche di calce. "Ho studiato scienze politiche, non agraria," ho borbottato, mentre Valentina dimostrava la tecnica corretta.

"E quanto ti è servito?" ha ribattuto lei. Quando avevo parlato a Valentina della materia scelta per la tesi di laurea, lei l'aveva definita "poco pratica".

Ho premuto il pennello contro il tronco dell'albero, osservando la soluzione lattiginosa filtrare nelle scanalature. Il profumo gessoso mi ha ricordato le lavagne scolastiche e i vecchi pastelli. "Continuo a non capire cosa c'è di così poco pratico nelle scienze politiche?" ho azzardato.

Valentina ha passato la mano sui rami di ciliegio e ha accarezzato con le dita i boccioli appiccicosi. "Studiare la politica è la cosa più inutile del mondo. O entri in politica e giochi in campo o li lasci in pace e speri che non ti rovinino la vita," ha detto infine. "Anche se è difficile evitare di essere incasinato dalla politica qui. Adesso per esempio, per colpa della situazione con la Russia, i prezzi di tutto stanno salendo vertiginosamente. Anche questa calce che non riesci ad applicare correttamente costa il doppio rispetto a qualche mese fa."

Ho fissato il liquido opaco che gocciolava dall'estremità del mio pennello.

"Volevo studiare scienze politiche per quello che abbiamo vissuto quando l'Unione Sovietica è crollata. Volevo capire questo posto," ho detto. "E ho pensato che mi sarebbe piaciuto insegnare. Non ti piaceva fare l'insegnante?"

"Mi piaceva insegnare," ha ammesso Valentina. "Ma è un mestiere che ho scelto per caso. Asya insisteva perché diventassi una esperta di carne – una macellaia professionista – perché significava che avremmo sempre avuto carne sulla nostra tavola. Nell'attimo stesso in cui sono entrata in un mattatoio, sono svenuta per la puzza di carne marcia e la vista delle interiora che colavano sul pavimento di cemento. Così ho deciso di diventare una geografa. All'epoca quel settore si chiamava geografia economica, perché si trattava di fare rispettare alla natura i piani quinquennali." Valentina ha scosso la testa. "Pensavo stupidamente che non dovevi avere a che fare con il sangue fintanto che maneggiavi numeri e mappe."

Era la conversazione più sincera che io e Valentina stavamo avendo dal mio arrivo, e volevo che continuasse. "Sei stata un'insegnante meravigliosa, qualunque cosa tu abbia insegnato," ho detto. "Da bambina mi piaceva ascoltare le tue lezioni, anche se non capivo niente di quello che dicevi. Mi piaceva anche quando la gente si affollava intorno a noi nei musei per origliare le tue spiegazioni sull'arte. Volevo emularti diventando anch'io un'insegnante."

Ma il viso di Valentina ha riacquistato la sua espressione neutra e si è accovacciata vicino a un ciliegio con un pennello. Mia nonna era più preoccupata per l'albero che per le mie scelte di vita. Così non le ho detto che mi aveva influenzata in un altro modo dandomi la fiducia necessaria per provare qualcosa di nuovo. Quando mi sono accorta che studiare scienze politiche non era all'altezza delle mie aspettative, non ho esitato a cambiare carriera. Ho messo da parte i modelli della teoria dei giochi, mi sono iscritta a una scuola di profumi e ho imparato la chimica organica. Scrivevo di profumi e sapori, traducendo in parole l'intangibile. Una cosa che non mi ha mai spaventata è tuffarmi nell'ignoto.

Ricordavo il mio ultimo viaggio in California per andare a trovare mio padre. Anche lui era pronto per iniziare qualcosa di nuovo e ricordavo quanto sembrasse euforico. Avrei voluto dirlo a Valentina. Conosceva bene mio padre, ma ne parlava raramente.

"Perché l'imbiancatura deve essere così matematicamente precisa, se l'unico scopo è proteggere la corteccia dagli insetti?" ho chiesto piuttosto. Una paura che non riuscivo a identificare mi ha trattenuta dal chiedere a Valentina di mio padre.

Mia nonna ha piegato la testa di lato e mi ha teso una mano. "Dammi quella spazzola grande," ha detto.

Fissava la linea storta della soluzione di calce su un vecchio ciliegio. "L'imbiancatura protegge la corteccia dalle scottature del sole in inverno e dagli insetti, ma dovrebbe anche essere bella," ha detto. Gli standard di mia nonna erano rimasti alti.

Una parte del nostro giardino dei ciliegi confinava con l'orto di Sasha, e ogni volta che il perfezionismo di Valentina e la mia testardaggine si scontravano, vedevo la vicina che ci scrutava attraverso il fragile recinto di filo che separava le nostre proprietà. Il vento portava avanti e indietro le conversazioni tra i nostri giardini, ed ero sicura che Sasha fosse al corrente dei dettagli dei nostri piccoli drammi quanto noi dei suoi litigi con il figlio.

“Vedo che oggi hai deciso di imbiancare,” ha detto Sasha, aprendo il cancello ed entrando. “Valentina Sergiyvna, quanto hai pagato per la polvere di calce?”

Valentina e Sasha hanno discusso del costo della calce, mentre io dipingevo.

“Il piccolo Sasha ha invitato una sussurratrice di cetrioli a venire questo pomeriggio. Devo preparare i semi,” ha detto Sasha, in procinto di ritirarsi nel suo giardino.

Ho smesso di dipingere e mi sono voltata a guardarla. “Una sussurratrice di cetrioli?”

“Sì, una sussurratrice di cetrioli. È una vera professionista, non come i ciarlatani che pubblicizzano i loro servizi sull'*Alba di Poltava*,” ha detto Sasha, per qualche ragione offesa. “Non cercare mai un sussurratore di cetrioli su un giornale. Sono tutti truffatori.”

“Cosa fa un sussurratore di cetrioli?” ho chiesto. Non mi era mai venuto in mente che esistesse un servizio del genere, tanto meno che le persone pubblicassero annunci economici al riguardo.

“Un sussurratore di cetrioli lancia un incantesimo per garantire un raccolto abbondante,” ha detto Sasha, alzando gli occhi al cielo. Mentre io me ne stavo lì sbalordita, chiedendomi se anche Valentina ingaggiasse sussurratori di cetrioli, Sasha ha lanciato un'occhiata agli alberi che avevo imbiancato e mi ha rivolto un sorriso tirato. “Non sapevo che le donne di città sapessero imbiancare così bene.”

Sasha mi faceva sempre i complimenti in faccia, ma lo faceva in un modo così esageratamente sdolcinato da sembrare falso. Sapevo anche che alle mie spalle diceva tutt'altre cose su di me.

"Sasha dice che hai sempre scarpe brutte," ha detto Valentina l'indomani, mentre stavamo per iniziare il nostro giro quotidiano di giardinaggio. "Dice che le tue scarpe sono più adatte a un *kolkhoznitsa*, un contadino delle fattorie collettive, che a un *amerikanka*. Un'*amerikanka* che vive in Europa, nientemeno!" Valentina ha riso forte e si è asciugata gli occhi.

Non l'ho trovato altrettanto divertente.

"Ma cosa dovrei indossare? Piove e la strada sterrata davanti casa è impraticabile!" Ho dato un'occhiata ai miei stivali di gomma allineati vicino all'ingresso. Robusti e grossolani, non erano di alta moda, ma considerando che Sasha stessa portava un paio di pantofole strappate, non capivo perché le mie scarpe le dessero fastidio.

"Non importa," ha detto Valentina, agitando la mano davanti al viso come per scacciare le mosche. "Sasha è solo una chiacchierona."

La mia irritazione per i commenti passivo-aggressivi di Sasha si è trasformata in rabbia che non sono riuscita a trattenere. "Sparge voci su di me," ho detto. "Qualcuno l'altro giorno mi ha chiesto se ho divorziato, altrimenti perché dovrei tornare qui?"

"Sono solo chiacchiere. Sasha dice sciocchezze, ma ha buone intenzioni. Quando non c'è nessuno di voi, è lei che mi aiuta," ha detto mia nonna. Non capivo come Valentina rimanesse indisturbata dai pettegolezzi sul mio matrimonio.

“Allora perché mi stai dicendo quello che ha detto delle mie scarpe? E perché la difendi sempre?”

“Perché ti arrabbi? Il fatto è che gli stivali di gomma sono brutti. Indossali se vuoi, ma non infastidirti se senti la gente fare commenti,” ha detto Valentina, inarcando le sopracciglia.

“Ma sei stata tu a darmeli e a dirmi che erano meglio delle mie scarpe da ginnastica,” ho detto, indicando gli stivaletti foderati di pelliccia sintetica che apparentemente causavano tutte queste tragedie a Bereh.

Valentina ha sospirato bruscamente e si è alzata. “Metti pure tutto quello che vuoi. Vado in giardino.” Si è infilata la giacca senza guardarmi.

“La gente con te ha parametri diversi, perché vivi all’estero. Apprezzano il tuo ritorno. Si sentono orgogliosi di te per il tuo ritorno. Ma ti giudicheranno comunque,” ha detto, gettandosi una sciarpa intorno al collo. “Te lo immagini cosa hanno detto quando Dmytro è tornato dal Canada per vivere qui?” Il viso le si è addolcito ed è uscita.

Ho rispolverato gli stivali di gomma con la manica e ho deciso di non indossare nessun altro tipo di calzature quando Sasha era nei paraggi.

Più tardi ho chiamato mio marito e ho accennato alla conversazione con Valentina. Mi ha consolata dicendo che nei posti piccoli le persone sapevano tutto l’una dell’altra e avevano bisogno di discuterne. Sentivo la sua mancanza e lui la mia, ma abbiamo deciso che sarei rimasta in Ucraina per tutto il tempo necessario. A quel punto ho preso atto del fatto che avrei dovuto prolungare il mio soggiorno di un mese. Dovevo fare un viaggio nel sud della Francia per la raccolta delle rose, ma gli altri articoli che dovevo scrivere non mi obbligavano a tornare subito a Bruxelles.

Alla fine, non erano i discorsi di Sasha a preoccuparmi davvero. Potevo tranquillamente ignorarla. Ma non potevo ignorare la tensione tra me e mia nonna. La trovavo imprevedibile e incomprensibile, e ho capito che riuscire a stabilire un legame vero con lei avrebbe richiesto più di un biglietto per l'Ucraina o dell'imbiancare un giardino dei ciliegi.

*

L'altra cosa di cui ho dovuto prendere atto era che non stavo andando da nessuna parte nella mia ricerca di Nikodim. Dopo avere rinunciato agli archivi nazionali, ho esplorato le risorse regionali di Poltava. Ho controllato il sito web ufficiale della divisione archivistica per le informazioni ai visitatori e, dopo essermi accertata che non era necessario alcun appuntamento, ho cambiato gli stivali di gomma con scarpe adatte alla città e ho preso il pullman per Poltava.

La città mi ha sconcertata e deliziata. In Ucraina, dove la geografia spesso determinava il destino, Poltava sfidava le facili classificazioni. Non era né l'est né l'ovest. Era il centro, ma anche la periferia. Nella piazza principale, imponenti edifici neoclassici, come molte riproduzioni del Partenone, circondavano un grande parco con un monumento alla vittoria di Pietro il Grande sulla Svezia nel 1709. Sopra di esso sventolava una bandiera ucraina, affissa all'aquila imperiale russa in cima alla colonna. Sulle colline sopra la città, le cupole dorate del Monastero dell'Esaltazione della Santa Croce brillavano tetre. Il monastero fu finanziato dai cosacchi, molti dei quali combatterono a fianco degli svedesi in quella lontana ma ancora vividamente ricordata guerra del diciottesimo secolo. Via Lenin correva parallela alla via del Vecchio Monastero. Engels dava una gomitata a Gor'kij. Via Pushkin inciampava su Gogol e Rosa Luxemburg prima di fermarsi nella quiete di Vicolo Linden, dove il poeta russo gettava uno sguardo di bronzo sui nonni che giocavano a domino e sui gatti che sonnecchiavano sulle panchine vuote. I nomi delle strade stavano per essere cambiati, ma i cartelli recavano ancora designazioni dell'era sovietica e le persone si davano appuntamento vicino all'assente monumento a Lenin. Ero certa che una città la cui psiche era così profondamente impressa nei ricordi avrebbe fornito indizi sul destino di Nikodim.

Ma la mia fiducia ha vacillato quando sono entrata nell'Ufficio archivistico regionale. L'edificio di cemento grigio aveva tutte le caratteristiche di un'istituzione burocratica di tipo sovietico e proiettava una potenza senza volto. Mi ha assalito con l'odore della polvere e dei piani quinquennali non realizzati e mi ha trasformato nell'ennesimo numeretto in una fila di persone.

Anche se "fila" non era la parola giusta per la folla impaziente che si accalcava verso il banco della reception. "Vada al secondo piano," ho sentito dire da una giovane receptionist a una signora anziana con un apparecchio acustico e un cappello di feltro vintage.

"Settimo piano? E come faccio? Questo palazzo non ha sette piani," ha detto la signora, cercando di aggiustare l'apparecchio acustico che invece le è caduto sul pavimento.

"Secondo piano. Secondo piano!" La voce della receptionist era roca per lo sforzo. Altri hanno cercato i pezzi dell'apparecchio acustico sul pavimento e hanno guidato la signora nel posto giusto, urlando anche loro istruzioni. La fila si è ricomposta e io mi sono ritrovata in coda. Due uomini anziani con giacche di tweed ricoperte di medaglie di guerra brandivano fogli di carta ingialliti come prova di un documento ufficiale di cui non riconoscevo l'acronimo. Certificati, permessi e attestati venivano richiesti e negati; le richieste venivano presentate e dichiarate impossibili. Gli archivi restavano impenetrabili.

Una donna di mezza età che indossava un lungo cappotto rosso voleva una prova del suo retaggio ebraico.

"È nata a Poltava? Ha contattato la sinagoga?" ha chiesto un impiegato.

"Quale sinagoga? La sinagoga è stata trasformata in un teatro dell'opera. Il teatro dell'opera è andato a fuoco e ora è chiuso," ha risposto la donna.

"Lo dice come se avessi chiuso io stesso la sinagoga e bruciato il teatro dell'opera," ha detto l'uomo, spingendo un foglio di carta verso di lei. "Ecco l'elenco di tutte le sinagoghe di Poltava. Ce n'è più di una, sa."

"E cosa vuole?" la receptionist mi ha lanciato un'occhiata e poi è tornata allo schermo del suo computer.

Ho spiegato che stavo ricostruendo il mio albero genealogico e avevo bisogno delle informazioni d'archivio sui villaggi dei miei bisnonni. Ricordando la mia esperienza con gli archivi nazionali, ho deciso di non parlare ancora di Nikodim.

"Devushka, deve fissare un appuntamento con l'archivista capo, ma oggi è impegnata. Il prossimo in fila!"

Essere chiamata "giovane donna" per qualche motivo mi ha irritata ulteriormente. "Non c'è un modo per prendere appuntamenti. Ho controllato sul vostro sito web," ho detto, sentendo la folla che mi premeva sulla schiena.

"Non avevo idea che qualcuno usasse il nostro sito web," ha detto l'impiegata.

"Vengo da un'altra città," ho detto, parlando di Bereh.

"Non m'importa se lei viene da Parigi. Lo ha capito o no? Prossimo in fila!"

"Non vengo da Parigi..." ho iniziato a dire, ma l'impiegata mi ha interrotta.

"Sì, lo vedo," ha detto, guardando il semplice cappotto nero che portavo con lo scialle con le rose di Asya.

Istintivamente mi sono tirata indietro e qualcuno mi ha spinta fuori dalla fila per prendere il mio posto. Mi sono fatta da parte e ho sentito un altro gomito colpirmi nelle costole. Il dolore, immeritato e inaspettato, mi ha fatta infuriare e mi sono tuffata tra la folla, tornando al banco della reception.

"Questo è un ufficio archivi e il suo compito è aiutare, non insultare i clienti," ho detto. Una volta presa la decisione di mantenere la mia posizione, tutta la rabbia è svanita e la mia voce ha risuonato nitida e chiara sopra la folla improvvisamente silenziosa. "Vivo in un altro paese – vicino a Parigi, se ritiene che la cosa sia importante – e sono venuta qui per tracciare la storia della mia famiglia. Se devo fissare un appuntamento, vorrei sapere come devo fare."

L'impiegata e le persone in fila mi hanno guardata a bocca aperta. Ora avrei voluto indossare gli stivali di gomma del mio villaggio oltre alla giacca di produzione sovietica di Sergiy. “Ma perché non ha detto fin dall’inizio che veniva dall’estero?” ha mormorato l’impiegata. “Deve andare da Oksana Vasylivna, l’archivista capo. Il suo ufficio è dietro l’angolo.”

Mi sono fatta da parte, ho dato una spolverata al cappotto e mi sono aggiustata lo scialle, sentendomi come se fossi uscita da una rissa. La facilità con cui le porte si erano aperte al solo accenno alla terra oltre il confine faceva sembrare la mia vittoria a buon mercato. Ma l’ho accettato e ho camminato lungo il corridoio fino all’ufficio del capo archivista, con l’impiegata alle mie calcagna. È entrata con me nell’ufficio di Oksana Vasylivna e ha spiegato che ero una straniera che cercava la sua famiglia a Poltava. L’archivista capo ha annuito mestamente. Poi ha preso un fascicolo voluminoso di documenti e il mio cuore ha accelerato: ho interpretato il suo gesto come un buon segno.

“Mi faccia controllare cosa potremmo avere nel nostro database. Sì, siamo così high-tech qui.” Oksana Vasylivna ha alzato gli occhi al cielo e ha aperto una pagina con un glossario scritto a mano.

Ho recitato i nomi dei villaggi da cui hanno avuto origine diversi rami del mio clan di Poltava: “Mykhailivka, Maiachka...” Ma Oksana Vasylivna ha richiuso il faldone e lo ha rimesso sullo scaffale. “Allora non posso aiutarla. Nessuno degli archivi di questi villaggi è sopravvissuto. Sono stati bruciati durante la guerra civile, distrutti durante le repressioni staliniste o persi dopo l’occupazione tedesca. Cancellati.”

Si è rivolta all’impiegata, che ascoltava la nostra conversazione appoggiata alla porta. “Non è vero? È come se non fossero mai esistiti.”

Le donne hanno allargato le mani come per dire che anche la potente burocrazia era impotente contro la storia ucraina.

"Come se non fossero mai esistiti." I documenti perduti erano una storia comune in un paese che ha cambiato governo decine di volte solo nel 1919, ma prima di andare lì in archivio non avrei mai pensato che le tracce di un'intera famiglia in un'area delle dimensioni del Belgio avrebbero potuto essere state spazzate via.

"Ho anche uno zio che è scomparso negli anni trenta," ho iniziato titubante. "Pensa che dovrei fare domanda per una ricerca sulla Casa del Gallo? Mi riferisco al servizio di sicurezza dell'Ucraina." Le due donne mi hanno sorriso con compassione materna e hanno scosso la testa.

"Gli archivi criminali sono ancora classificati. E poi, vista la nostra situazione in questi giorni, pensa davvero che qualcuno di quell'organizzazione la aiuterebbe a cercare uno zio scomparso chissà quando?" ha detto Oksana Vasylivna.

"In più, lei non è una parente diretta," ha detto l'impiegata. "L'unico modo per fare domanda è chiedere al parente più prossimo di farlo." Dubitavo che Valentina fosse interessata a farlo, impegnata com'era nel frutteto. Non ero nemmeno riuscito a convincerla a condividere qualcosa su Nikodim.

Sono uscita dall'edificio degli archivi, evitando il contatto visivo con la folla di anziani alla reception, che bisbigliavano tra loro mentre mi guardavano passare di corsa. Alla fermata del pullman, ignara delle persone che mi spingevano, mi sono fermata sotto la pensilina di metallo tappezzata di pubblicità di mobili di seconda mano e attrezzi agricoli e ho riflettuto sulle mie scoperte. Se gli archivi erano stati cancellati, e se Valentina non voleva parlare del passato, dovevo rinunciare alla mia ricerca.

Non ho aspettato il pullman e piuttosto mi sono diretta lungo la strada dove i viali lastricati centrali di Poltava lasciavano il posto a ciottoli e giardini di ciliegi. Ho girato a destra e ho visto un edificio bianco sormontato da una semplice cupola verde. CHIESA ORTODOSSA UCRAINA DI SAN NICOLA, recitava una targa nuova di zecca sul cancello. La chiesetta era costituita da un porticato coperto e da due ali sporgenti, e siccome si librava precariamente sull'orlo di un burrone, sembrava un uccello pronto a spiccare il volo – o a tuffarsi nell'abisso.

Sapevo di più sull'ebraismo tramite il lato della famiglia di mio padre che sul cristianesimo ortodosso. Il mio bisnonno Sergiy era cresciuto in una famiglia religiosa, ma riteneva la chiesa responsabile dell'incoraggiamento al fatalismo e alla paura e disprezzava tutto ciò che ricordava il suo credo e i suoi rituali. Addirittura rabbrividiva quando le persone usavano espressioni comuni come “a Dio piacendo” o “per l'amor di Dio”. Prima persona della famiglia a ricevere un titolo universitario, insegnava storia e letteratura, e si definiva un ateo la cui unica missione sacra era quella di diffondere l'istruzione.

Eppure, il misticismo della chiesa ortodossa che Sergiy trovava respingente, a me attraeva e trovavo i suoi riti e rituali enigmatici e rassicuranti. Mi piaceva entrare nelle chiese e trovarmi avvolta dal fumo dell'incenso e dagli incantesimi: il mistero risvegliava la mia curiosità. Mi sono fermata davanti a San Nicola e poi ho spalancato le pesanti porte di legno, non sapendo cosa aspettarmi e non volendo saperlo.

La luce del sole splendente è stata bruscamente interrotta e sostituita da ombre oscure. La sala era stretta e buia, piena di stendardi e ghirlande ornati d'oro. Sono entrata a fatica, passando da una porticina e, anche se la chiesa era vuota, mi sono sentita come se avessi disturbato un grande raduno. Centinaia di occhi bizantini mi scrutavano, l'unica mortale in questo regno celeste. Le semplici pareti bianche della chiesa erano ricoperte di icone di santi, martiri e della Vergine Maria. Ricami decorati avvolgevano le icone e la luce che filtrava dalle monofore risplendeva sulle cornici barocche e sulle aureole dorate. Un silenzio profumato di fiori e mirra amplificava i suoni dei miei passi. Ho acceso una candela sotto l'icona di santa Barbara, decapitata per avere rifiutato di rinunciare alla sua fede. Ho notato che il suo altare aveva più candele e offerte.

Ho sentito qualcuno che mi osservava – un caldo sguardo umano – e mi sono voltata così in fretta che per poco non sono andata a sbattere contro una donna bassa di circa sessant'anni, con un viso tondo e arrossato e una folta treccia bionda avvolta intorno alla testa.

"Posso fare una foto?" ho chiesto.

"Certo, faccia pure," ha risposto. "Sono Pani Olga."

Mi sono chiesta se non avessi sentito male. Le persone usavano raramente *pani*, una parola antiquata per dire signora, nella nostra città di vie Lenin e piazze Engels. Pani Olga nel frattempo stava guardando la mia Canon.

"Ho un archivio che andrebbe fotografato," ha detto senza preamboli. "Potrebbe venire una o due volte alla settimana e fare qualche foto?"

Ha notato la mia esitazione e ha aggiunto: "Pregherò per

lei." Ho detto di sì senza capire del tutto cosa avevo appena accettato di fare.

Se Sergiy aveva lasciato la chiesa per seguire Lenin, quella primavera ho invertito la rotta. Aiutavo ancora Valentina nel frutteto, ma nei fine settimana prendevo un pullman per Poltava e fotografavo l'archivio di Pani Olga.

Non mi sbagliavo nel pensare che San Nicola fosse sull'orlo della distruzione. Negli anni cinquanta il Partito comunista di Poltava l'aveva fatta saltare in aria, in un'epoca di pace e abbondanza, quando sembrava che Dio non sarebbe più servito. L'unica parte sopravvissuta era un nartece, la sala che collegava il mondo sacro a quello mortale. La chiesa aveva raccolto fondi per ricostruire le rovine e trasformarle in una parrocchia funzionante, ma mancavano i fondi per riempire il burrone e ricostruire il resto dell'edificio. Tuttavia, la chiesa aveva vissuto la sua vita vibrante. Lo sentivo anch'io e il profumo dell'incenso mi ha permeato pelle e capelli. Dopo alcune visite, padre Oleksiy, il sacerdote cherubino dalla barba nera come l'ebano, ha ignorato la mia presenza e ha continuato con i suoi riti e le sue confessioni malgrado gli scatti bruschi della mia macchina fotografica. Lasciandomi alle mie foto, Pani Olga dispensava candele davanti alle icone, ripuliva la cera che colava dal pavimento e scriveva nomi da leggere durante la messa, per la salute o per l'eterno riposo. "Si sta occupando della nostra storia," spiegava, anche se la maggior parte delle persone che passavano per San Nicola aveva già abbastanza preoccupazioni e problemi per pensare a me. Le porte della chiesa erano aperte a tutti e, come molti di loro, ero un relitto portato dentro dalla corrente.

Quello che Pani Olga chiamava "l'archivio" era un fagotto di stoffa. Anche prima che San Nicola riaprisse le sue porte alle funzioni dopo il crollo dell'Unione Sovietica, la gente portava icone, croci, incensieri e altri accessori religiosi che avevano tenuto nascosti. Era stato l'inizio della collezione di tesori non sepolti di Pani Olga, il più prezioso dei quali era il *rushnyk*. A prima vista, un *rushnyk* sembra un elegante telo con due spesse bande di ricami, ma come ha spiegato Pani Olga, sorpresa dalla mia ignoranza, servivano da talismani, motivo per cui drappeggiavano le icone sia a casa che in chiesa. Asya e Valentina ricamavano *rushnyk*, ma venivano usati come normali asciugamani, e fintanto che Sergiy era vivo, non avevo visto una sola icona in casa nostra, adornata di *rushnyk* o meno. Adesso Valentina conservava alcune icone, ma si trattava soprattutto di stampe di carta velina, souvenir che riceveva da amici e vicini di casa di ritorno da pellegrinaggi in importanti santuari ortodossi.

"Un *rushnyk* serve a tenere in braccio un neonato," ha continuato Pani Olga. "Lega gli sposi per simboleggiare un'unione senza fine. La dimensione di un *rushnyk* dipende dalla sua funzione. Il *rushnyk* più lungo è quello che cala una bara nel terreno…"

A Bereh, quando passavano Sasha o altri vicini, parlavano delle sanzioni russe, della minaccia di invasione, del clima e dei pericoli della peronospora, trattando ogni argomento con lo stesso livello di importanza. Non erano ciechi alla realtà o ignari delle conseguenze, ma accettavano di non avere alcun controllo sugli eventi, così si prendevano cura dei loro frutteti e continuavano come avevano sempre fatto. A San Nicola, invece, la guerra era una presenza costante. Era nella faccia accartocciata di una donna che non dormiva da giorni e chiedeva se la chiesa avesse lavoro per una rifugiata. Era nei giovani soldati in uniforme, strazianti, che venivano a ricevere una benedizione. Era nei parenti turbati che chiedevano servizi funebri. Era nelle conversazioni, nelle preghiere, nei pensieri. Per trovare un senso, la gente parlava di "questa guerra" come diversa da "la guerra". Anche senza articoli determinativi in lingua ucraina, non era necessario che specificassero che si riferivano alla seconda guerra mondiale. Era la guerra che aveva lasciato cicatrici nelle famiglie, e anche mentre la generazione che l'aveva vissuta veniva a mancare, l'idea della seconda guerra mondiale come guerra santa, guerra giusta, la guerra dell'eroismo e del sacrificio rimaneva come una delle eredità sovietiche più durature. L'attuale guerra appariva vigliacca e brutta al paragone. Nemmeno veniva chiamata guerra. Sui giornali occidentali la chiamavano con il blando nome di "crisi ucraina", mentre sui media nazionali veniva chiamata in modo confuso Anti-Terrorist Operation, operazione antiterrorismo, in breve ATO. "Come si fa a chiamarla guerra?" ho sentito più e più volte. Qualunque cosa fosse, la gente moriva comunque.

La messa serale stava per iniziare quando è entrato un uomo e mi ha chiesto se poteva vedere il prete. A quel punto è arrivato anche padre Oleksiy, chiudendosi la tonaca e lisciandosi la lunga barba nera.

"Mio figlio è scomparso a Donetsk..." ha detto l'uomo. "Non riescono nemmeno a trovare il corpo." Le lacrime gli rigavano le guance coperte di barba e non si preoccupava di asciugarsele. Ha piegato il berretto da baseball tra le mani callose e ha fissato la grande crocifissione decorata da Pani Olga con un giunco rosso. Padre Oleksiy ha aperto il messale. “Ci mettiamo nelle mani di Dio…”

Le preghiere hanno echeggiato contro le pareti bianche e sono svanite, lasciandosi dietro i mormorii sommessi e i pallidi arabeschi del fumo dell’incenso. Stordito dai profumi di mirra e olibano, sono uscita al sole, dove rintocchi di campane e colombe tubanti si fondevano in un unico accordo agrodolce di primavera. Una bambina sedeva sull’erba, intrecciando gambi di tarassaco appiccicosi in una ghirlanda. “La messa sta per cominciare. Perché non sei dentro?” ho chiesto alla bambina. Mi ha lanciato uno sguardo timido. “Mio padre è un prete. Ho già sentito tutto prima.”

Ho condiviso la stanchezza della bambina per i riti della chiesa, e per ogni volta che il prete diceva “mettiti nelle mani di Dio…”

Ho pensato a Sergiy e alla sua convinzione che la chiesa alimentasse la sottomissione, insegnasse la passività e annebbiasse la mente razionale. Eppure ho continuato a tornare a San Nicola, attratta tanto dalla forza mistica di una religione sconosciuta quanto dalla mia crescente amicizia con Pani Olga. Nei giorni di sole mettevamo i panni sull’erba affinché prendessero aria, scacciando il cane rognoso che sedeva vicino all’ingresso della chiesa come un leone custode cinese.

“Questo è un albero della vita.” Le dita di Pani Olga hanno tracciato il ricamo su un *rushnyk* raffigurante una pianta fantastica. Dai rami spuntavano fiori opulenti. “Significa che la ricamatrice sognava una lunga vita e una grande famiglia.”

“Ed è uno dei modelli *rushnyk* più antichi.” Pani Olga ha

indicato lo zigzag spezzato, dicendo che motivi simili apparivano sulla ceramica di Trypillian. La civiltà di Trypillian fiorì sul territorio dell'Ucraina più di settemila anni fa e i suoi caratteristici vasi di terracotta con motivi geometrici hanno riempito molti musei archeologici del paese.

"Questa è Beregynya, tiene al sicuro." Pani Olga ha attirato la mia attenzione su una figura, ampia di fianchi e seno, che reggeva rami carichi di uva e fiori. "È stata ricamata da qualcuno per proteggere una persona cara dal male." L'immagine non aveva nulla della sobrietà ortodossa e richiamava l'antica religione animistica degli slavi, che adoravano gli spiriti di piante, animali, uccelli e rocce.

"Questo è una vera meraviglia!" ha esclamato eccitata Pani Olga, facendo trasalire il cane che annusava intorno a noi. "Questo *rushnyk* è stato ricamato negli anni sessanta, ma vedi queste sfumature gialle e blu? Dai un'occhiata alla piega della foglia qui. Non sembra un tridente? Chi l'ha ricamata doveva essere consapevole che una tale forma gli avrebbe fatto rischiare un'accusa di nazionalismo ucraino." Un tridente era lo stemma dell'Ucraina indipendente, un simbolo abbastanza potente in epoca sovietica da garantire una tappa certa in Siberia.

Pani Olga ha poi srotolato un piccolo telo ricamato in nero. "Se le persone attraversavano un periodo difficile o avevano un problema che non riuscivano a risolvere, ricamavano i loro sentimenti su un tessuto e legavano il *rushnyk* a un albero." Ogni panno nelle mani della mia amica diventava una testimonianza di aspirazioni, sogni e ansie. Leggeva i tessuti tarlati come libri, decodificando messaggi e sentimenti nei disegni e nei colori.

"Come faccio a ricamare 'legami familiari, estasi e ritorni' su un telo?" ho chiesto.

Pani Olga mi ha guardata e ha socchiuso gli occhi. "Ho pensato fossi in pellegrinaggio e avevo ragione."

"Lo sono? Sto cercando di dare un senso a quello che sta succedendo e sto solo diventando più confusa. Penso che mia nonna trovi imbarazzante la mia presenza."

"Sono sicura che non è così. Niente è più importante della famiglia. Anche quando litighiamo, rimaniamo una famiglia."

Ho pensato a Vladimir e non ho detto niente. Pani Olga non ha insistito ulteriormente. Ha parlato delle sue lotte da vedova con due figli e si è lamentata del suo lavoro di insegnante privata.

"Gli studenti non vogliono imparare. Mi chiedono di scrivere le tesine per loro. E lo faccio, perché non ho altro modo per fare soldi. Contribuisco al sistema corrotto che disprezzo." Pani Olga era originaria della Russia, "una vera siberiana", come si definiva, e si era trasferita a Poltava dopo avere sposato il marito ucraino, un collega professore di esperanto.

"Io e mio marito eravamo convinti che un giorno l'esperanto sarebbe diventato la lingua universale," ha detto. "Invece è diventato una lingua per due. Lo usavamo quando non volevamo che gli altri ci capissero. Poi mio marito è morto e ora l'esperanto sta morendo dentro di me." Pani Olga ha abbassato il viso e si è voltata.

Avrei voluto consolarla, ma quando mi sono avvicinata, era già sorridente e frizzante. Ogni volta che Pani Olga rivelava qualcosa di doloroso o penoso di sé, non si soffermava mai né cercava la mia compassione. Accettava umiliazioni e crepacuore, perché sapeva anche che ogni momento aveva il potenziale per un miracolo. Trattava i suoi *rushnyk* come le manifestazioni di tali miracoli.

Pani Olga ha preso in mano un *rushnyk* ricamato in rosso sangue. Gli uccelli di fuoco con lunghe code simili a pavoni sedevano su un albero addobbato di stelle e fiori e guardavano il cielo.

"Dopo la morte di mio marito, sono diventata ossessionata dal ricamo, raccoglievo modelli, catalogavo tecniche diverse e incontravo altre ricamatrici," ha detto. "Mi ricordava che la vita era ancora bella."

La luce pomeridiana proiettava ombre oblique sull'erba e ci imbellettava il viso, ma l'aria era fredda. Pani Olga mi ha consegnato il *rushnyk.* I punti erano così piccoli che era difficile distinguerli, eppure formavano uno schema incantevole.

"Che graziosi uccelli di fuoco," ho detto rabbrividendo.

"Sono galli. Un gallo simboleggia una chiamata al pentimento. Ricordi la storia evangelica del rifiuto di Cristo da parte di Pietro e della sua successiva redenzione?" mi ha chiesto Pani Olga. Ha guardato l'orologio da polso e ha visto che era ora di prepararsi per la funzione del pomeriggio. Ha ripiegato il *rushnyk* ed è balzata in piedi.

"Perché non hai provato alla Casa del Gallo se stai cercando tuo zio?" ha chiesto.

Mi formicolavano le gambe e faticavo ad alzarmi. "Quelli dell'archivio regionale mi hanno detto che i casi penali sono ancora inaccessibili al pubblico."

"Allora sarà così," ha detto Pani Olga, porgendomi la mano. "Per quanto riguarda il ricamo, l'unico modo per farlo è punto per punto. All'inizio sembrano rune, ma poi formano uno schema." La sua presa era così salda che mi ha tirata dritta in piedi.

Sei

La metafora del *rushnyk* di Pani Olga sembrava sensata, ma applicarla alla mia ricerca di Nikodim si è rivelato complicato. Né riuscivo a usarla per capire mia nonna. Piccole incomprensioni continuavano a creare tensioni tra di noi. Se diceva che ero troppo lenta a estirpare le aiuole delle fragole, lo prendevo come un affronto personale. Se le chiedevo se tornava a casa per cena, pensava che la stessi rimproverando per non passare abbastanza tempo con me. E in effetti Valentina trovava il mio aiuto carente e io mi risentivo per le sue lunghe visite a Sasha. Tanto per aumentare la mia frustrazione, Sasha aveva condiviso la notizia del mio attrito con Valentina con gli altri vicini, e avevo sempre l'impressione che mi guardassero di traverso, convinti che fossi un fallimento tanto come nipote quanto come giardiniera. La guerra rendeva ogni piano meno certo e ogni dissidio più aspro. Alla fine, il meglio che potevamo fare era perderci nei nostri progetti: Valentina piantava alberi nel frutteto e io catalogavo i *rushnyk* di Pani Olga.

"Cucire tutto insieme è molto più difficile di quanto immaginassi," ho detto un giorno indispettita, ricordando a Pani Olga la sua analogia con il *rushnyk*. "Punto dopo punto, hai detto, ma sembra che più ci provo, più tutto si sbrogli."

"Sei troppo impaziente," ha detto la mia amica, sistemandosi le trecce a mo' di corona. "Dai tempo a tua nonna. Nel frattempo, perché non vai a visitare i villaggi dove vivevano i tuoi nonni e vedi cosa riesci a trovare? Parla con le persone. Respira l'aria. Non hai detto che non hai girato abbastanza l'Ucraina? Chissà, forse tua nonna potrebbe volere venire con te."

Pani Olga aveva ragione. Diversi giorni dopo io e lei abbiamo deciso di andare in *marshrutka*, un tipo di taxi condiviso, fino alla vicina città di Reshetylivka. Pani Olga voleva visitare il Museo dei Rushnyk di Reshetylivka e risalire alla data di una serie di ricami che la lasciavano perplessa. Io, da parte mia, ero alla ricerca di me stessa. Prima della seconda guerra mondiale, Asya aveva lavorato per un breve periodo come insegnante presso la scuola annessa alla fabbrica di tappeti Clara Zetkin. Anche se il viaggio non mi avvicinava a Nikodim, avrebbe potuto aiutarmi a trovare maggiori informazioni sulla mia bisnonna.

"Babushka, ti piacerebbe venire a Reshetylivka con me e Pani Olga?" ho chiesto a Valentina tornata a casa. "Vogliamo visitare la fabbrica di Clara Zetkin e forse la scuola dove un tempo lavorava Asya."

In quel momento Valentina stava gesticolando davanti alla tv e borbottando qualcosa sulla "stupidità infinita". Non sapevo se si riferisse al governo russo o all'amministrazione di Kiev, che detestava per la loro incompetenza nonostante il suo feroce patriottismo. Mia nonna mi ha lanciato uno sguardo che ribadiva quanto aveva appena detto sui politici. "Come puoi parlare di Reshetylivka quando c'è così tanto lavoro da fare in giardino?" ha detto. Mi spostavo da un piede all'altro in piedi davanti a lei.

"Ma tu dovresti andare," ha concesso, spegnendo la tv. "Chiedi loro che cosa c'entra un marxista tedesco con i tappeti ucraini." Trattava il mio interesse per i *rushnyk* e i villaggi come una strana fantasia.

La campagna di Poltava si dispiegava in una pergamena di frutteti verdi e terra nera. Le immagini balenavano fuori dal finestrino: due gatti bianchi seduti su un pagliaio, immobili come bambole giapponesi; uno spaventapasseri che indossava una giacca a scacchi e pantaloni rossi della tuta; una donna con una sciarpa blu che pascolava un branco di anatroccoli così gialli da brillare nella grigia luce del mattino.

Pani Olga, da parte sua, non perdeva tempo a guardare il panorama. Aveva già appreso le biografie dei suoi compagni di viaggio e condiviso con loro una storia sulla nostra ricerca di ricami a Reshetylivka. Diverse donne si erano unite alla conversazione, menzionando i *rushnyk* delle loro nonne.

"Chi ha tempo per i ricami al giorno d'oggi?" ha detto una donna di mezza età con i riflessi arancioni e un molare d'oro.

"In Europa proteggono la loro eredità," ha commentato una giovane donna accanto a lei.

"In Europa sono ricchi e possono permetterselo," ha ribattuto Molare d'Oro, guardandosi intorno nel pulmino in cerca di sostegno. Non ha avuto problemi a trovarlo. Un uomo con una tuta Adidas nuova di zecca ha alzato gli occhi al cielo.

"In Europa hanno soldi e cultura, ma hanno anche lo stato di diritto. Qui, invece, dobbiamo pagare perché la legge venga applicata come si deve. L'insegnante di mio figlio mi ha fatto capire che, a meno che non le dia dei soldi extra, come fanno tutti gli altri genitori, gli darà un voto basso. Mio figlio studia molto, eppure devo pagare la sua insegnante perché abbia un voto equo. Questo paese cambierà mai?"

La corruzione era un evento così comune che presto tutti si sono messi a condividere i propri guai a gran voce. "Bene, noi siamo Europa. Ma *quell'altra* Europa non vuole ammetterlo," ha detto Pani Olga, dispiaciuta per la piega che aveva preso la conversazione.

"Come se avesse bisogno di noi e dei nostri problemi," ha risposto Molare d'Oro.

"L'Occidente ci aiuterà. Tenete duro," ha detto l'uomo Adidas, e l'intero pullman ha riso, riconoscendo la famosa battuta del romanzo picaresco di Il'f e Petrov *Le dodici sedie.*[1] Dal momento che l'Unione Europea riusciva solo a "esprimere preoccupazione" o a "esprimere grave preoccupazione" per la guerra ai suoi confini, la battuta ironica coglieva nel segno. Il che voleva dire che la situazione era senza speranza. È caduto il silenzio e l'atmosfera sul pullman si è fatta mesta.

Quando siamo arrivati a Reshetylivka, una città come altre cittadine ucraine con il suo mix di linde case in mattoni, condomini con brutte facciate piastrellate, monumenti ai caduti dell'era sovietica e macchie di orti, ho provato a trovare inutil-

[1] Il'ja Il'f e Evgenij Petrov, *Le dodici sedie*, a cura di Anjuta Gančikov, BUR 1993. [*N.d.T.*]

mente le tracce del suo antico patrimonio artistico. Pani Olga ha spiegato che i maestri di Reshetylivka avevano creato molte tecniche originali di ricamo, tessitura, realizzazione di tappeti, intaglio del legno e pittura. La leggenda vuole che nel sedicesimo secolo i calzolai del paese fossero rinomati in Europa per il loro insolito cuoio tinto di rosso. E poi era a Reshetylivka che era nato il *bile po bilomu*, ovvero il bianco su bianco, la più complicata di tutte le tecniche di ricamo.

Una donna della panetteria in centro si è messa a ridere quando ho chiesto indicazioni per la fabbrica di Clara Zetkin. "Sei in ritardo di vent'anni, tesoro. La Zetkin è stata chiusa negli anni novanta." Solo in Ucraina la nonna del comunismo tedesco poteva morire due volte.

"Non ne è rimasto nulla," ha aggiunto la donna. "Anche io una volta ero una ricamatrice, e adesso vendo pasticcini. Prendi questi," ha indicato alcuni dolcetti tondi friabili tempestati di mezze noccioline. "Li ho appena sfornati."

Pani Olga non sembrava considerare la chiusura della fabbrica una cattiva notizia per la nostra ricerca e, dopo avere ringraziato la donna, ha comprato un pacchetto di biscotti alle arachidi. Uscendo dai dolci fumi della panetteria, mi ha guidata verso un casermone basso in lontananza. "Niente scompare del tutto," ha detto.

Il casermone si è rivelato essere l'Accademia d'Arte Reshetylivka, e non appena siamo entrate nel corridoio buio che puzzava di polvere e solvente per vernici, ho capito che ci trovavamo all'interno di un istituto di epoca sovietica. Il collegio aveva muri bicolore, marrone sporco in basso e bianco sporco in alto, come doveva essere stato prescritto dalle norme governative intorno al 1980. L'intonaco delle pareti presentava profonde crepe e macchie di muffa. Sbirciando in una delle aule, abbiamo visto un gruppo di cinque ragazze e un ragazzo chini sui telai da ricamo, le dita che volavano sul tessuto. Il pavimento di linoleum era disseminato di filati e pezzetti di stoffa. Un'altra ragazza stava annaffiando le magre piante di erba miseria sul davanzale della finestra, noncurante dei rivoli d'acqua che sgorgavano dai vasi perforati. "I prof? Devono essere nella sala del personale," ha detto, lanciandoci una rapida occhiata disinteressata, così siamo tornate sui nostri passi lungo il corridoio e abbiamo vagato in quel buio finché non abbiamo trovato la sala del personale. Lì, una metà del minuscolo spazio era occupata da campioni di tessuto e l'altra da due persone che bevevano tè. Una donna grassoccia con un bel viso con le fossette e capelli castano scuro si è presentata come Nadia Vakulenko, l'insegnante di ricamo. Un uomo dall'aria malinconica che rigirava una sigaretta tra le dita è risultato essere l'insegnante di pittura, Petro. Nessuno dei due ci ha chiesto perché stessimo irrompendo nella sala professori e Nadia ci ha invitate a prendere il tè con loro. Ci siamo infilate nello spazio angusto e abbiamo offerto agli insegnanti i nostri biscotti alle arachidi.

Quando Pani Olga ha spiegato che eravamo venute fin da Poltava per dare un'occhiata ai ricami locali, Petro ha annuito distrattamente, ma Nadia si è eccitata. Si è offerta di portarci lei stessa al Museo dei Rushnyk, e siamo andate, lasciando Petro alle sue contemplazioni e alla sua sigaretta.

Camminando lungo la strada principale intitolata al leader della rivoluzione bolscevica, ho osservato che Lenin era sempre presente in Ucraina. Più si viaggiava verso est, più era probabile che si andasse a vivere in via Lenin, a fare acquisti su viale Lenin, a frequentare il Liceo Lenin e a lavorare in una fabbrica che portava il suo nome. Dopo il 1991, le strade di Leopoli e Kiev erano state ribattezzate, ma Poltava e dintorni avevano mantenuto i loro simboli comunisti.

"Sono anni che chiediamo al governo locale di cambiare il nome della strada, ma ci dicono che dobbiamo aspettare, che non è il momento giusto. Quando è il momento giusto, allora? Perché devo camminare su una strada che porta il nome di quel maledetto tiranno?" ha detto Nadia.

"Ma la verità è che a molta gente non importa. O fino a ora non ha importato. Penso che sia finalmente arrivato il momento del cambiamento. Non si tratta del nome di questa o quella strada, ma di perdere il senso della nostra storia."

Nella fretta di rinominare, le autorità avevano scelto di non tornare ai vecchi nomi, ma di creare nuovi eroi. Mi è sembrato ironicamente sovietico nello spirito.

Nadia e Pani Olga si sono scambiate un'occhiata e hanno riso. "Sei stata lontana dall'Ucraina troppo a lungo, mia cara. Ti aspettavi che lo stile di vita sovietico svanisse insieme allo stato? Abbiamo ancora molta strada da compiere prima di imparare a fare le cose in un modo che non sia sovietico," ha detto Nadia.

Nonostante fosse un'impresa a basso budget, il Museo dei Rushnyk mostrava un investimento di molto amore e cura. I *rushnyk* in mostra erano decorati in una varietà di stili, dal bianco, con motivi di pizzo, ai sontuosi ornamenti rossi e blu, e Nadia ha aperto una teca di vetro dopo l'altra per farmi ammirare la ricchezza delle trame e dei colori.

Una raccolta di fotografie della fabbrica di Clara Zetkin ha attirato la mia attenzione. Ho cercato Asya nelle stampe seppia sfocate, anche se era improbabile che un'insegnante fosse stata fotografata con le ricamatrici. In una foto un gruppo di donne vestite con abiti dai ricami elaborati lavorava su un *rushnyk* che raffigurava un albero della vita. Lenin controllava il loro lavoro da un angolo rosso, una nicchia nelle case ucraine tradizionalmente riservata alle icone. Era chiaro dalla posizione innaturale delle loro mani e dall'abbigliamento eccessivamente elaborato che la fotografia era una messa in scena, un'immagine promozionale sui progressi del comunismo nel settore del ricamo. Sotto era appesa un'altra immagine dall'atmosfera serena e solitaria di un dipinto di Vermeer. Mostrava una donna in piedi davanti a una finestra aperta. Indossava un velo tirato indietro che rivelava i capelli scuri e si chinava con una concentrazione determinata su un mucchio di *rushnyk* come se non esistesse nient'altro che questi fagotti di stoffa. La luce che inondava la stanza attraverso le tende ricamate sbiancava le lenzuola e il viso di lei fino a renderli semplici contorni. Avrebbe potuto raffigurare Asya. Estasiata, ho fissato la fotografia fino a quando Pani Olga mi ha dato un colpetto sulla spalla e mi ha detto che lei e Nadia se ne stavano andando.

"Diverse regioni hanno i loro stili distintivi quanto le loro personalità," ha detto Nadia, quando siamo tornate all'istituto.

"La gente a Poltava è calma e rilassata, come il loro paesaggio piatto, così i loro ricami sono morbidi, pastello e di basso profilo," è intervenuto Petro, che era ancora seduto nella sala del personale, sospirando e arrotolando una sigaretta. "Nelle regioni occidentali, specialmente nei Carpazi, le persone sono energiche e drammatiche, e il loro ricamo è più audace e luminoso. È la differenza tra la gente delle pianure e la gente delle montagne. Le persone ricamano ciò che vedono intorno a loro."

Lo stesso Petro era un uomo di montagna, ma di questi tempi doveva accontentarsi di vivere nelle pianure di Poltava. "Mi sono sposato," ha detto semplicemente, e non ero sicura se la fonte della sua malinconia fosse la perdita delle montagne o l'acquisizione di una moglie.

Se le persone trasferivano l'ambiente circostante sulla tela, allora gli abitanti di Reshetylivka dovevano avere vissuto in un mondo di fiori, stelle e fiocchi di neve. Ricami con motivi locali di fiori di ciliegio e intrecci di viti impreziositi da uva e fiordalisi hanno fatto rimanere Pani Olga senza parole. Poi è stato il mio turno nel restare senza parole. Nadia ha dispiegato una camicia di lino bianco. "Ho appena finito questa *vyshyvanka*," ha detto. In ucraino *vyshyvanka* significa "camicia ricamata". Il lavoro sartoriale della camicia di Nadia era semplice – un corpetto dritto e ampio con il colletto arrotondato e larghe maniche a tre quarti – ma la sua semplicità serviva a mettere in risalto i ricami che la decoravano. Il motivo principale era la *kalyna*, il viburno, una pianta che simboleggiava l'innocenza della giovinezza con i suoi fiori bianchi e la passione dell'amore con le sue bacche rosse. Nadia aveva intessuto entrambi i motivi nel suo ricamo, lasciando che i rami pieni di bacche abbracciassero i mazzolini di fiori. Piccole stelle attorno agli elementi principali esaltavano l'ariosità del design. Nadia ha spiegato di avere ottenuto l'effetto filigrana rimuovendo i fili e ricamando sul tessuto rimanente. Il ricamo sembrava il più fine dei merletti e non riuscivo a credere che fosse stato realizzato con ago e filo. Era il famoso stile di Reshetylivka bianco su bianco.

Nadia ha detto che il ricamo bianco su bianco non ammette errori e che un errore nel conteggio anche di un solo filo lasciava l'intero disegno storto. Per renderlo ancora più complicato, i nodi non sono ammessi nel lavoro finito, perché il rovescio deve sembrare identico al davanti. Per dare luminosità e forma a un disegno, un maestro utilizza fili di diverse finiture e piega ogni punto in modo tale da catturare la luce. Non riuscivo a immaginare quale livello di abilità ci volesse per creare qualcosa di così squisito, ma mentre mi trovavo nel bagliore della bellezza del ricamo, l'ambiente squallido che mi aveva così depressa la prima volta che ero entrata nell'istituto è scomparso. Ero consapevole soltanto dell'indumento che nelle mie mani sembrava leggero come ali di farfalla.

Né Nadia né Petro avevano idea del motivo per cui la fabbrica di ricami prendesse il nome da Clara Zetkin, ma avevano molte opinioni sul suo smantellamento. La fabbrica impiegava migliaia di persone a Reshetylivka e dintorni, e l'accademia faceva parte del programma di formazione in fabbrica, conferendo diplomi in arte, ricamo, tessitura di tappeti e altri mestieri. Una volta crollata l'Unione Sovietica, la fabbrica si era fratturata e le lotte di potere tra i suoi dirigenti avevano portato al suo crollo finale e al suo fallimento. Era rimasta solo l'accademia.

"Hanno ucciso la fabbrica di Clara Zetkin, e ora l'accademia è sull'orlo del collasso," ha detto Petro. "Non si vede che viviamo del budget governativo?" Ha indicato l'intonaco crepato e i fili che spuntavano dai muri. Come molti istituti tecnici in tutta l'Ucraina, l'Accademia di Reshetylivka faticava a rimanere a galla per mancanza di finanziamenti e per la crisi demografica. Gli studenti in età universitaria erano troppo pochi per finanziarlo con le quote di iscrizione e le arti come vocazione avevano poco prestigio. Gli studenti che si iscrivevano lo facevano perché l'accademia governativa offriva loro lezioni gratuite e uno stipendio, ed erano impreparati al meticoloso lavoro che li attendeva come artigiani del ricamo.

"Il mio sogno è che il ricamo bianco di Reshetylivka venga riconosciuto come patrimonio culturale dell'Unesco," ha detto Nadia. "So che con questa strana guerra in corso ci sono altre priorità in questo momento, ma posso ancora sognare, no?"

Abbiamo perso il nostro pulmino per tornare a Poltava e abbiamo dovuto fare l'autostop. Siamo rimaste sulla strada, cercando di sembrare passeggere rispettabili, ma le macchine ci sfrecciavano accanto schizzandoci di fango. Le campane della chiesa dipinte di fresco verde menta vicino a un grande stagno suonavano le preghiere della sera. Il vento sollevava i rami lunghi e flessuosi dei salici piangenti che crescevano ai margini dello stagno. Si inarcavano con grazia e ricadevano sull'acqua, rimescolando il riflesso della chiesa in frammenti d'oro e verdi. La pioggia cadeva con forza brutale. In mezzo alla foschia grigia abbiamo visto diversi veicoli blindati e un camion che trasportava soldati sulla strada in direzione est. Io e Pani Olga ci siamo rannicchiate sotto il mio ombrello, gli occhi sul convoglio. Procedeva lentamente accanto a noi, il suo sordo ruggito copriva le campane e la pioggia. I volti dei soldati erano cinerei e polverosi, e sedevano in silenzio, fissando in lontananza. Perché in quel momento pensavo ai ricami bianco su bianco? Forse stavo cercando la prova che la bellezza e l'arte possono sopravvivere al peggiore tumulto della storia. Mi sono aggrappata a questa idea come a un salvagente mentre il convoglio andava avanti, interminabile.

Tornata a Bereh, mi sono ricordata troppo tardi di avere dimenticato di informarmi sugli archivi di Reshetylivka e sui legami della mia famiglia con la città, ma prima che potessi decidere cosa fare dopo, mi sono addormentata. Quella notte ho sognato fili aggrovigliati e ricami bianchi.

Sette

Erano passati due mesi dal mio arrivo in Ucraina. La primavera era svanita nell'estate. Il mio breve viaggio per raccogliere rose nel sud della Francia è iniziato e finito, e sono tornata a Bereh portando souvenir provenzali per Valentina e Dmytro. Il ricordo del viaggio indugiava nel profumo mieloso delle rose piantate da Asya anni prima. La vite strisciava lungo il recinto e lo adornava di piccoli fiori profumati che la mia bisnonna era solita distillare in acqua di rose. Questi ricordi intrecciati mi riempivano di desideri malinconici che non riuscivo a collocare. A Bereh, la mia vita fuori dall'Ucraina con i suoi incarichi di ricerca, le visite alle gallerie e le uscite con gli amici sembrava lontana e non del tutto reale. Mi mancavano Bruxelles e mio marito, ma non sopportavo ancora di lasciare Bereh.

Le giornate si erano allungate e il sole aveva sbiancato gli ultimi fiori di ciliegio, riducendo i petali rosa a polvere grigia. Quando ripensavo al fatto che solo poche settimane prima trovare Nikodim mi era sembrata una questione di poche conversazioni con Valentina e un paio di visite agli archivi locali, la mia ingenuità mi esasperava. Di tanto in tanto sfogliavo il diario di Sergiy per verificare di non avere sognato Nikodim, e strofinavo il dito sul punto in cui la penna di Sergiy aveva inciso il nome di suo fratello sulla carta.

Una mattina, mentre uscivo dalla doccia, ho notato un pezzo di polistirolo dalla forma strana nell'angolo più lontano. La casa non aveva spazio per il bagno, così Valentina aveva attrezzato un grande capannone accanto con una vasca da bagno e un gabinetto e c'eravamo abituate a fare la doccia tra provviste agricole, barattoli e falci arrugginite. L'oggetto che aveva attirato la mia attenzione sembrava più strano degli altri. Incuriosita, l'ho girato e mi sono ritrovata faccia a faccia con Vladimir Ilyich Lenin. Il leader della rivoluzione del 1917 era raffigurato di profilo, con il pizzetto proteso verso il radioso futuro comunista e la nostra vasca da bagno. La testa di Lenin era stata staccata dal resto del corpo appena sotto le orecchie, ma era ancora alta quanto me. Mentre lo sostenevo con una mano e reggevo l'accappatoio con l'altra, sono giunta all'inquietante conclusione che da due mesi facevo la doccia con Lenin lì a guardarmi.

Era una conferma immediata che la canzone sovietica *Lenin è sempre con te* non mentiva. Lenin era onnipresente in casa nostra. In un altro capannone ho trovato un poster raffigurante l'architetto dello stato sovietico come un giovane cherubino che sorrideva da una grande stella rossa. Sotto il telone dell'ex pollaio, ho portato alla luce due ritratti del Vladimir più anziano e robusto con un'aureola intorno alla testa calva. Nell'estate del 2014, le statue di Lenin in Ucraina venivano abbattute e il governo discuteva le leggi anticomuniste, ma qui avevo abbastanza manufatti per un museo a tema Lenin. Ho riconosciuto i ritratti della mia infanzia, quando vegliavano sulla scrivania di Sergiy, ma sono rimasta sorpresa nel vedere che li avevamo ancora.

"Sono di Sergiy," ha detto Valentina quando le ho mostrato i miei ritrovamenti. Stava leggendo il giornale del mattino e sospirava; i titoli erano perlopiù terribili. "Si rifiutava di buttarli fuori, anche dopo il crollo dell'Unione Sovietica. Solo dopo la sua morte li ho rimossi dalla casa."

"Perché li hai tenuti?" ho chiesto.

"Perché avrei dovuto buttarli via?"

Valentina mi ha allungato il suo giornale e mi ha indicato un articolo sull'ennesima statua di Lenin deposta. "In epoca romana, riutilizzavano le rappresentazioni degli imperatori, quindi perché non imparare dagli antichi?" ha detto. "Radi il pizzetto, sistemi il naso a patata, togli la cravatta ed ecco fatto... Taras Shevchenko." Trasformare il creatore dei gulag nel bardo nazionale ucraino sarebbe sembrato osceno a molte persone, incluso Sergiy. L'ho detto a Valentina, ma lei si è limitata a ridere.

"Il tuo bisnonno era un uomo dai principi ferrei," ha detto Valentina, e ho dovuto ammettere che descriveva bene Sergiy.

Tutto di Sergiy era appropriato e corretto: la sua biografia, il suo sostegno alla rivoluzione bolscevica, la sua partecipazione alla seconda guerra mondiale, il suo lavoro nel campo dell'istruzione. Le sue rughe permanenti e la barba ispida sulle guance gli conferivano un aspetto severo che era ammorbidito da una criniera di capelli bianchi ribelli. Eravamo orgogliosi del nostro coraggioso bisnonno vestito con un abito decorato con prestigiose onorificenze dell'Armata Rossa. L'unica persona che non nascondeva la sua occasionale irritazione per la sua aura di eroe brunito era Asya. Ogni volta che Sergiy tirava fuori la guerra, lei alzava gli occhi al cielo. "Ne parli di nuovo? Come un disco rotto," gemeva.

Le mattine in cui Asya andava al mercato, io e Sergiy gestivamo la casa. Dopo avere bevuto la sua prima tazza di tè, bollente e con una grossa fetta di limone, Sergiy preparava la colazione. Tagliava il salo, un'amata prelibatezza ucraina di grasso di maiale stagionato, con l'abilità di uno chef stellato Michelin. Nell'attimo stesso in cui una goccia d'acqua sibilava sulla superficie nera lucida di una padella, Sergiy lanciava le tessere avorio stile domino del salo. Alla pozza dorata di grasso sfrigolante, aggiungeva pomodori, cipolle e uova che avevo preso dal pollaio, scacciando le galline chioccianti dal pungente tepore dei loro nidi. Sergiy si muoveva lentamente per la cucina, la sua pesante protesi della gamba che risuonava sul pavimento di legno. Mangiavamo direttamente dalla padella, immergendo pezzi umidi di pane integrale nel tuorlo appena rappreso.

Alla parete della sala da pranzo, tra foto di famiglia e ritratti di Lenin, era appesa la riproduzione di una vecchia mappa. Era ricoperta da una fitta rete di linee sinuose – fiumi e confini – e da una costellazione di foreste e montagne. Sergiy si svegliava all'alba per diserbare il giardino e quando avevamo finito di fare colazione era tranquillo e aveva voglia di parlare. Con delicatezza sfilava la mappa dal gancio e la stendeva sul tavolo.

"Questa è la prima mappa dell'Ucraina," diceva Sergiy.

Prendeva una matita e indicava Poltava. Tracciava con la matita la linea scura che rappresentava il fiume Vorskla. "Bereh è proprio qui."

Io ascoltavo con rapita attenzione mentre Sergiy spiegava che la mappa era stata disegnata da un certo Boplan, arrivato in Ucraina nel diciassettesimo secolo, quando le sue terre facevano parte del Commonwealth polacco-lituano. Con approvazione, Sergiy aggiungeva che sebbene Boplan lavorasse per il re polacco, gli piacevano i cosacchi ucraini e ammirava il loro coraggio. "Ha anche scritto nel suo libro: 'Apprezzano molto la loro libertà e non vorrebbero vivere senza di essa. Ecco perché i cosacchi, quando si considerano tenuti sotto un freno troppo stretto, sono così inclini a rivoltarsi e ribellarsi,'" diceva Sergiy. "I cosacchi entravano in battaglia con queste parole sulle labbra: '*Abo slavu zdobudem, abo doma ne budem.*'" O troviamo la gloria o non torneremo a casa.

"E tu, dedushka? Lo hai detto quando hai combattuto contro i tedeschi?" gli chiedevo io.

"Perdere non era un'opzione per un cosacco," diceva Sergiy.

Il nome Boplan mi suonava come Bohdan, e dato che l'unico Bohdan che conoscevo era il nostro vicino di casa, immaginavo il cartografo come un ubriacone bonario in maglietta da marinaio che nel tempo libero disegnava mappe. In effetti, il Bohdan di Bereh si irritava sotto le redini strette della moglie, e quando litigavano, urlava che lei lo trattava come uno schiavo.

Più avanti ho scoperto che Boplan era Guillaume Levasseur de Beauplan, un ingegnere militare francese dell'esercito della Corona del Regno di Polonia. Quando viaggiò verso est nel 1630, si unì a molti avventurieri per i quali la frontiera orientale rappresentava una nuova opportunità. Beauplan faceva affidamento sulle sue capacità di architetto e cartografo per disegnare mappe e costruire fortezze e, dopo essersi ritirato in Francia nel 1651, pubblicò *Description d'Ukraine*, un improbabile best seller che più di tre secoli dopo continuava a essere ristampato. Altrettanto famosa era la sua mappa dell'Ucraina con il suo sorprendente livello di dettagli su città, confini e paesaggi. Che Sergiy avesse questa vecchia mappa non era insolito. Molti municipi in tutta l'Ucraina la esponevano con orgoglio, con la loro posizione specifica contrassegnata da uno spillo. "Guarda, esistevamo allora ed esistiamo adesso," volevano dire. Dopo che l'Ucraina ebbe ottenuto l'indipendenza, il nome di Beauplan cominciò ad apparire sui cartelli stradali e sulle targhe commemorative che sostituirono quelli degli eroi comunisti. Se si dovesse credere agli storici locali, Beauplan non lasciò non mappato nessun villaggio in Ucraina.

Se all'epoca Beauplan era per me una figura sconosciuta, i cosacchi non lo erano di certo. A scuola dovevamo imparare a memoria brani di *Taras Bulba* di Nikolai Gogol, una storia sui cosacchi dello Zaporozhian Sich e sulla loro lotta contro i signori polacchi. Immagini di cosacchi, completi di pantaloni larghi e camicie ricamate, apparivano non solo nelle edizioni dei racconti di Gogol e nei libri di testo scolastici, ma anche sui manifesti ufficiali. Un cosacco se ne stava accanto a una fanciulla con una ghirlanda di fiori ornata di nastri e una gonna a scacchi, lo stesso vestito che Valentina indossava da giovane in molte fotografie. Accanto alla coppia ucraina ce n'era una russa, sempre al centro e di almeno una testa più alta. Erano affiancati da altre tredici coppie in rappresentanza delle repubbliche sovietiche.

I commenti di Sergiy sul coraggio dei cosacchi corrispondevano a quello che avevo imparato su di loro a scuola. I primi cosacchi erano un gruppo disordinato di emarginati e avventurieri, sfuggiti alla servitù e alla persecuzione religiosa, nel quindicesimo secolo si erano stabiliti dietro le rapide del fiume Dnepr. Si guadagnavano da vivere coltivando la terra e saccheggiando le città di confine, ma quando Beauplan arrivò in Ucraina, il gruppo eterogeneo era diventato una potenza militare ben organizzata che compiva incursioni fino a Istanbul e riconosceva solo l'autorità del loro capo eletto, l'etmano. Guidati da Bohdan Khmelnytsky, i cosacchi inflissero gravi sconfitte agli eserciti del Commonwealth polacco-lituano e nel farlo massacrarono così tanti innocenti che nei resoconti ebraici la rivolta fu ricordata come un periodo di oscurità. Ma questa parte veniva omessa dalle nostre lezioni a scuola. Nel 1648, un momento di svolta nella storia ucraina, i cosacchi ritagliarono il proprio stato dal Commonwealth, con Poltava come centro.

Tutto finì in fretta. In cerca di amici, lo stato cosacco si alleò con il suo vicino orientale, lo stato di Moscovia, e nel 1654 firmò il famigerato trattato di Pereyaslav. Ma dove i cosacchi vedevano una collaborazione, gli zar di Moscovia videro nuove colonie, e tennero a bada le ambizioni in erba di una nazione cosacca mentre si servivano dei loro servizi per sorvegliare la frontiera. Una volta raggiunto l'obiettivo, l'Ucraina divenne anch'essa una colonia.

L'originario sistema politico cosacco era tutt'altro che un fuoco di paglia. Gli stessi cosacchi erano eroi non certo perfetti, ma l'idea romantica di loro era destinata durare. Nel periodo sovietico, o venivano lodati come avanguardia della lotta popolare, o arringati come espressione del "nazionalismo borghese" ucraino. Sergiy aderì alla prima, e non è un caso che nel suo diario abbia scritto: "Il nostro villaggio natale di Maiachka nel governatorato di Poltava era un insediamento cosacco, ed è per questo che abbiamo sostenuto la rivoluzione bolscevica." Maiachka era il villaggio in cui Sergiy era cresciuto e nella mia immaginazione infantile era misterioso come altri luoghi sulla mappa di Beauplan. In realtà distava poco da Bereh.

"Babushka, vorrei andare a Maiachka," ho detto a Valentina più tardi quel giorno. Avevo trovato una copia sbrindellata della mappa di Beauplan, insieme ai ritratti di Lenin di Sergiy.

"Maiachka? Perché vuoi andarci?" ha chiesto lei, spingendo da parte la mappa polverosa che le stavo mostrando.

"Sono curiosa di vedere dove è cresciuto Sergiy. Parlava spesso dell'eredità cosacca di Maiachka e parlava della mappa di Beauplan..."

Valentina non mi ha lasciato finire la frase. "Ma abbiamo delle patate da piantare!" ha esclamato.

Avevamo già piantato le patate, ma Valentina era preoccupata che non ne avessimo piantate abbastanza o che la varietà che avevamo piantato non fosse adatta. La mia prima esperienza nel piantare patate era stata così estenuante che non ero ansiosa di ripeterla. Mi sentivo anche frustrata perché Valentina usava il frutteto come scusa.

"Va bene, ho già capito che non sei interessata ad andare. Allora andrò da sola," ho detto.

"Ma le patate," ha iniziato a dire Valentina, e io l'ho interrotta. "Ti aiuterò quando torno. Starò via solo per mezza giornata al massimo," ho detto.

"A proposito, conosci qualcuno a Maiachka?" le ho chiesto dopo una pausa. Valentina stava sfogliando il suo taccuino pieno di vari programmi di semina.

"Vedo che hai già deciso," ha detto Valentina, chiudendo il taccuino. "No, non conosco nessuno a Maiachka. Ci andavamo di rado." Si è alzata bruscamente da tavola ed è andata in corridoio a controllare se le patate da seme spuntavano con radici bianche.

Non capivo perché mia nonna fosse arrabbiata per il mio breve viaggio e ho persino pensato di rimandarlo. Ma il suo cupo silenzio durante la cena e le sue brusche risposte alle mie domande mi hanno esasperata così tanto che ho deciso di andare nonostante le sue obiezioni.

Il giorno seguente ho consultato sull'iPhone le indicazioni per Maiachka e ho preso un pullman da Poltava. Ho infilato la mappa di Beauplan nella borsa come un talismano, ma senza l'aiuto di Sergiy non riuscivo a leggerla: la direzione in cui era disegnata allungava l'Ucraina e la capovolgeva. Quando ho visto un cartello per Maiachka apparire sulla strada, sono saltata giù dal mio posto e ho chiesto all'autista del pullman di accostare. "Il villaggio è dritto di là," ha detto, premendo sull'acceleratore e partendo a tutta velocità in una nuvola di polvere.

Il nastro grigio dell'autostrada e i campi di grano erano gli unici punti di riferimento che avevo intorno. Immaginavo di vedere i tetti di tegole rosse del villaggio, ma il sole di mezzogiorno batteva in modo così spietato da farmi lacrimare gli occhi e, per quanto mi sforzassi, non riuscivo a vedere nulla a parte i campi sconfinati e i cieli senza fondo. Mi sono schermata gli occhi e mi sono allontanata leggermente dalla strada principale fino a imbattermi in una fila di lapidi. Ho proseguito e ho visto che mi trovavo in un vecchio cimitero circondato da un boschetto di betulle. I loro tronchi sottili e argentei sembravano trasparenti alla luce bianca del sole e le foglie svolazzavano al vento. Ho rabbrividito nonostante il caldo e sono tornata sulla strada principale.

In piedi sul bordo dell'autostrada, mi sono ricordata che in Ucraina i cimiteri segnavano gli accessi al villaggio, per cui ho fatto di nuovo dietrofront e sono entrata nel cimitero. Bloccando il fischio raccapricciante delle vecchie betulle, mi sono fatta strada nell'erba alta che lasciava spesse macchie di polline sui miei vestiti. Le tombe antiche erano adorne di croci storte, mentre quelle più recenti avevano lapidi di pietra con immagini del defunto. Sono passata davanti a una matriarca con un velo bianco la cui tomba di granito torreggiava su quella più piccola del marito. Vicino alla tomba di una ragazza dal sorriso timido e le trecce con i nastri, ho infastidito un serpente del bosco che strisciava lentamente nel sottobosco. Era l'unico essere vivente che avessi incontrato tra le lapidi e i fiori di plastica sbiancati dal sole.

E poi mi sono ritrovata faccia a faccia con Sergiy. Mi fissava da una fotografia di porcellana in bianco e nero incastonata in un blocco di granito: lo sguardo penetrante degli occhi infossati, la linea del cipiglio tra le sopracciglia, la fronte ampia e la criniera di capelli bianchi. “Ivan Pavlovych Berezko,” ho letto sulla lapide e ho riconosciuto il fratello maggiore di Sergiy, quello che era sopravvissuto alle guerre e aveva trascorso la sua vita a Maiachka. Dalle date sotto il nome ho calcolato che aveva vissuto fino a ottantasei anni, dal 1898 al 1984. Ho annotato le date sul taccuino, aggiungendole alle informazioni sulla famiglia Berezko raccolte fino a quel momento.

Ho attraversato il cimitero alla ricerca delle tombe dei genitori di Sergiy o di altri fratelli, ma la tomba di Ivan era l’unica che portava il nome di Berezko. Goccioline di sudore mi rotolavano lungo la schiena. Le erbe calpestate rilasciavano un profumo secco di canfora che faceva sembrare l’aria ancora più calda. Dopo due ore di ricerche infruttuose, mi sono arresa e mi sono diretta verso le case ai margini del villaggio.

Un gruppo di nonne con il velo triangolare sedeva su una panchina sotto un gelso. Vedendo una turista sudata con lo zaino, specie esotica in un villaggio ucraino, si sono voltate verso di me e prima ancora che potessi rivolgermi a loro mi hanno chiesto all’unisono dove andassi. Rispondere alla domanda richiedeva tempo, così ho lasciato cadere lo zaino a terra e mi sono seduta accanto a loro.

Ho spiegato che il mio bisnonno era nato a Maiachka e che era la prima volta che visitavo il suo villaggio natale. L’idea ha incuriosito le donne che hanno tirato fuori i cellulari dalle tasche dei loro grembiuli neri. Dopo una raffica di telefonate in giro per il villaggio, mi hanno detto che avrei dovuto cercare un certo Konstantin Teliatnik, che era amico della famiglia Berezko. “Segui questa strada e quando vedi una casa blu scuro, entra e di’ loro che ti ha mandato Tonia,” mi ha detto una delle nonne. La loro disponibilità ad aiutarmi mi ha ricordato perché mi piaceva stare in Ucraina, nonostante la guerra e il tumulto, e mi sono aggrappata a questi ricordi di umanità per convincermi che tutto sarebbe andato bene per tutti noi.

Una donna sulla trentina non è apparsa sorpresa né dalla mia visita né dalla mia spiegazione. "Il nonno sta cominciando a dimenticare le cose," ha detto, facendomi entrare nella stanza di Konstantin Teliatnik. Un vecchio calvo era sdraiato sotto le coperte. Aveva braccia possenti piene di tatuaggi e muoveva le dita sulla trapunta, come se stesse cercando qualcosa. La stanza puzzava di una malattia prolungata.

"Questa signorina vuole farti una domanda sulla famiglia Berezko," ha detto ad alta voce la nipote, chinandosi su Konstantin. L'uomo ha fissato su di me i suoi occhi acquosi. Gli ho chiesto se sapeva se qualche Berezko vivesse ancora a Maiachka. "Maiachka era un posto così bello," ha iniziato, spostando gli occhi da me a un punto nell'angolo della stanza. "Il fiume Oril, le foreste, la pesca. Certo, ricordo i ragazzi di Berezko. Ivan e Sergiy, dici? Erano più grandi di me."

Ho trattenuto il respiro, aspettando che continuasse, ma gli occhi di Konstantin si sono rabbuiati e si è zittito. "Ricordo che pescavo con Sergiy," ha detto dopo un po'. "O forse con Ivan." Ha alzato lo sguardo verso la parete davanti a sé e lo ha posato su due fotografie, una di Konstantin da giovane che irradiava salute e buon umore e un'altra di una donna con una camicia ricamata e una giacca.

"Quelli sono lui e la mia defunta nonna," ha osservato la nipote. "È morta di recente e da allora il nonno non fa che peggiorare." Konstantin ha iniziato a tossire e a tremare così violentemente che non ho potuto fare altro che scusarmi per la mia intrusione e andarmene.

Sulla mappa, Maiachka aveva una disposizione particolare che si estendeva in tutte le direzioni come una piovra. Fu istituita come postazione di frontiera nel diciottesimo secolo e popolata di cosacchi per proteggere i confini dell'impero. Il mio bisnonno ricordava la grande casa imbiancata a calce della famiglia, che si trovava sul lato del Maiachka più vicino all'Oril, il fiume menzionato nelle cronache cosacche come fonte di generosità soprannaturale. Quando Sergiy era nato all'inizio del ventesimo secolo, Maiachka era tutt'altro che generosa. Dopo la rivoluzione bolscevica cadde nel caos e ancora una volta divenne una terra di confine non protetta. La guerra civile del 1917-21 può essere definita russa, ma fu combattuta principalmente sul territorio dell'Ucraina, una regione riluttante ad aderire allo stato sovietico. Sergiy aveva tredici anni quando i bolscevichi occuparono Poltava nell'inverno del 1918. Quando ne compì quattordici in primavera, i rossi si erano ritirati e le forze ucraine – sostenute dai tedeschi – avevano riconquistato il territorio. A diciassette anni Sergiy divenne orfano e capofamiglia. I suoi genitori morirono nella pandemia di tifo, mentre i suoi fratelli maggiori si unirono a diversi gruppi partigiani e lasciarono che fosse lui a occuparsi della terra e delle sue sorelle. Mentre passavo davanti a case a un piano circondate da giardini di ciliegi, mi sono chiesta quale appartenesse alla famiglia di Sergiy e come era sopravvissuta alla guerra. Quando il mio bisnonno si preoccupava a morte per noi, rifiutavamo le sue premure soffocanti e gli dicevamo che esagerava inutilmente. I suoi occhi si rannuvolarono con un misto di tristezza e rimprovero e borbottava che eravamo fortunati a vivere senza sapere “quanto può essere terribile il mondo”.

Ogni volta che vedevo dei passanti li fermavo per chiedere se avevano sentito parlare della famiglia Berezko, ma mi sembrava di seguire una scia di storie che svanivano. “La nonna lo avrebbe saputo, ma è morta la settimana scorsa.” “Prima che Olka perdesse la memoria, avrebbe potuto raccontarti molte storie su Maiachka.” “Se solo fossi venuta prima, quando i più anziani erano ancora vivi,” diceva la gente sospirando. “Non ho mai nemmeno pensato di chiedere ai miei nonni del loro passato. Che cosa cambierebbe?” ha detto una donna alzando le spalle. La memoria era fragile e le storie non registrate scomparivano come increspature sull’acqua.

Quando mi sono ritrovata faccia a faccia con Lenin, non sono rimasta affatto sorpresa. Sembrava appropriato che il villaggio di Sergiy avesse ancora una sua statua nella piazza principale. Dipinto di giallo metallizzato, si ergeva scintillante alla luce del sole e osservava un grande edificio di mattoni. Ho seguito la direzione del suo sguardo e ho scoperto l’ufficio del consiglio del villaggio.

A quel punto della mia ricerca avevo raccontato la mia storia così tante volte che spiegarla alla donna seduta dietro una scrivania piena di fascicoli cartacei è stato facile. Ho detto che cercavo i miei parenti e che sarei stata grata per qualsiasi informazione ottenuta dagli archivi del villaggio. Il capo del consiglio del villaggio, Taisia, era una donna corpulenta sulla sessantina, con modi bruschi e mani delicatamente curate. Mentre mi ascoltava, ha socchiuso gli occhi e ha annuito. Poi ha preso il telefono a disco e a voce alta ha chiesto che le portassero nel suo ufficio i registri della fattoria collettiva.

"Sì, tutti i registri delle fattorie collettive che abbiamo," ha detto. La donna all'altro capo della linea sembrava abbastanza sgomenta da farmi sentire la sua acuta indignazione. "Tutti significa tutti," ha ripetuto Taisia e ha posato il ricevitore. Un attimo dopo è apparsa una giovane donna con una torre di faldoni. Mi ha lanciato uno sguardo fulminante, ma Taisia le ha fatto cenno di andarsene e di chiudere la porta.

"Conosco la nuora di Ivan Berezko. Vive ancora a Maiachka e forse potrebbe dirti qualcosa sulla famiglia," ha detto Taisia, fermandosi a guardarmi. Sono rimasta seduta sul bordo della sedia, e ho afferrato il tavolo di fronte a me.

Taisia ha continuato: "Ma se stai facendo una ricerca ben fatta, prima dovresti esaminare i registri della fattoria collettiva. Menzionano cose come i nomi del capofamiglia e dei membri della famiglia, le loro date di nascita, le loro occupazioni, il loro livello di istruzione e a volte anche un nuovo indirizzo se si erano trasferiti fuori dal villaggio. Certo, non ti sto costringendo."

"Mi piacerebbe farlo," ho detto, inspirando a fondo per tenere a bada l'agitazione. Ero disposta a pernottare in questo ufficio con le pile di giornali e i gerani che sporgevano dai davanzali solo per potere frugare negli archivi.

"Ti aiuto io," ha detto Taisia e si è messa gli occhiali. "Questa pila è mia, e quella è tua."

Ci sono volute più di due ore per trovare la prima menzione dei fratelli Fedir, Nestir e Ivan di Sergiy. I registri della fattoria collettiva hanno confermato che Fedir non era sopravvissuto alla seconda guerra mondiale e non aveva avuto né moglie né figli. Nestir e Ivan abitavano fianco a fianco, ma mentre i figli di Nestir avevano lasciato Maiachka, Ivan e la sua famiglia erano rimasti. L'appezzamento su cui coltivavano grano, segale e orzo – i registri erano precisi sui raccolti – si trovava ai margini di Maiachka, non lontano dal punto in cui il fiume Oril curvava intorno al villaggio. Anche questo corrispondeva alle descrizioni di Sergiy della sua casa d'infanzia.

"Ho trovato un'annotazione su una donna di nome Fekla Berezko," ha detto Taisia. "Non sono sicura che sia pertinente." Ho guardato da sopra le sue spalle il punto che stava segnando con l'unghia dipinta di rosa. "Fekla Zacharovna Berezko. Vera Nikodimovna Berezko. Nikolai Nikodimovych Berezko. C'è una nota accanto a Fekla Berezko, 'Nikodim Berezko, marito, nato nel 1900'." Ho sentito il battito cardiaco riverberarmi nelle orecchie. "Nikodim," ho sussurrato. Taisia mi ha lanciato uno sguardo interrogativo.

I registri della fattoria collettiva mostravano che Fekla era arrivata a Maiachka nel 1938, con solo suo figlio e sua figlia; i registri menzionavano una famiglia di tre anime. Significava che a quel punto Nikodim doveva già essere scomparso. Lavorava a un piccolo appezzamento di terreno e veniva indicata come casalinga. Durante la seconda guerra mondiale, Fekla e suo figlio Nikolai avevano continuato a vivere a Maiachka, ma sua figlia Vera era stata portata in Germania come *ostarbeiter*, una lavoratrice schiava, ed era stata dichiarata scomparsa. I registri tacevano sul destino di Fekla e Nikolai dopo il 1945, ma avevo già più informazioni di quante sperassi di trovarne venendo a Maiachka.

Taisia ha scritto su un pezzo di carta l'indirizzo di Lyuba Porfirivna, la nuora di Ivan Berezko, mi ha accompagnata fino alla piazza principale e ha indicato la grande strada dietro il villaggio. "Segui questa strada dritto davanti a te," ha detto.

Le ho chiesto del Lenin d'oro, stupita che fosse ancora lì. "Certo che è ancora qui," ha detto, mettendosi sulla difensiva e sfidandomi a contraddirla. Non l'ho fatto. Ho ringraziato Taisia per il suo tempo e la sua generosità, ma lei mi ha interrotta e ha detto che stava solo facendo il suo lavoro. Ho messo lo zaino sulle spalle e mi sono avviata lungo la strada che mi aveva indicato. Quando mi sono voltata per guardare ancora una volta Maiachka, ho visto il capo del consiglio del villaggio in piedi sotto la scintillante statua di Lenin che mi salutava. Ho ricambiato il saluto.

Ho lasciato il villaggio, con il suo casermone della fattoria collettiva e Lenin, per entrare nel mondo dell'infanzia di Sergiy e Asya. Frutteti di albicocchi e pozzi antiquati punteggiavano il paesaggio e verdi campi di grano fiancheggiavano la strada. Di lì a poco ho individuato una piccola casa imbiancata a calce. "Cerca un melo storto e un pollaio con il tetto di paglia," erano state le istruzioni di Taisia. Ho bussato alla porta, ma non ha risposto nessuno. Mi sono seduta su una panchina sotto il melo, ho allungato le gambe stanche e mi sono addormentata.

Ho aperto gli occhi con un sussulto e ho trovato una donna anziana bassa con la faccia rotonda, occhi azzurri e capelli bianchi e radi, che mi scuoteva per la spalla. Ha aperto la bocca per la sorpresa mostrando un dente d'oro. Ci siamo guardate.

"Perché dormi sotto il mio melo?" mi ha chiesto. Ho detto che ero sua parente ed è sembrata in preda al panico. Quando ho spiegato come pensavo fossimo imparentate, la donna ha scosso la testa. "Allora non siamo vere parenti. Ero sposata con Arkady Saenko, il figliastro di Ivan." Sembrava sollevata.

Parente o no, si è presentata come Lyuba Porfirivna e mi ha invitata a prendere una tazza di tè. La sua casa era una tradizionale capanna ucraina, ampia e spaziosa. Ho visto una stufa a legna e uno *svolok*, una massiccia trave che sosteneva la casa. Asya una volta mi aveva detto che nei tempi antichi lo *svolok* era venerato e incenso e piccole offerte venivano lasciati in un posto speciale sopra la trave, per gli spiriti. La nostra casa di Bereh era una semplice costruzione in mattoni e l'idea di un pilastro sacro mi affascinava. Nella casa di Lyuba Porfirivna, allo *svolok* venivano legati mazzi di stelle alpine e rose secche. Le pareti della casa erano drappeggiate con tappeti colorati e un grande ricamo di uno stagno pieno di cigni. Sopra un letto colmo di cuscini di pizzo erano appesi diversi ritratti color seppia. "Il mio defunto marito, Arkady," ha detto Lyuba Porfirivna, indicando un giovane serio in uniforme militare.

"Sua madre non mi voleva," ha detto, tirando fuori un album di famiglia e mostrandomi le fotografie del loro matrimonio. Una ragazza bionda con una camicetta bianca, una gonna nera e dei calzini arrotolati sopra un paio di ballerine guardava timidamente in macchina, stringendo la mano del suo fidanzato. Le macchie di muffa sul viso di Arkady rendevano difficile leggerne l'espressione, ma il corpo si inclinava in modo protettivo verso la ragazza. Lyuba Porfirivna ha strofinato l'immagine, ma la macchia era indelebile. "La madre di Arkady voleva che sposasse una ragazza di città, mentre io facevo la lattaia in una fattoria collettiva vicino a Maiachka. E lui ha detto: 'E chi sono io? Un contadino come anche tutti voi.' Così ci siamo sposati. Io mungevo le mucche e lui guidava il camion del latte.

"Ivan Berezko era così buono con me che lo chiamavo padre. La sua prima moglie era morta durante la guerra e qualche anno dopo ha sposato la madre di Arkady." Lyuba Porfirivna mi ha mostrato una fotografia della suocera, una donna magra con il naso appuntito e le labbra imbronciate. "Ivan continuava a dire a sua moglie: 'I bambini sono tutto quello che abbiamo. Lascia che vivano le loro vite ma mantieni il loro amore.'"

"Ma Ivan aveva un problema." Lyuba Porfirivna si è battuta il collo in un tipico gesto ucraino per indicare che la nemesi di Ivan era la vodka. "Non riusciva mai a resistere a un bicchierino. C'era un mercato della domenica qui vicino, e lui andava lì per incontrare i suoi amici. Tornava a casa tardi, zoppicando e inciampando. Aveva una delle gambe più corta dell'altra e quando era ubriaco riusciva a malapena a camminare. 'Sento il vecchio cantare,' diceva Arkady. Significava che doveva andare a prendere il suo patrigno prima che cadesse nel fosso lungo la strada."

Mi sono ricordata che Sergiy raramente toccava i liquori.

"Ci sono stati momenti brutti e ci sono stati momenti belli," ha detto Lyuba Porfirivna, guardando il ritratto di Arkady sul muro.

Il sole stava tramontando e un bagliore arancione bruciato si diffondeva sul campo di grano davanti casa sua. Il fruscio delle foglie nella brezza della sera suonava come un sussurro urgente.

"Dove andrai a quest'ora tarda?" mi ha chiesto Ljuba Porfirivna. Fino a quel momento il pensiero di tornare a Poltava non mi era passato per la mente, ma adesso mi ero resa conto che non avevo idea di dove trovare un pullman a quell'ora della notte. Ho afferrato lo zaino e mi sono precipitata a salutare, ma Lyuba Porfirivna mi ha sbarrato la strada.

"Rimani qui. Non posso lasciarti vagare per le strade di campagna così tardi," ha detto. "Il cielo non voglia che ti succeda qualcosa e poi non riuscirei mai a perdonarmelo." Ha indicato una branda stretta vicino alla stufa in maiolica. "Non ti dispiace dormire lì, vero?"

Ho accettato l'offerta di Lyuba Porfirivna e ho chiamato Valentina per dirle che avrei pernottato al villaggio. "Bene," ha detto. "Ma avresti dovuto chiamarmi prima, perché ero preoccupata."

Ho riattaccato e ho cercato di soffocare i sensi di colpa mentre aiutavo Lyuba Porfirivna a preparare la cena. Ho sbucciato le patate e poi sono scesa in cantina a cercare un barattolo di pomodori in salamoia. Lei ha messo a bollire le patate in una pentola di latta malconcia e ha tagliato a fette il pane di segale e la carne di maiale salata. Abbiamo mangiato a un tavolino sotto un pergolato d'uva, infilzando le patate dalla pentola con le forchette e schiacciandole nel grasso di maiale. Dopo una giornata trascorsa a vagare per i cimiteri, approcciando gente estranea e studiando archivi, ero affamata. Lyuba Porfirivna mi guardava di tanto in tanto con preoccupazione materna. "Come sei finita qui a Maiachka?" mi ha chiesto.

Ho detto che stavo cercando Nikodim, il fratello di Sergiy

e Ivan. Lyuba Porfirivna è rimasta in silenzio per un momento e ha masticato lentamente.

"Ha messo in pericolo l'intera famiglia," ha detto.

Un brivido mi ha attraversato la schiena e la mano che reggeva la forchetta ha tremato. "Cosa ha fatto?" ho chiesto.

"È stato arrestato. Per una faccenda politica."

"Ma cosa ha fatto?" Ho cercato di non alzare la voce, ma non sono riuscita a fare a meno di parlare più forte.

Lyuba Porfirivna mi ha guardata impotente. "È passato tanto tempo e sto perdendo la memoria. Ivan diceva che avrebbe rovinato l'intera famiglia. Ma non so perché. Ricordo a malapena la mia vita." Si è alzata ed è andata in casa a prendere il tè. Sono rimasta lì seduta, incapace di ingoiare un altro boccone.

Più tardi, mentre lavavamo i piatti, Lyuba Porfirivna ha borbottato qualcosa sottovoce e poi ha detto: "Sono venuti e l'hanno portato via."

"Chi erano?"

"Loro, loro," ha ripetuto. Si è presa il viso tra le mani e ha iniziato a piangere.

Piangeva silenziosamente, ma il suo corpo tremava in violenti spasmi e di tanto in tanto un singhiozzo soffocato le usciva dalla bocca aperta. Sorpresa, mi sono rimproverata di avere riportato ricordi dolorosi a questa donna sola. L'ho abbracciata, sentendo le ossa affilate del corpo sotto la vestaglia, e le ho asciugato le lacrime. Io e Lyuba Porfirivna eravamo estranee che attraversavano brevemente la vita l'una dell'altra, ma a quel punto il suo dolore era il mio. "Il dolore non ripagherà alcun debito," mi sono ricordata che era uno dei detti preferiti di Asya, ma a volte bisognava piangere e ho tenuto Lyuba Porfirivna stretta nel mio abbraccio finché non si è calmata.

Abbiamo sprangato la porta e spento la luce. Lyuba Porfirivna mormorava e sospirava nel sonno. Mi sono sdraiata sul lettino a fissare il soffitto. La luce argentata della luna cadeva sulle piastrelle della stufa. Su alcune piastrelle c'erano immagini di pastorelle, su altre galli dalle code elaborate. Ho ascoltato il cinguettio di un grillo dietro la stufa e il grido di un gufo in giardino. Chi è stato portato via? Nicodim? Arkadij? Qualcun altro? Poi mi sono addormentata anch'io.

Mi sono svegliata la mattina dopo all'alba. L'aria fresca che sapeva di erba frantumata, panna fresca e sterco di vacca entrava nella stanza da una finestrella. Il letto di Lyuba Porfirivna era già stato rifatto e sul tavolo da pranzo c'erano un barattolo di latte e un cesto di uova. Ho trovato la mia ospite fuori a dare da mangiare ai polli. Stava gettando manciate di grano a un grintoso gruppo di galline. Il gallo scavava la terra con gli artigli e mi ha guardata sospettoso con un solo occhio rosso.

"Ieri sera ti ho detto che Ivan aveva detto che *lui* avrebbe rovinato tutta la famiglia. Ho sbagliato. Ivan non parlava di Nikodim. Parlava di suo fratello minore, Sergiy."

L'ho guardata stupefatta. Cosa aveva intenzione di fare Sergiy, il fratello serio e responsabile, che avrebbe potuto danneggiare l'intera famiglia? Ma Lyuba Porfirivna canticchiava una canzone e spazzava il cortile. Non sapeva altro o forse non voleva parlarne.

Tornando in pullman a Bereh, ho pensato che a ogni pezzo del puzzle che trovavo, un altro mistero più grande si rivelava. La campagna appariva fuori dal finestrino come un mosaico di campi di grano e segale in verde e giallo. Di tanto in tanto la trapunta veniva spezzata da fattorie circondate da ciliegi, e mi chiedevo chi abitasse nelle piccole case imbiancate e chi si prendesse cura dei frutteti.

*

La nostra porta era spalancata, e lì a Bereh era segno che c'era qualche problema. Ho lasciato lo zaino in giardino e sono corsa in casa. A tavola, Sasha teneva la mano di Valentina e le misurava la pressione. Entrambe mi hanno guardata mentre entravo.

"Come hai potuto lasciare tua nonna sola nelle sue condizioni!" ha detto Sasha guardando la macchinetta per la pressione.

"Sasha, va tutto bene," ha detto debolmente Valentina. "È solo un po' di tensione. Perché mi tratti come una vecchia decrepita?"

"Che cosa è successo?" ho chiesto senza fiato, sbottonandomi la giacca.

"150 su 90!" ha detto Sasha come se stesse annunciando il punteggio di una partita di calcio.

"Dov'è la tua medicina per la pressione?" ho chiesto, lasciando cadere la giacca sulla sedia e frugando in cerca della scatola dei medicinali sotto l'armadio. "Come ti senti?"

"Sto bene. Smettila di tormentarmi," ha risposto Valentina. "Ho chiamato Dmytro, per cui sta arrivando."

"Non dovresti lasciare che tua nonna faccia un lavoro così duro come piantare patate," ha detto Sasha.

"Perché hai piantato le patate? Ho promesso che lo avremmo fatto insieme. Non potevi aspettare un giorno?" ho detto.

"No, non potevo. È già giugno."

Sasha ha annuito, concordando con Valentina. "In città le patate le trovi tutto l'anno, ma per piantarle bisogna seguire il calendario."

"Grazie per la spiegazione. Non ne avevo idea," ho detto e mi sono subito irritata con me stessa per avere adottato il tono passivo-aggressivo di Sasha. Sasha ha sospirato, ha piegato il misuratore della pressione e lo ha rimesso nella sua scatola.

"Chiamami se hai bisogno di qualcosa. Sai che per te farei qualsiasi cosa," ha detto a Valentina, che le ha accarezzato la mano e l'ha ringraziata.

"Perché sei stata così scortese con Sasha? Quando l'ho chiamata è venuta all'istante," ha detto Valentina.

Ho trovato la medicina di Valentina per la pressione e le ho dato un bicchiere d'acqua per mandare giù la pillola. L'ho guardata mentre lo beveva lentamente.

"Permetti a Sasha di dirmi le cose più ridicole e non mi difendi mai," ho detto. Non riuscivo a districare la mia esasperazione dal senso di colpa e dalla preoccupazione.

Valentina non ha detto niente. Ha sorseggiato la sua acqua e ha fatto ruotare la tazza tra le mani.

"Perché andare in questa Maiachka dimenticata da Dio?" ha detto infine.

Mi sono seduta al tavolo. "Volevo vedere dove è cresciuto Sergiy."

"E cosa hai visto? Cosa hai trovato lì?"

"Ho trovato la tomba di Ivan. Ho conosciuto una nostra lontana parente, mi sono fermata a dormire a casa sua. Te l'ho detto ieri sera."

"Non è una nostra parente."

"Be', non è una parente di sangue, ma è stata molto gentile."

Siamo rimaste sedute in silenzio.

"E poi ho scoperto qualcosa su Nikodim."

"Quale Nikodim?"

"Il fratello maggiore di Sergiy. Quello che è scomparso. Ti ricordi che ti ho chiesto di lui?"

"Ah, di nuovo." Valentina ha posato la tazza e ha preso la cassetta dei medicinali. L'ha chiusa di scatto e le sue labbra si sono disposte in una linea dura.

"Voglio scoprire cosa è successo a Nikodim. È tragico il modo in cui è scomparso," ho balbettato.

"E la famiglia? Che dire di quelli che hanno dovuto vivere con le conseguenze? Non è tragico?" Adesso Valentina mi stava fissando, con l'intero viso duro come la pietra.

"È tragico, certo..." Le parole mi sono uscite confuse e sfilacciate.

"Non voglio... No, ti proibisco di disturbare il passato."

Mi sono alzata dalla sedia per avvicinarmi a lei. "Ma è importante conoscere il passato," ho iniziato a dire. Ho sentito il pavimento sotto di me diventare morbido e instabile.

"Ora mi fai la predica?" La guancia di Valentina si è contratta e il viso le è diventato rosso. "Non sei mai a casa in questi giorni. O stai visitando i villaggi o stai fotografando pezzi di stoffa in decomposizione."

Le bruciature per la calce sulle dita hanno iniziato a pungermi. Sono rimasta immobile, incapace di parlare. Incapace di indicare il frutteto imbiancato o i lindi letti di fragole. Incapace di trovare parole per difendermi o per scusarmi. Aprivo e chiudevo la bocca come un pesce gettato a riva.

"E poi te ne tornerai a Bruxelles e le cose saranno di nuovo come prima." Valentina ha soffocato un singhiozzo. "È come se ti importasse di più di questo Nikodim, scomparso decenni fa e che non ha più alcuna rilevanza, che di..." Si è zittita e ha aperto un cassetto per tenere le mani occupate.

La gola mi si è stretta così tanto che non riuscivo a trovare la mia voce. "Va bene," ho detto alla fine. "Non farò niente."

Mi sono voltata, ho afferrato il cappotto di Asya dall'attaccapanni, me lo sono gettato sulle spalle e ho aperto la porta. Era una giornata calda, ma tremavo con violenza. Mi sono precipitata lungo il cortile, ho spalancato il cancello del frutteto e sono corsa dentro, sfondando i rovi per trovare il punto più profondo e appartato, dove da bambina avevo sepolto i "segreti". Erano piccoli fagottini di stoffa pieni di fiori e involucri di caramelle colorate. Un posto anche migliore per un "segreto" era una cavità dentro un tronco d'albero. Mi sono appoggiata a un ciliegio e ho passato le dita sul tronco scosceso. Ho trovato un buco e ho tirato fuori il taccuino dalla tasca, ho strappato il foglio coperto di appunti su Nikodim e l'ho avvolto in un fazzoletto. L'ho infilato in fondo alla cavità e ho premuto la faccia contro il tronco. Partirò, partirò domani, ho pensato. Tutto quello che faccio è sbagliato. Le mie gambe gelatinose hanno ceduto e sono caduta ai piedi del ciliegio, fissando davanti a me il vuoto.

Non ho contato se fossero trascorse due ore o due giorni. Ero così stordita che avrei potuto dormire. Sono rimasta seduta così a lungo che il corpo mi si è congelato in una forma accovacciata. Qualcosa mi ha solleticato il piede e ho visto il viticcio di una pianta di pervinca. Ho aperto il corpo come un foglio di carta stropicciato e mi sono alzata, guardandomi intorno. Ho notato che l'intero frutteto era tappezzato di pervinche, ma siccome era estate mostravano solo foglie verdi, i loro fiori blu erano appassiti da tempo. "Prendi questi e spargili ovunque," mi aveva detto Asya un giorno, riempiendomi il piccolo palmo di minuscoli semi neri. Il terreno era soffice e umido e i semi vi scomparivano. Non riuscivo a credere che sarebbero mai riapparsi. "Vedrai i fiori l'anno prossimo quando verrai," aveva detto Asya. "Tutto ha bisogno di tempo."

Qui nel frutteto sentivo la presenza di Asya più che in qualsiasi altro luogo di Bereh. Immaginavo che fosse ancora in giro, intenta a potare i gladioli o a sperimentare un nuovo metodo di innesto delle viti. La pianta di pervinca che mi aveva svegliata si era avvolta attorno al tronco del ciliegio e le foglie allungate apparivano lucide e luminose contro la corteccia ruvida. Niente scompariva senza lasciare traccia e tutto aveva bisogno di tempo.

Ho accarezzato la pervinca e ho capito che non potevo andarmene. Se avessi lasciato Bereh adesso, sarebbe stata la partenza definitiva, senza possibilità di ritorno, e non ero pronta.

Mi sono spazzolata via l'erba e il terreno dalle mani. Non ero più arrabbiata con Valentina. Ho capito che non potevo semplicemente entrare nella vita di un'altra persona e trovare un posto ad aspettarmi. Entrambe avevamo riempito le nostre assenze con altre presenze. La mia presenza le ricordava la mia assenza, perché prima o poi me ne sarei andata e lei non avrebbe saputo quando sarei tornata, un anno dopo o forse dieci. Pensavo di fare la cosa giusta, ma stavo percorrendo la strada sbagliata. Mi sono avvolta più stretta nel cappotto di Asya e sono tornata a casa.

"Dove eri andata? Ti ho chiamata, ma non hai risposto. Ho chiamato il tuo cellulare, ma lo avevi lasciato a casa." Valentina era sulla soglia con il cellulare in una mano e una rubrica nell'altra. Non sapeva come salvare nuovi numeri nel suo Nokia. Aveva il viso pallido nonostante l'intensa abbronzatura. "La vuoi una tazza di tè con la marmellata di lamponi?"

Ho messo il bollitore sul fornello e ho preso dalla credenza le nostre tazze da tè. "Pensavo che potremmo ripulire il samovar di Asya e usarlo per il tè," ha detto Valentina, seguendo i miei movimenti con lo sguardo. "Il tè non ha un buon sapore senza un samovar, non credi?" Aveva gli occhi rossi e umidi.

Ho annuito e ho tirato su col naso, cercando di trattenere le lacrime. Valentina si è avvicinata e mi ha abbracciata, stringendomi forte a sé. "Scusami. Lasciamo che il passato rimanga nel passato, ma non ti lascerò andare. Non pensarci nemmeno," ha detto Valentina. Ho annuito, i singhiozzi hanno inghiottito le mie parole.

Terza parte

Fili da ricamo

Otto

Ho prestato la mia macchina fotografica a Pani Olga così che potesse completare da sola il catalogo dei ricami. Io e Valentina abbiamo potato il frutteto e piantato i pomodori. Cucinavamo piatti tradizionali che nessuno di noi due preparava da anni. Guardavamo insieme le soap opera turche. Sasha non veniva a trovarci, anche se mentre piantavamo la vedevamo lavorare nel suo giardino.

Mia madre è venuta a stare con noi per il resto dell'estate. Io e Valentina abbiamo trasformato la cucina estiva in camera da letto, stirato la biancheria e scritto i menu. I ricordi delle nostre estati a Bereh ci sollevavano entrambe e abbiamo trascorso i giorni prima dell'arrivo di mia madre in piacevole attesa.

Quando è arrivata, mia madre ha trasformato la nostra famiglia. Non ci precipitavamo più fuori la mattina per occuparci del frutteto e piuttosto passavamo ore a fare colazione. "So che il frutteto è importante a Bereh, ma speriamo che possa crescere da solo per qualche giorno," ha protestato con Valentina, e mia nonna non ha avuto altra scelta che accettare. Avrei voluto essere stata altrettanto schietta con Valentina fin dall'inizio, ma avevo imparato ad apprezzare la nostra routine al frutteto. Mi permetteva di conoscere la mia formidabile nonna alle sue condizioni.

Mia madre e io viviamo separate da quando ho iniziato il college a diciassette anni, ma lei rimane la mia confidente. Quando ho condiviso con lei la mia lotta per trovare Nikodim o le mie frustrazioni lì a Bereh, mi ha detto di essere paziente. "Non avere fretta," ha detto. "La vita è così difficile in questo momento. Prendiamo tutto un giorno alla volta."

Se io avevo scandalizzato il villaggio indossando stivali di gomma e non sembrando "una vera americana", mia madre non avrebbe commesso un simile reato. Il suo bagaglio era pieno di capi eleganti come vestiti estivi di lino, sandali con il cinturino, cinture abbinate e una collezione di jeans alla moda. Al mattino, faceva le sfilate di moda per la felicissima Valentina e poi andava a trovare gli amici a Poltava, saltellando lungo la strada sterrata principale con i tacchi a spillo rosa.

"Tua figlia sembra una star del cinema italiano," ha detto Antonina a Valentina. Era una delle più anziane abitanti di Bereh e il suo contatto con la celebrità era avvenuto nel 1968 quando aveva visto Sophia Loren durante le riprese dei *Girasoli* vicino a Poltava. Mia madre ha apprezzato il complimento e ha interpretato volentieri il ruolo di affascinante figlia di Valentina che le era stato assegnato. Solo la sua magrezza causava costernazione tra i residenti più anziani di Bereh per i quali "sei ingrassata" era un complimento. "Tua figlia ha la tubercolosi?" chiedevano, sinceramente preoccupati.

Anche se Valentina si era scusata con me per avere perso la pazienza, non avevamo mai più ripreso l'argomento Nikodim. Non ero pronta a rinunciare a trovarlo, ma avendo fatto una promessa, non potevo agire contro il volere di mia nonna. Anche mia madre non pensava che avrei dovuto continuare la ricerca se Valentina non era d'accordo, e abbiamo accettato che quest'uomo potesse rimanere un mistero.

Allo stesso tempo io e Valentina parlavamo di più, anche quando mia madre non c'era. Si apriva in modi che non mi aspettavo, e mi faceva così tanto piacere che avevo smesso di ragionare sul perché mia nonna fosse così irremovibile sul dimenticare Nikodim. Eppure le sue storie sul passato mi affascinavano, e in alcuni giorni il nostro tè dopo cena si prolungava oltre la mezzanotte mentre parlavamo.

"Babushka, come si sono incontrati davvero Asya e Sergiy?" ho chiesto una sera. Mia madre dormiva già e io e Valentina eravamo sedute in sala da pranzo, il tè freddo aveva ricoperto le nostre tazze di una pellicola marrone.

"Era il 1933," ha detto Valentina. "La tua bisnonna lavorava come maestra elementare a Mala Nekhvoroscha. È un villaggio nella provincia di Poltava, non molto più grande di Mykhailivka, dove è nata."

"Era lei che aveva scelto di insegnare in un villaggio?"

"Che scelta aveva? Ricevevi un incarico e andavi. Ma ti dirò una cosa. Aveva un interesse amoroso a Poltava, per cui probabilmente non sarebbe mai andata a Mala Nekhvoroscha di sua iniziativa. E poi è iniziata la carestia..." Valentina ha fatto roteare gli avanzi di tè nella sua tazza.

Gli anni trenta furono anni di fame in molte parti del

mondo per via della Grande Depressione. L'Unione Sovietica aveva poco commercio internazionale, per cui rimase isolata dalle scosse di assestamento. La sofferenza del mondo capitalista suscitava commenti gongolanti sulla morte del sistema decadente, e la stampa sovietica fece un gran clamore sull'accoglienza di immigrati dal "putrefatto Occidente". Ad Asya la politica non interessava e seguiva le notizie quel tanto che bastava per sembrare informata. Aveva accettato che Stalin fosse il saggio padre della nazione e che quando avrebbe annunciato la nuova politica economica di industrializzazione, sarebbe stato per il bene comune. Non capiva come il piano di Stalin avrebbe influenzato persone come i suoi genitori che vivevano in campagna. Il brillante futuro comunista aveva bisogno della collettivizzazione della terra, a qualsiasi costo. "Se un solo uomo muore di fame, è una tragedia. Se a morire sono milioni di persone, sono solo statistiche," diceva Stalin.

Nei primi anni i bolscevichi enfatizzarono la ridistribuzione della terra nelle loro campagne elettorali, e anche se i contadini rimasero sospettosi riguardo alle loro motivazioni, tali promesse alla fine ebbero effetto. Nel 1929, però, la grande spinta alla collettivizzazione annullò le riforme di ridistribuzione della terra. Se in Russia, con la sua antica tradizione di agricoltura collettiva, fu un processo doloroso, in Ucraina, dove la storia nazionale è stata plasmata attraverso lotte per la terra, fu una tragedia straziante. La perdita della terra era vista come equivalente alla morte. Ma cosa potevano fare i contadini per protestare? Bruciare i loro raccolti? Macellare i loro animali? Molti villaggi tentarono di resistere e si batterono contro le brigate inviate a sovrintendere alla collettivizzazione, ma azioni così sparse non furono sufficienti a bloccare uno sforzo sostenuto dal governo e appoggiato dall'esercito e dalle milizie sovietiche.

Presto apparve una fattoria collettiva nel villaggio di Asya. I suoi genitori avevano un piccolo orto e una mucca. La madre di Asya, Pasha, si rifiutava di cedere la loro terra, ma dato che non riuscirono a respingere le pressioni delle autorità, la famiglia raggiunse un compromesso. Oleksiy, il padre di Asya, lavorava nella fattoria collettiva, mentre Pasha si prendeva cura del proprio appezzamento.

La famiglia di Asya ebbe la fortuna di non essere giustiziata né esiliata insieme ad altri trecentomila contadini recalcitranti nel nuovo sistema di colonie penali in Siberia e in Asia centrale. Leggendo di quegli anni, ho sempre fatto fatica a comprendere l'intimità della violenza. La maggior parte degli arresti e delle deportazioni venivano effettuati da membri della comunità: un agente della polizia di stato, un procuratore statale e un leader del partito del villaggio. La realtà agghiacciante della Grande Carestia in Ucraina, e il motivo per cui rimase una tragedia non elaborata diversi decenni dopo fu che le decisioni sulla vita e sulla morte venivano spesso pronunciate da vicini, amici e parenti. Le stesse persone che battezzavano i reciproci figli, lavoravano la terra insieme o facevano brindisi in onore l'uno dell'altro, si firmavano a vicenda le condanne a morte. A volte i leader del partito erano comprensivi. A volte la comunità era abbastanza forte da restare unita. A volte il destino era un tiro di dadi, una questione di fortuna. A Pasha venne permesso non solo di tenere la sua mucca, ma anche il suo altare ornato di icone. Inoltre, la loro terra era su una ripida collina, impossibile da lavorare con i trattori. A volte era la geografia a decidere davvero il destino.

"Quando Asya arrivò a Mala Nekhvoroscha per iniziare a insegnare, era il 1931 e i raccolti erano già scarsi," ha continuato Valentina. "Le persone che erano state costrette a entrare nei *kolchoz* avevano pochi incentivi a lavorare sodo, e quell'estate era stata fredda e umida. Ma Asya era più preoccupata per il suo nuovo lavoro che per il raccolto. Era anche ansiosa di incontrare il direttore della scuola, che veniva descritto come 'un bolscevico di principio'."

"Sergiy!" ho esclamato, e Valentina ha annuito.

"Asya mi ha raccontato di essere rimasta un po' delusa, perché aveva immaginato un tizio severo con una giacca di pelle, mentre Sergiy sembrava uno studente: un viso ovale morbido, guance lisce e una tendenza ad arrossire quando la salutava. La prima volta che lo ha visto portava una camicia ricamata, e così Asya lo ha soprannominato 'il bolscevico in vyshyvanka'. Senza mai dirglielo in faccia, naturalmente."

Nel frattempo, la situazione nel villaggio peggiorò. Nonostante i cattivi raccolti, le requisizioni del grano erano diventate la norma. A Mala Nekhvoroscha, le brigate di requisizione erano composte dai giovani delle famiglie più povere, i giovani leader locali di Komsomol. A volte arrivavano le loro madri. La brigata – una banda, come la chiamavano i locali – spalancava il cancello e perquisiva il cortile e la casa, e cercava persino sotto ai pavimenti di argilla oppure disfaceva i tetti di paglia. Anche se Asya era un'insegnante ed era esentata dalle richieste, quando la brigata fece una visita alla casa in cui viveva, la sua sciarpa di seta e la borsa andarono via insieme a loro.

Asya notò anche torri di guardia sorvegliate da sentinelle armate nei campi. Qualsiasi raccolta non autorizzata di cibo era considerata furto, punibile con l'esecuzione immediata. Gli abitanti del villaggio sussurravano della legge delle "cinque spighe di grano" che prevedeva che anche un bambino che raccoglieva qualcosa dai campi della fattoria collettiva poteva essere fucilato o imprigionato. All'inizio Asya non ci credeva, ma poi l'intero villaggio fu costretto a guardare mentre la brigata di requisizione picchiava selvaggiamente la sua vicina Orisha per avere preso i chicchi caduti dopo il raccolto. La brigata portò via Orisha e nessuno la vide più.

Con l'inizio dell'anno scolastico, le prove della fame erano evidenti. La morte per fame era una fine orribile. Troppo lenta. Troppo crudele. Le difese psicologiche e metaboliche del corpo non si arrendevano a comando, e così la tortura durava settimane, se non mesi. I funerali nel villaggio diventarono un affare quotidiano. Ben presto i funerali cessarono perché i becchini erano morti. Ogni giorno Asya correva a casa da scuola, cercando di non notare i cadaveri con la pancia gonfia sul ciglio della strada.

"Sergiy ha salvato Asya dalla fame," ha detto Valentina. "Le faceva scivolare delle provviste extra nella sua borsa e un giorno, quando Sergiy le portò una pagnotta e le propose di sposarlo, lei accettò."

"E il suo ragazzo a Poltava?"

"Non ne venne fuori niente, suppongo."

Asya trascorse la carestia in un piccolo villaggio, ignorando che la fame di massa si stava diffondendo in tutta l'Ucraina sovietica. Milioni di persone morirono nella Russia sovietica e in Kazakistan, ma la regione del suolo nero dell'Ucraina, nota ai viaggiatori del diciassettesimo secolo come Arcadia, sopportò il peso maggiore delle politiche di Stalin. Una persona su otto nei territori ucraini fu vittima dello Holodomor, la Grande Carestia. Morirono un milione di bambini di età inferiore ai dieci anni. Il bilancio della carestia fu di oltre tre milioni di morti. La mia bisnonna è sopravvissuta. Valentina è nata nell'autunno del 1934.

"Ecco perché quel giorno volevi piantare patate e ti sei arrabbiata per il mio viaggio a Maiachka," ho detto. Valentina ha annuito.

"Quando devi la tua esistenza alla carestia, vieni marchiato dalla paura. So che è assurdo, ma non posso farci niente."

"A casa a Bruxelles tengo sempre un sacco di riso da dieci chili, come se fossi ossessionata dalle paure di eventi che non ho vissuto." Mi sono ricordata dell'espressione sul viso del mio futuro marito quando ha visto per la prima volta la mia dispensa. "Sei uno di quei sopravvissuti, per caso?" ha chiesto. Non sapevo come spiegare che sono cresciuta in Unione Sovietica.

"E tengo anche un sacco di farina da dieci chili e diverse buste di zucchero," ho aggiunto.

Valentina ha gettato indietro la testa e ha riso.

"Perché la mia scorta di cibo ti fa così ridere?" ho chiesto ridendo anch'io. "Potremmo piangerci sopra, suppongo," ha detto Valentina, asciugandosi gli occhi. "Ma possiamo anche ridere."

Il giorno dopo Valentina ci ha sorprese annunciando a fine colazione che voleva visitare Mykhailivka. "Vorrei vedere dove è cresciuta mia madre," ha detto e mi ha guardata dritto negli occhi. Sono saltata giù dalla sedia e l'ho abbracciata. Fare questo viaggio era uno dei miei sogni, ma non immaginavo che sarebbe stato possibile data la riluttanza di Valentina a lasciare incustodito il suo frutteto.

"Non agitarti troppo," ha detto Valentina. "Mi aiuterai a piantare pomodori prima di andare."

*

Il giorno stabilito, dopo un'accesa discussione sulla quantità di viveri da mettere in valigia per il nostro breve viaggio, io e mia madre ci siamo strette sul sedile posteriore di un taxi, con Valentina su quello anteriore come navigatore. L'autista, Yaroslav, era un uomo allampanato sulla trentina, con un'abbronzatura color nocciola e la barba di un giorno. Con l'abilità di un investigatore professionista, Valentina ha appreso la storia della sua vita prima ancora che avessimo lasciato i dintorni di Bereh. Aveva divorziato due volte, aveva avuto una figlia dal secondo matrimonio e, quando non guidava un taxi, trasportava attrezzature per trivellazioni.

"Perché Poltava ha così tanto gas e petrolio e dobbiamo pagare il doppio della pensione per le utenze? Che ne pensi, Yarik?" ha chiesto mia nonna, passando al diminutivo familiare di Yaroslav, perché essendo molto più grande di lui poteva saltare le formalità.

"Il sistema non avvantaggia i piccoli. Ma non sono un esperto di economia. Io trasporto solo l'attrezzatura," ha risposto.

La strada ci ha portato attraverso piccoli villaggi alla periferia di Poltava, intorno a prati orlati di foreste di pini e sopra le pianure dell'Ucraina centrale. Mia nonna si è dimenticata delle bollette del gas e ha guardato il paesaggio, richiamando la nostra attenzione sui luoghi che conosceva. Il suo lavoro in giardino la occupava così completamente che Valentina non lasciava mai Bereh, a parte un viaggio occasionale al mercato di Poltava. Si è animata indicando strade e fattorie familiari.

Mykhailivka assomigliava a Bereh, con la stessa disposizione che includeva Casa della Cultura dalla facciata finto-greco, scuola, negozio di alimentari, strada principale intitolata a Lenin e un piedistallo vuoto dove un tempo si trovava lui stesso. Gli edifici nel centro del villaggio erano dipinti a colori vivaci e drappeggiati di rose rampicanti. La casa che Valentina chiamava "nostra", anche se era stata venduta anni prima, era stata ristrutturata, ma l'ho riconosciuta appena abbiamo girato l'angolo.

"Ti aspetti che i nuovi proprietari ti accolgano e basta?" ha chiesto mia madre mentre Valentina scendeva dall'auto.

Mia nonna ha annuito con sicurezza e ha detto: "Sì. Dopotutto vivono nella nostra vecchia casa." Ha appianato le pieghe dall'elegante tailleur beige che indossava per le occasioni speciali e ha aggiunto: "Si potrebbe dire che siamo quasi parenti." Valentina ha aperto il cancello e io e mia madre l'abbiamo seguita.

La casa era un'abitazione a un piano sotto un pesante tetto di lamiera. Un'ala dell'edificio era di argilla imbiancata, ma l'altra, più recente, era di mattoni. Il grande cortile era pieno di legname e un vecchio con un abito impolverato stava spaccando i tronchi. Quando ci ha viste, ha lasciato cadere l'ascia e si è asciugato la fronte. Sapendo che eravamo venute a vedere la nostra casa ancestrale, ha urlato in direzione della casa: "Vlad, Liza, abbiamo ospiti." "Mio figlio e mia nuora vivono qui," ha spiegato, facendoci cenno di entrare.

Vlad era un giovane alto con gli occhi azzurri e una chioma di capelli castani arruffati. Indossava un maglione strappato e jeans macchiati. "Stavo aggiustando il camino," ha detto timidamente, offrendoci il gomito da stringere invece della mano coperta di fuliggine. La casa aveva un odore pungente di latte acido, vestiti umidi e argilla bagnata. Mia madre si è scusata ed è uscita. Ma io e Valentina ci siamo soffermate, osservando quello che ci circondava. "Qui è dove dormivamo," ha detto mia nonna indicando una stanzetta vicino all'ingresso. "E qui c'era l'angolo rosso dove la madre di Asya, Pasha, teneva le sue icone." Valentina ha indicato un punto sopra una stufa a legna. "Pregava che il figlio più giovane Vasyl tornasse sano e salvo dalla guerra."

"È tornato?" ha chiesto Liza, la moglie di Vlad. Due bambini le stavano tirando le gonne e lei li ha zittiti.

"Sì, è tornato," ha detto Valentina. L'angolo rosso della casa era spoglio, ma sul frigorifero ho notato un post-it: "Cose per cui pregare: saldare i debiti, riparare il tetto, la pace."

Siamo usciti. Il contrasto tra l'odore vissuto dell'abitazione e la fresca brezza mi ha fatto girare la testa. Le labbra di Valentina tremavano. "Ricordo ancora come se fosse ieri quando mio padre ha annunciato di essersi arruolato nell'esercito. Pensava che saremmo stati più al sicuro a Mykhailivka e ci ha portati qui. Siamo rimasti in piedi a salutarlo mentre saliva su un camion con altri soldati, e abbiamo salutato finché la polvere non si è depositata sulla strada. Poi non so cosa mi sia preso, ma ho iniziato a correre lungo la strada, piangendo e chiamando il nome di mio padre. Era l'autunno del 1941 e le foglie stavano già cambiando in diverse sfumature di rosso," ha detto.

Ho preso la mano di mia nonna. Mi ha guardata e ha detto: "Non doveva partire. Era stato esentato, ma ha deciso di arruolarsi molto prima che la Germania invadesse. Probabilmente è stata l'unica volta nella sua vita in cui ha fatto qualcosa di contrario ai desideri di Asya."

Valentina ha detto che Asya temeva la guerra. Oscuri avvertimenti erano stati nell'aria per anni, con una breve pausa nel 1939, quando Hitler e Stalin divennero amici e firmarono un patto che ridusse l'Europa orientale in sfere di influenza. Sergiy criticava il governo per il cosiddetto Patto Molotov-Ribbentrop, dai nomi del ministro degli Esteri sovietico Vyacheslav Molotov e del ministro degli Esteri tedesco Joachim von Ribbentrop. Credeva che l'accordo facesse guadagnare tempo a Hitler per preparare un attacco più ampio. "I nazisti non possono essere nostri amici," continuava a dire, e Asya lo pregava di tacere, perché per quanto riguardava il governo sovietico i nazisti erano nostri amici e quella era la fine della conversazione.

Il voltafaccia sovietico nel giugno 1941, però, non scosse Sergiy tanto quanto la potenza evanescente dell'Armata Rossa all'inizio della guerra. Pianse disperato quando seppe che le città ucraine erano state abbandonate agli eserciti di Hitler. Leopoli il 30 giugno, Berdichev il 15 luglio, Bila Tserkva il 18 luglio, Kirovohrad il 30 luglio. Il 19 settembre i tedeschi occuparono Kiev. L'Armata Rossa si arrese ai tedeschi nella battaglia di Kiev del 26 settembre, un giorno prima del settimo compleanno di Valentina. Anche se le notizie ufficiali diedero una lettura ottimistica agli eventi – "il nemico ha subito pesanti perdite nell'esercito e nel morale" – Sergiy sapeva che sarebbe stata questione di giorni prima che le forze tedesche entrassero a Poltava. Sapeva cosa significava l'occupazione. Lui e Asya insegnavano già da alcuni anni a Bereh quando era scoppiata la guerra, e dato che il villaggio era vicino a Poltava, sapeva che non sarebbe stato sicuro. Ignorando le obiezioni di Asya, portò i figli a Mykhailivka.

Sergiy si unì all'Accademia politica militare di Lenin e partì per Chelyabinsk, la città conosciuta come "la porta della Siberia". Quasi un anno dopo fu inviato al fronte di Voronezh. Lui e Asya avevano visitato Voronezh, una graziosa cittadina sul fiume Don, durante uno dei loro rari viaggi insieme, e quel nome evocava la loro "luna di miele tardiva", come la chiamava Asya. Ma nel 1942 la città era in rovina, abbandonata ai tedeschi, che usarono l'area per lanciare un attacco a Stalingrado. La scarsa altezza di Sergiy, fonte della presa in giro di sua suocera, era la ragione principale per cui venne assegnato alla divisione carri armati: lo spazio angusto all'interno del famoso veicolo sovietico T-34 favoriva i soldati più bassi.

Tornata a casa della madre, Asya era perplessa. Non era chiaro quanto sarebbe durata l'occupazione e se avrebbe mai rivisto Sergiy. Alcuni dei suoi vicini si affrettavano a sottolineare che i tedeschi erano potenti e forti – bastava ricordare con quanta facilità avevano battuto l'Armata Rossa – e che tanto valeva adattarsi alle nuove circostanze. Asya non voleva adattarsi. Sapeva che Sergiy non l'avrebbe mai perdonata. D'altronde i suoi genitori e i suoi due figli piccoli dipendevano da lei e lei continuò a lavorare come insegnante a Mykhailivka, anche quando il comando passò da sovietico a tedesco. Non sentiva alcuna responsabilità nel difendere la Grande Idea come faceva Sergiy, e piuttosto cercava di proteggere la sua famiglia. "Il cuore umano è uno strano strumento," diceva Asya della sopravvivenza di quei giorni. "Si abitua al dolore e spera contro ogni speranza."

"Un'altra eroina in quei giorni era Pasha," ha detto Valentina. "Ricordi che ti ho detto che ha liberato le mucche che i tedeschi le avevano confiscato?" Valentina ha indicato la capanna fatiscente più in basso nel cortile. "Gli occupanti usavano la nostra cucina estiva come mensa, ma Pasha continuava a fare i suoi affari proprio sotto il loro naso. Un giorno alla fine venne catturata. Un soldato tedesco l'ha colpita duramente con il calcio del fucile e l'ha lasciata lì convinto fosse morta. Non lo era! L'indomani Pasha era in piedi e le mucche erano libere. Grazie a Dio, i tedeschi non ci hanno uccisi tutti."

Io e Valentina camminavamo per il piccolo cortile, attente a non inciampare nelle cataste di legna. "Asya la mattina andava a lavorare e io mi occupavo del mio fratellino Yura," ha detto. "Era ancora un bambino, carino e paffuto, che arrancava dietro di me come un anatroccolo nel suo vestito lungo. Accanto a noi viveva Evgen Tychyna, il fratello di Pavlo Tychyna, e insegnava a Yura a pregare. Yura saliva su un tavolo e recitava con una voce troppo bassa per una persona così piccola: 'Dio abbi pietà di noi.'"

Pavlo Tychyna era un eminente poeta sovietico ucraino,

ed ero stata costretta a imparare così tante delle sue odi al comunismo a scuola che ho trasalito sentendo il suo nome. Valentina se ne è accorta e ha detto: “Il fratello del poeta che glorificava Stalin ha insegnato a mio fratello a pregare. Continuo a ricordare le cose più strane.”

La casa e il suo piccolo frutteto sorgevano su una collina ripida che terminava in una pianura piena di arbusti di ciliegio e ginepro. “È lì che è sepolto il tuo bis-bisnonno Oleksiy,” ha detto Valentina, stringendosi a me e guardando in basso.

“Queste storie sono strazianti,” ha detto Liza, che ci aveva accompagnate nella nostra passeggiata. Ha preso in braccio la figlia più piccola e l’ha stretta forte.

“La vita è imprevedibile,” ha detto Valentina.

“Imprevedibile e strana. Se qualcuno mi avesse detto l’anno scorso che avrei vissuto nella campagna di Poltava, non ci avrei mai creduto. Veniamo dalla Crimea. Avevamo una casa vicino al mare e d’estate affittavamo stanze ai turisti. Quando è iniziata l’occupazione, Vlad ha deciso che non era sicuro per i bambini e siamo venuti qui, a vivere con suo padre. Mykhailivka è un paradiso anche per noi, ma mi manca il mare. Qui mi sento claustrofobica.” Le è mancata l’aria e si è chinata, fingendo di strappare le erbacce dal sentiero del giardino.

Valentina ha ringraziato Vlad e Liza per la loro ospitalità e ha lasciato loro il nostro numero di telefono nel caso avessero bisogno di aiuto per sistemarsi, poi siamo ripartite da Mykhailivka. “Il villaggio ha un aspetto incantevole,” ho osservato, cercando di dissipare l’atmosfera malinconica che ci aveva sopraffatte. Le case pulite ricoperte di campanule e uva selvatica avevano un’aria pittoresca e accogliente.

Yaroslav ha scosso la testa, togliendo una mano dal volante per indicare il finestrino aperto. “Se continui a camminare, vedrai molte case abbandonate. Il governo taglia l’elettricità ai villaggi in queste aree perché utilizza il terreno per trivellare il gas. Un paradosso, no?”

Ho pensato che più che un paradosso a me sembra una tragedia, ma non ho discusso. Mia madre sperava che il nuovo presidente eletto, Petro Poroshenko, avrebbe aggiustato il sistema, ma né Yaroslav né Valentina erano fiduciosi. “Tutti i politici sono uguali. In Europa potrebbero essere migliori, ma qui sono tutti bugiardi,” ha detto Yaroslav. “Oppure diventano bugiardi una volta raggiunta una posizione di potere, e il potere…”

“E il potere corrompe,” ha detto Valentina completando la frase.

Leggendo i cartelli stradali, mia nonna ha dimenticato l’attualità. “Rakivka, sì, me la ricordo. Il mio amico viveva vicino a un torrente lì e catturavamo aragoste con trappole fatte in casa. E ricordo anche Zhyrkovka.”

“Avevi sette anni, come fai a ricordare tutte queste cose?” ho chiesto, anche se anch’io avevo molti ricordi vividi della stessa età. Riguardavano tutti Asya e Bereh o mia nonna paterna Daria, e Hlibivka, un villaggio dove Daria e Vladimir avevano un cottage estivo.

“La memoria è così. Come ti ho detto prima, continuo a ricordare le cose più strane,” ha detto Valentina.

Abbiamo superato un cartello che annunciava il villaggio di Shmaliukivka. “Lì ci viveva mio zio, Platon Bylym,” ha detto Valentina. “Alla fine della guerra siamo andati a stare con la sua famiglia.”

Valentina ha indicato un boschetto di alberi che cresceva a mano a mano che ci avvicinavamo. "È lì che Asya insegnava durante la guerra. La scuola era dentro un'antica casa padronale che aveva stanze decorate con putti in stucco che reggono cornucopie. Verso la fine della guerra è stata bombardata, ma se ricordo bene era laggiù, dove si vede una macchia di lillà."

Ho pensato alla frase preferita di Pani Olga, "Niente scompare senza lasciare traccia". Aveva un suono particolare in Ucraina, un luogo dove troppo spesso le manifestazioni materiali del passato venivano distrutte e la storia riscritta. Finalmente riuscivo a capire cosa intendeva Pani Olga mentre ascoltavo mia nonna che evocava i luoghi che riconosceva come punti di riferimento che avevano senso solo per lei: boschetti di lillà, mucchi di mattoni sbiancati dal sole, avvallamenti nel terreno. La concezione sovietica della storia era che potesse essere rifatta, piegata alla volontà di chi era al potere, ma come sapevano Valentina, Pani Olga e altre persone che avevo incontrato in Ucraina, la storia era fluida. Il passato era pronto a rivelare la propria eredità nei momenti più inaspettati, attraverso ricami o vecchi alberi. Per trovare quello che volevi, dovevi sapere come guardare le cose. Lentamente stavo imparando a guardare. Mentre a volte mi sentivo un'estranea in questa terra, stavo anche diventando consapevole della sua inesorabile attrazione su di me. Guardare l'Ucraina come se fosse la prima volta era affascinante quanto conoscere la storia della mia famiglia.

"Ci fermiamo a Shmaliukivka?" ho chiesto, e Valentina ha detto a Yaroslav di prendere l'uscita.

Shmaliukivka era un grande villaggio e Valentina ricordava che Platon viveva non lontano dalla fattoria collettiva, il *kolchoz*. Il *kolchoz* però non si trovava da nessuna parte. Abbiamo fatto diversi giri intorno al villaggio e ci siamo fermati vicino a un bivio dove un grande campo di girasoli si fondeva con gli orti.

"È questa la fattoria collettiva?" ha gridato Valentina a un uomo con un berretto da baseball rosso decorato con falce e martello. L'uomo vendeva latte e uova sul ciglio della strada. Si è avvicinato alla macchina e si è chinato per sentire meglio Valentina. I tatuaggi sulle sue braccia pelose includevano una sirena dal seno grosso avvolta attorno a un pugnale.

L'uomo si è accigliato, mostrando i denti marci. "Benvenuti nel nostro fiorente *kolchoz*," ha detto, e ha indicato le carcasse degli edifici in lontananza. Poi ha allungato il pollice verso il campo di girasoli: "E questo è di proprietà di un oligarca." Dopo la caduta dell'Unione Sovietica, i terreni agricoli collettivi sono stati divisi tra i lavoratori, ma i lotti erano troppo piccoli per essere redditizi e il divieto sulla vendita di terreni ha reso impossibile lo sviluppo dell'agricoltura di media scala. Nel vuoto sono entrate le grandi aziende agricole, con le necessarie leve finanziarie e politiche per sfruttare a proprio vantaggio la terra. Ancora più predatorio è stato il sistema normativo con la sua burocrazia dell'era sovietica, le regole bizantine e il rapace appetito per le tangenti. Le élite imprenditoriali, i cosiddetti oligarchi, hanno beneficiato del sistema. "I fiori del capitalismo," ha detto l'uomo, sputando in direzione dei girasoli, ed è tornato alla sua bancarella.

"Quell'uomo è un bandito," ha detto Valentina quando lui non poteva più sentirla, e io ho annuito, pensando ai tatuaggi da carcerato e al provocatorio berretto del Partito comunista. “Hai visto il prezzo che voleva per il latte?”

Dopo avere fatto un altro giro del villaggio, Yaroslav ha accostato vicino a una coppia che lavorava in un orto. La donna ci ha guardati sospettosa, ma l’uomo, che indossava solo un paio di boxer e un cappello di carta di giornale, è stato felice di fare una pausa e si è avvicinato alla macchina, accendendosi una sigaretta.

“La casa di Platon Bylym?” ha detto. “Non mi pare di avere mai sentito parlare di nessun Platon qui intorno. Aspettate un minuto! Fatemi chiedere a Petrivna.” Ha sventolato la mano verso una donna dai capelli grigi con un vestito rosso che portava una capra al pascolo e le ha fatto cenno di avvicinarsi. Lei si è avvicinata, tirandosi dietro la corda della bestia riluttante.

“La casa di Platon Bylym?” ha chiesto Petrivna. “Ci sono molti Bylym qui intorno, ma nessuno di loro si chiama Platon. Ha vissuto qui durante la guerra? Allora dobbiamo chiedere a zia Maria. Ha novant’anni e ricorda ancora i vecchi tempi.” La donna ha preso a calci la sua capra per impedirle di urtare la macchina con le corna. “Malchik, calmati, creatura testarda.” Petrivna chiamava la sua capra “bambino”.

Io e Valentina siamo scese dall’auto vicino a una casetta azzurra che era di zia Maria. Alte malvarose ondeggiavano vicino al cancello chiuso. “Eccola lì,” ha detto Petrivna, salutando con la mano una bambina che correva per strada. Quando la bambina si è avvicinata, mi sono accorta che era una donna anziana avvizzita dagli anni fino a raggiungere le proporzioni di una ragazzina. Portava un foulard verde legato stretto sotto il mento, un vestito nero che le pendeva largo sul corpo magro e un grembiule bianco. La pastorella ha riso del nostro stupore. "A Dio piacendo, correremo tutti così quando avremo la sua età."

Zia Maria aveva il sorriso sdentato di una bambina, occhi verdi acquosi e una mente acuta. "Sì, certo, ricordo lo zio Platon. Come potrei dimenticarlo? Platon viveva in una grande casa bianca non lontano da qui con sua moglie Galia e sua sorella Odarka. Ero un'orfana, tutta sola al mondo, e mi hanno accolta, si sono presi cura di me e... mi hanno fatto sentire parte della loro famiglia." Zia Maria parlava in fretta, stringendomi forte la mano. La sua era piccola e callosa.

Zia Maria muoveva lo sguardo da me a Valentina. "Platon era vostro parente?" ha chiesto, e Valentina ha spiegato che era suo zio e che eravamo tornate nel nostro villaggio natale dopo una lunga assenza.

"Vostro zio se n'è andato da tempo, che riposi in pace, ma se prendete questa strada oltre il campo di girasoli e girate a destra, la sua casa è la terza a sinistra. Anche loro sono Bylym." Zia Maria ci ha riaccompagnati alla macchina, continuando a stringermi la mano e a sorridere con il suo sorriso gentile. "È importante ricordare," ha detto. "Quando avrai la mia età, saprai che la vita non ti lascia altro che ricordi. Sono grata che i miei siano ancora vividi." Mi ha salutata con un bacio e si è fermata sul ciglio della strada, guardandoci allontanarci.

Tornata in macchina, ho riflettuto su come nei luoghi in cui gli uomini vengono mandati in guerra, le donne assumano il ruolo di custodi della memoria. Asya era la mia fonte di storie, mentre quella di Sergiy restava sfuggente. Valentina custodiva anche la chiave del nostro archivio di famiglia. Gli ucraini elogiavano le loro donne per la loro resilienza e forza, ma adesso mi accorgevo che avevano svolto un altro ruolo importante nel preservare la storia ucraina.

Arrivati a casa di Platon, mia madre si è rifiutata di scendere dall'auto. Non era entusiasta della gita già in partenza, e adesso era stanca per il lungo viaggio e i discorsi sulla guerra. "Fate con calma," ha detto. "Mi riposerò in macchina."

Io e Valentina abbiamo suonato il campanello e dalle stalle è uscita una donna alta e robusta che ha aperto il cancello. Ci ha chiesto di aspettare che finisse di mungere la mucca. Indossava una tuta da ginnastica blu scuro completata da una bandana blu con paillette e un grembiule abbinato. "Sono Raisa," ha urlato al di sopra del suono del liquido che colpiva il secchio. "Kolya, dove sei? Intrattieni i nostri ospiti, ti va?" ha urlato di nuovo.

Kolya è uscito dalla casa sbadigliando e stropicciandosi gli occhi. "Cos'è tutto questo baccano?" ha borbottato, ma vedendoci ha fatto un largo sorriso e ci ha invitati a sederci sotto un pergolato d'uva. Si è presentato con il suo cognome, Bylym, che era anche il nome da nubile di Asya. Questo Bylym era basso e tarchiato, e la sua maglietta a rete nera metteva in risalto i muscoli e i tatuaggi. "Meno male che tua madre è rimasta in macchina. Sarebbe scioccata scoprendo un parente del genere," mi ha sussurrato Valentina e ha ridacchiato. I tatuaggi nella sua mente equivalevano sempre a un passato criminale.

Kolya era affabile e generoso fino all'eccesso. "Ragazze, che ne dite di un bicchierino per festeggiare il nostro incontro?" Ha sollevato una bottiglia piena di un liquido color ambra. "Dalle nostre mele e cento per cento biologiche."

"Non stuzzicare le signore con il tuo carburante per missili!" ha detto Raisa, mentre portava in casa un secchio pieno di schiuma di latte. È tornata con un piatto di dolci, una caraffa di cristallo e dei bicchieri delicati. "Possono provare la mia ratafia di ciliegie," ha detto, sistemando i bicchieri sul tavolo.

Kolya ha preso la bottiglia di liquore alla mela e l'ha brandita davanti alla moglie. "Carburante per missili! Questa pozione può curare qualsiasi cosa, dall'ipertensione al comune raffreddore."

"E farti venire un terribile mal di testa," ha ribattuto Raisa. "Comunque, sembra che tu abbia già assaggiato la tua panacea."

Il viso arrossato di Kolya è diventato un po' più rosso. "Un sorso non fa male," ha detto e ha riempito i nostri bicchieri di liquore alla ciliegia, riempiendo il suo del suo liquore alla mela.

"Platon Bylym era un uomo generoso che apriva la casa a tutti, ricchi o poveri," ha detto Kolya dopo che avevamo brindato. "Ho comprato questa casa dopo che è morto. Ho ricostruito tutto, ma ho tenuto il frutteto che ha piantato e le tettoie." Valentina ha chiesto se erano imparentati, chiamandosi entrambi Bylym. "Ci sono molti Bylym qui intorno," ha detto Raisa. "Siamo solo omonimi."

"Dov'è la cantina?" ha chiesto Valentina. "Quando io e mio fratello eravamo bambini, ci siamo nascosti qui in cantina durante la ritirata tedesca." Kolya ha aperto una tettoia vicino alle stalle e ci ha mostrato i gradini che portavano nel seminterrato. Sono scesa lentamente, tastando le pareti umide per evitare di scivolare. Più scendevo, più l'aria diventava fredda e ammuffita, e quando finalmente ho raggiunto il fondo, tremavo nel mio leggero vestito estivo. Usando la torcia di Kolya, sono riuscita a vedere lo spazio rettangolare fiancheggiato da scaffali che contenevano barattoli di pomodori e cetrioli in salamoia. I suoni provenienti dall'esterno erano attutiti, dando l'impressione di essere sott'acqua. Ero intorpidita dal freddo e soffocata dal forte odore di muffa. Mia nonna e suo fratello erano rimasti in questa cantina per diverse settimane. "Non avevi freddo laggiù?" ho chiesto a Valentina mentre uscivo fuori e mi mettevo al sole per scrollarmi di dosso il freddo che mi era rimasto nelle ossa. "Non me lo ricordo. Ricordo solo che ero spaventata ma anche curiosa. Di tanto in tanto addirittura mi arrampicavo e socchiudevo la botola. Vedevo uomini che correvano con i fucili, i loro stivali pesanti che mi lampeggiavano davanti agli occhi."

"Mi dispiace parlare di cose così tristi durante il nostro primo incontro," ha detto Valentina, ma Kolya ha scosso la testa.

"Non c'è bisogno di scusarsi. Di chi è la colpa se tutti abbiamo sofferto così tanto? Le sofferenze di questa terra finiranno mai?"

Raisa ha insistito perché prendessimo il tè prima di iniziare il viaggio di ritorno a Poltava. "Per qualche motivo non ricordo lo zio Platon a quel tempo," ha detto Valentina tornando al pergolato. Kolya ha guardato mia nonna e si è morso la punta dei baffi. "Non sai che è stato fatto prigioniero dai tedeschi durante la guerra? Aveva persino una famiglia in Germania, ma è riapparso negli anni cinquanta e ha continuato a vivere in questa casa. Ha avuto qualche problema con l'NKVD. O quei bastardi si facevano già chiamare KGB? Essere un prigioniero equivaleva a essere un traditore. Lo hanno convocato un paio di volte a Poltava, ma alla fine lo hanno lasciato andare."

Un silenzio imbarazzato è sceso sul tavolo. "Non siamo rimasti in contatto con quel lato della famiglia," ha borbottato mia nonna abbassando lo sguardo.

"Le famiglie sono complicate," ha risposto Kolya e ha riempito di ratafia il bicchierino di Valentina. "Beviamo alla memoria di Platon Bylym," ha detto e ha mandato giù il bicchiere in un sol sorso.

"E alla memoria di chi non è tornato dalla guerra," ha detto Valentina.

Sergiy era tornato dalla guerra. Era sopravvissuto alla carneficina sul fronte di Voronezh. Era sopravvissuto all'ossario di Prokhorovka, la massiccia battaglia di carri armati che è stata un punto di svolta nella seconda guerra mondiale, anche se è stata una sconfitta per entrambe le parti. Era sopravvissuto alla battaglia di Kursk, quella che ha cambiato il corso della guerra e ha lasciato innumerevoli vittime, ma negli ultimi giorni una bomba era esplosa vicino al suo carro armato. Sergiy ricordava di essere svenuto e poi di essersi svegliato in un ospedale nella città di Penza. Gli fu detto che aveva guadagnato due medaglie per la sua condotta coraggiosa. Ma che aveva perso la gamba sinistra.

Sergiy sarebbe potuto rimanere nell'esercito. Gli fu offerto un posto burocratico nel tribunale militare, ma non riusciva a firmare condanne a morte per ragazzini che si erano mutilati per fuggire dal fronte o avevano abbandonato i ranghi dell'esercito. Ne aveva abbastanza della vita in caserma e desiderava stare con la sua famiglia. Voleva anche riprendere l'insegnamento, la sua vera vocazione. La guerra lo aveva trasformato in un pacifista. Non ha mai parlato della sua decisione e vorrei avergli chiesto di spiegare. Valentina ha finito il suo bicchierino ed è arrivato il momento di andare via. "Spero che possiate rimanere più a lungo la prossima volta. Così da fare un pasto come si deve e, se vi piace pescare o nuotare, Kolya vi porterà in posti di prim'ordine," ha detto Raisa, mentre ci congedavamo e ci scambiavamo i numeri di telefono.

Ha premuto un pacchetto di dolci nelle mani di Valentina. "Consanguinei o no, non ci siete più estranei," ha detto Raisa. Come vuole la consuetudine, Valentina ha rifiutato tre volte prima di accettare i dolci.

Yaroslav ha premuto sull'acceleratore e siamo partiti superando i pozzi coperti, le capanne imbiancate a calce, i campi di patate e il tappeto giallo di girasoli.

"Guarda, sta nevicando," ha detto Valentina, abbassando il finestrino della macchina e raccogliendo una manciata di peluria di pioppo. "Le nevi di giugno..."

Per il resto del viaggio verso casa ognuna di noi è stata persa nei propri pensieri. Ho premuto la fronte contro il finestrino e nel paesaggio sfocato non sono riuscita a distinguere né i verdi frutteti né i campi gialli. Vedevo solo due bambini nascosti in cantina, Asya che camminava lungo la tortuosa strada di campagna verso la scuola e Sergiy che si arrampicava nella vasca. "Non ho paura dell'inferno," diceva spesso Sergiy. "Dopo quello che ho visto, niente può essere peggio." Mentre giaceva morente, un uomo la cui vita aveva attraversato quasi un secolo, le sue ultime parole erano state: “Battaglione, avanti carica!”

Nubi color prugna si addensavano veloci e minacciose, correndo davanti a noi. L’orizzonte si è oscurato e raffiche di vento agitavano nell’aria la peluria dei pioppi. “Sta arrivando un temporale,” ha detto Yaroslav.

“Passerà,” ha detto Valentina. Alcune gocce pesanti sono cadute sul parabrezza, l’aria odorava di ferro surriscaldato, e poi, all’improvviso, il temporale è scomparso. “Vedi, è passata,” ha osservato soddisfatta Valentina. Si è messa a cantare una vecchia melodia sui pioppi argentati e le nevi di giugno e l’ha canticchiata per tutto il viaggio di ritorno a casa.

Le settimane successive hanno lasciato un’impressione luminosa nella mia memoria. Esternamente nulla era cambiato nello schema delle giornate, con i loro lavori nel frutteto, i pasti e le gite a Poltava, e noi tre, mia nonna, mia madre e io, cadevamo in un ritmo dettato dalle languide giornate estive. Mentre l’esercito ucraino stava finalmente vincendo e riconquistando le città nelle regioni separatiste orientali, sembrava che questa guerra potesse finire. Abbiamo brindato al futuro dell’Ucraina. Le nevi di giugno si stavano sciogliendo, ma nella nostra euforia non ci facevamo caso.

*

“È successo qualcosa di terribile in Ucraina,” ho letto nel messaggio di mia madre. Con le dita intorpidite, ho digitato “Ucraina” su Google e ho premuto sulla scheda delle notizie. All’inizio non riuscivo a capire niente. Un aereo. Fumo. Incidente. Video amatoriali di corpi carbonizzati nei campi di girasoli. Avevo lasciato l'Ucraina solo poche settimane prima, salutando Valentina e promettendo di tornare a settembre non appena avessi risolto il problema con il mio visto ucraino. Gli alberi del nostro frutteto erano piegati a terra sotto il peso dei frutti e le rose riempivano l'aria dell'opulenta fragranza del miele sciolto. Non riuscivo a collegare l'Ucraina che mi ero lasciata alle spalle con le macabre immagini delle notizie.

"Il volo MH17, in rotta da Amsterdam a Kuala Lumpur, stava sorvolando l'Ucraina colpita dal conflitto il 17 luglio 2014 quando è scomparso dai radar. A bordo c'erano in tutto 283 passeggeri, tra cui 80 bambini, e 15 membri dell'equipaggio."

Ho chiamato Valentina. Stava guardando il telegiornale. Abbiamo scambiato solo poche parole quando la sua voce è diventata debole e distante come se fosse su un altro pianeta, un pianeta dove gli aerei cadono dal cielo e le persone muoiono nei campi di girasole. Ho riprovato a digitare il numero ma le linee erano bloccate. Ero da sola nel mio appartamento di Bruxelles. Il silenzio era pesante, scandito dal lieve ronzio del condizionatore d'aria. Mi sono seduta sul pavimento al centro della camera da letto. La mia attenzione è stata attratta da una fotografia in bianco e nero di Asya sulla mensola del camino. Asya teneva in braccio la piccola Valentina ed entrambe indossavano cappelli eleganti ed espressioni serie. La fotografia era stata scattata poco prima dell'inizio della seconda guerra mondiale. La torre di comunicazione di Bruxelles visibile dalla finestra della nostra camera da letto brillava come sempre di rosso e blu, ma oggi sembrava minacciosa e cupa. Gli uffici dell'Unione Europea in fondo alla strada dovevano avere rilasciato un'altra dichiarazione del tipo "siamo preoccupati e turbati" in risposta alla tragedia.

Il telefono ha squillato e mi ha scossa dallo stordimento. Era mia madre e parlava così velocemente che avevo difficoltà a capirla. "Sai cosa ha detto in tv il rappresentante del comitato parlamentare russo? Che è stato progettato dagli americani!"

"Mamma, smettila di guardare il telegiornale russo," sono riuscita a dire inserendo la frase nel suo torrente di parole.

"Ma ho bisogno di sapere cosa ne pensi tu," ha detto, suonando come uno stratega politico. Nessuno riusciva a capire cosa avesse in mente Putin, e l'idea di mia madre di decodificarlo guardando i notiziari russi mi faceva ridere.

"Così va meglio," ha detto. "Quando hai risposto al telefono, avevi una voce così spaventosa e vuota. Dobbiamo rimanere coraggiosi."

Mentre luglio si trasformava in agosto e i combattimenti in Ucraina si intensificavano, io non riuscivo a rimanere coraggiosa. Mentre le città venivano prese e perse, centinaia di persone innocenti morivano e migliaia venivano sfollate. Poi i nomi di persone che la mia famiglia conosceva hanno iniziato a comparire negli elenchi dei morti e dei dispersi. Alcuni erano civili rimasti coinvolti nel fuoco incrociato, altri erano nell'esercito. "Odio la frase che i nostri leader usano costantemente in questi giorni: 'Gli eroi non muoiono,'" ha detto Valentina. "Certo che muoiono. Muoiono! E diventano eroi solo perché non hanno avuto paura della morte."

Tornare in Ucraina a settembre si è rivelato impossibile. Con il mio passaporto americano, potevo restare solo per tre mesi alla volta, e poi dovevo aspettare sei mesi prima di potere tornare. Ottenere un visto si è rivelato più complicato di quanto mi aspettassi, così non ho avuto altra scelta che aspettare. Lontana da lì, sentivo l'Ucraina più intensamente che mai. Vivevo quella sensazione da ottovolante emotivo che avevo già vissuto quando era iniziata la guerra, se non che adesso non provavo altro che tristezza. Non riuscivo a fare niente. Non riuscivo nemmeno a stare con Valentina. Un vuoto mi cresceva dentro come un buco nero che attirava tutte le gioie e i piaceri. Ero vuota e distratta oppure amareggiata e arrabbiata. Ero arrabbiata per il fatto che il governo russo stesse alimentando questa guerra, che gli Stati Uniti non riuscissero a fare altro che a sanzionare alcuni uomini d'affari russi, che l'Unione europea si stesse dimostrando inefficace e incapace, che le élite ucraine si preoccupassero più di riempirsi le tasche che del paese, che la gente stava morendo in questa guerra insensata e spaventosa, che la guerra non si sarebbe fermata. Vedevo guerra e morte in ogni titolo di giornale: Siria, Gaza, Myanmar. Era un agosto caldo e soffocante e sembrava che il mondo intero fosse in fiamme.

Avevo paura di perdere la mia Ucraina, l'Ucraina che avevo cominciato a conoscere e ad amare. Ogni ricordo di Bereh diventava più caldo e luminoso. Parlavo con Valentina e rivivevo i ricordi della mia primavera ucraina in tutta la loro vivacità. Ricordavo il nostro giardino dei ciliegi in piena fioritura, la coltre di campi di grano in campagna e le splendide curve del Vorskla, e mi perdevo nei sogni a occhi aperti per sfuggire alla realtà sempre più oscura.

*

In quelle ultime settimane di agosto sono diventata una *flâneuse* a Bruxelles, osservando la vita intorno a me come una visitatrice di un museo. Mi ha ricordato i miei primi mesi in città. La mia prima impressione di Bruxelles aveva dato il tono a tutta l'esperienza. Io e mio marito eravamo approdati nella zona vicino alla Gare Centrale e c'eravamo ritrovati in un grigio miscuglio di palazzi sinuosi del diciannovesimo secolo e scatole di cemento brutaliste. Alla fine c'eravamo diretti verso Quai aux Briques, una spianata punteggiata da edifici barocchi e medievali. Avevamo bevuto cioccolata calda mentre la pioggia oscurava la facciata della chiesa di Sainte-Catherine e trasformava la piazza in un quadro impressionista. "Potrei vivere qui," avevo detto a mio marito.

Bruxelles, con il suo mosaico di quartieri, custodiva molti tesori nascosti e premiava i curiosi. Vagavo per ore a Schaerbeek ammirando l'architettura Art Nouveau, passeggiando tra i portici all'italiana delle Galeries Royales Saint Hubert ed esplorando i mercati congolesi di Matongé. Oppure mi soffermavo nei caffè marocchini che si affacciavano sulla chiesa barocca a tre strati del quartiere di Saint-Josse-ten-Noode. I venditori di ortaggi allestivano intricate esposizioni di melanzane e pomodori. Le famiglie passeggiavano a braccetto, scambiandosi saluti in turco. Uomini vestiti di nero bevevano il tè da tazze a forma di pera e giocavano a backgammon, mentre ammonivano i ragazzi troppo presi dalle loro partite di calcio. Mi piaceva che Bruxelles avesse i suoi numerosi livelli, che fosse imprevedibile e anche che a volte mi esasperasse. Anche dopo che l'entusiasmo iniziale per la novità era svanito, trovavo la città seducente.

Ma nell'agosto 2014 Bruxelles provocava risentimento. Invidiavo l'elegante indolenza delle signore ben vestite che portano a spasso i loro barboncini a Parc Royal. Fissavo cupamente i funzionari dell'UE vestiti di nero durante la pausa pranzo come se fossero i responsabili della tragedia in Ucraina. Trovavo tutto irritante, soprattutto la mia rabbia e i miei pensieri tetri.

Bruxelles rinunciava al languore estivo in cambio della malinconia autunnale. Un giorno un acquazzone mi ha colta nel bel mezzo della mia passeggiata, e mi sono rifugiata in un vero museo, il Musée Royal des Beaux-Arts. Se Holly Golightly era convinta che da Tiffany non potesse succedere niente di male, Valentina aveva una sensazione simile riguardo ai musei e me l'aveva trasmessa. Amavo il loro odore di legno invecchiato e il modo in cui la luce soffusa e il silenzio riempivano le sale espositive. Mi sono soffermata davanti a *Paesaggio con la caduta di Icaro* di Pieter Bruegel. L'artista fiammingo ha scelto il momento in cui Icaro, con le ali distrutte volando troppo vicino al sole, cade in mare. Eppure la tragedia occupa una piccola parte del dipinto: un lampo di gambe bianche sull'acqua. Al centro del quadro, un contadino lavora nei campi, la sua attenzione è attratta dai solchi tracciati dall'aratro. In riva al mare un pastore fissa il cielo. Non si accorge dell'agonia dell'uomo che sta annegando. Le navi passano a vele spiegate. Un altro secondo e Icaro scomparirà sotto le opache onde verdi, ma il mondo andrà avanti come prima.

Ricordavo vagamente che c'era una poesia di W.H. Auden su questo dipinto e l'ho cercata a casa.

Non sbagliavano mai i vecchi Maestri
quando si trattava di sofferenza[2]

Ho riflettuto sulla poesia per giorni, recitandola a me stessa prima di addormentarmi. Mi colpiva per quanto era commovente, considerato che W.H. Auden l'aveva scritta nel 1938, pochi mesi dopo che Neville Chamberlain, com'è risaputo, definisse l'annessione tedesca della Cecoslovacchia come "una lite in un paese lontano tra persone di cui non sappiamo nulla". Meno di un anno dopo, la Germania e l'Unione Sovietica si spartirono i territori dei loro vicini europei secondo il patto Molotov-Ribbentrop. La seconda guerra mondiale era iniziata.

La poesia era anche un promemoria del fatto che, indipendentemente da quanto lasciassi che la mia sofferenza mi legasse, il mondo mi passava accanto senza fermarsi, senza cambiare il suo corso. Stranamente lo trovavo consolatorio, perché invece di aspettarmi aiuto o compassione dall'esterno, mi concentravo sulle fonti interne di resilienza. Sfogliavo vecchie foto dei miei antenati che erano sopravvissuti a più tragedie di quelle che il destino avrebbe dovuto concedere. Una delle mie istantanee preferite di Pasha, la bis-bisnonna che non ho mai conosciuto, la mostrava in piedi nel cortile della casa di Bereh. Fissava con aria di sfida l'obbiettivo,

2 W.H. Auden, *Un altro tempo*, a cura di Nicola Gardini, Adelphi, 1997. [*N.d.T.*]

con i piedi ben piantati a terra. Non era tipo da soccombere all'angoscia.

Valentina aveva dimostrato di essere dello stesso ceppo. Era in ansia per il futuro come tutti gli altri, ma continuava a lavorare in giardino, a incontrare i vicini e a cucinare pasti elaborati. A tutte le mie suppliche di avviare una richiesta di passaporto straniero, nel caso in cui la situazione peggiorasse, lei rispondeva che non avrebbe mai lasciato la sua casa. Io e Valentina rendevamo i mesi di lontananza più tollerabili facendo progetti. Dicevo a Valentina che avrei imbiancato di nuovo il frutteto; lei diceva che avremmo fatto altri viaggi insieme. Le giuravo che avrei estirpato religiosamente le aiuole di fragole, lei mi assicurava che avrebbe sistemato la vecchia spazzatura nei capannoni e regalato i ritratti di Lenin. Finché arrivava la primavera, finché eravamo in grado di farlo, avremmo fatto tutto, dicevamo.

Eppure, l'idea di un conflitto irrisolto con Vladimir mi pesava e gli ho scritto una breve e-mail. Il messaggio è tornato indietro. L'account Skype di Vladimir sembrava ancora inattivo. Viveva con sua figlia e aveva un assistente sociale che si prendeva cura di lui, e supponevo che se gli fosse successo qualcosa, l'avrei saputo dai familiari. Forse a Vladimir non interessava riprendere le nostre conversazioni. Forse era ancora arrabbiato. Potevo solo aspettare che riapparisse.

Ho scoperto nel corso di quei mesi che Asya aveva ragione. Il cuore umano era uno strano strumento. Ho accettato il dolore e non ho mai smesso di sperare.

Nove

Nell'aprile del 2015, mentre scendevo dal treno a Poltava, i profumi familiari della vegetazione pungente mista alla gomma bruciata e ai rotoli ai semi di papavero mi hanno fatto girare la testa. Ho capito l'esaltazione di chi si inginocchia per baciare la terra della propria patria. Ricordavo la prima volta che ero tornata in Ucraina e la mia inspiegabile sensazione di essere un'outsider, ma adesso ero a casa e la sensazione di tornare nella mia terra scatenava in me un'emozione complessa. Ho seguito la mia versione del rito del ritorno a casa. Dopo avere raggiunto Bereh e abbracciato Valentina, sono andata in giardino e ho toccato la corteccia ruvida dei ciliegi.

"Ogni volta che tornavo a Bereh, facevo la stessa cosa," ha detto Valentina, appoggiandosi al cancello del giardino e osservandomi. "Solo in quel momento sentivo che ero veramente tornata." I giovani ciliegi che io e Valentina avevamo piantato erano sopravvissuti all'inverno e i loro boccioli striati di marrone si stavano trasformando in fiori.

Valentina aveva elaborato ancora una volta progetti ambiziosi per il giardino, ma questa volta aveva delegato i compiti principali allo zio Tolya, un uomo basso e avvizzito che aveva superato gli ottant'anni. Lo zio Tolya non era mio zio. In un villaggio ucraino, chiunque sia significativamente più grande di te viene chiamato zia o zio, a prescindere dai rapporti di sangue. Lo zio Tolya aveva una faccia scura e i capelli tesi fittamente ricoperti di brillantina. Le folte sopracciglia che pendevano sugli occhietti lo facevano sembrare un riccio. L'avevo visto in giro per Bereh durante la mia precedente visita, ma quella primavera è diventato un appuntamento fisso nelle nostre vite.

Lo zio Tolya indossava sempre un completo grigio, con giacca a doppiopetto e camicia color pesca. L'abito, come lo stesso zio Tolya, apparteneva a un'altra epoca e la sua eleganza consunta contribuiva all'aura di mistero che circondava chi lo indossava. Da una tasca interna lo zio Tolya tirava fuori un cacciavite, un pacchetto di semi di girasole tostati, un fazzoletto ricamato o una mela screziata, come un mago che fa un gioco di prestigio.

"Quando ero uno scolaro, dicevano che la Terra è sostenuta da quattro elefanti e ci mostravano persino le foto. Successivamente hanno detto che ruota attorno al sole. Ora dicono che si è spostata fuori dal suo asse. La fine sta arrivando," annunciava lo zio Tolya invece di un saluto, come se continuasse una conversazione interrotta. "Oggi potremmo anche piantare quei ciliegi."

L'occupazione principale dello zio Tolya era scavare tombe nel cimitero e il suo lavoro intorno alla morte gli aveva conferito un atteggiamento filosofico nei confronti della vita.

Faceva anche da oracolo del villaggio, offrendo consigli alle persone su tutte le questioni della vita e dell'amore: come fare covare le galline, una proposta di matrimonio o una nuova impresa commerciale. Dato che a Bereh trovavi gente da ingaggiare per lanciare incantesimi sui cetrioli così che crescessero più velocemente, non mi sorprendeva più che un becchino lavorasse come indovino.

Non eravamo mai in grado di prevedere quando sarebbe comparso lo zio Tolya, suonando il campanello della sua vecchia bicicletta e frenando con eleganza davanti a casa nostra. Alcuni giorni lo vedevi nel nostro giardino dall'alba al tramonto, e altri non c'era traccia di lui e della sua bicicletta. Anche se lo zio Tolya accettava di essere pagato da Valentina per il suo aiuto, veniva solo quando aveva bisogno di compagnia umana. Scavare tombe era un lavoro solitario.

Quando finalmente arrivava lo zio Tolya, si metteva subito al lavoro. "Ditemi cosa devo fare," annunciava con la voce stentorea che contrastava con la sua corporatura minuta e snella. Lo zio Tolya lavorava alla velocità della luce e, una volta finito, il giardino sembrava più ordinato, il cortile più pulito e Valentina più felice.

Dopo il lavoro, lo zio Tolya si lavava la faccia e le mani alla pompa dell'acqua, si toglieva e scrollava la giacca e, con evidente piacere, accettava di mangiare quello che Valentina aveva cucinato. Lei riempiva la tavola di cibo, scusandosi per la scarsa quantità e il cattivo sapore delle prelibatezze che preparava, mentre lui rifiutava tre volte, prima di accettare con finta riluttanza di assaggiare "solo un paio di bocconcini". Lui e Valentina a quel punto passavano a un altro complesso rituale in cui lei gli dava i soldi per il lavoro e lui li rifiutava. Alla fine, dopo avere mangiato abbastanza per tre persone, lui prendeva quello che lei gli aveva offerto, salutava formalmente e poi restava a chiacchierare con Valentina per il resto del pomeriggio. Per entrambi era la parte più piacevole della giornata.

"Tutti i capitani di mare sono alcolizzati," diceva lo zio Tolya. Oppure assicurava a Valentina che la Torre Eiffel era l'edificio più alto del mondo. Lo zio Tolya non era mai stato in mare e le sue informazioni sul celebre monumento parigino erano vecchie di un secolo, ma pronunciava le sue dichiarazioni con impassibile serietà e non accettava discussioni. "Sergiyvna!" diceva in risposta alle correzioni di Valentina, usando solo il patronimico di mia nonna in maniera antiquata. "Non ascoltare quella scatola di streghe." Indicava la tv nell'angolo del nostro soggiorno. "Ti dice un sacco di sciocchezze. Segnati le mie parole, anche se un capitano non è un alcolizzato all'inizio, lo diventerà in seguito."

Valentina nascondeva un sorriso e domandava allo zio Tolya se voleva una tazza di caffè. Lui rifiutava, dicendo che era peggio della vodka. Era un paragone significativo per lo zio Tolya, perché in gioventù, termine con cui intendeva i suoi sessant'anni, aveva sofferto di dipendenza dall'alcol. Ora affermava di non bere niente di più forte del tè.

Lasciavo Valentina e lo zio Tolya alla loro chiacchierata e mi sedevo con un libro nell'ex camera da letto di Asya e Sergiy. "È sicuro come ogni altra cosa: la Terra si è spostata fuori dal suo asse," potevo sentire lo zio Tolya esporre la sua teoria preferita. Mi chiedevo se non avesse ragione sul fatto che il tempo presente fosse fuori posto. Lo avvertivamo tutti nonostante la limpida bellezza della primavera. La guerra nell'est continuava ancora, ma la paura acuta lasciava il posto all'ansia per l'aumento dei prezzi e il collasso dell'economia. Valentina aveva smesso di guardare le soap opera turche e trascorreva ore incollata alla televisione seguendo i dibattiti sui sussidi per il gas. La sua pensione aveva perso i tre quarti del valore rispetto all'anno precedente, e quel che le restava non bastava nemmeno a coprire la bolletta del riscaldamento. Quando le ho suggerito di pagarla io, lei ha protestato, ferita nell'orgoglio. Accettava l'aiuto di mia madre e di mia zia, ma riteneva al di sotto della sua dignità prendere soldi dai nipoti. Ho imparato a fare docce veloci nel bagno gelido e due volte alla settimana facevo la spesa al mercato di Poltava. Dichiaravo cifre inferiori per tutelare la tranquillità di mia nonna, ma anche queste bugie a fin di bene non rassicuravano Valentina. Mia nonna stringeva le mani per la disperazione mentre le dicevo i prezzi del latte, delle uova e della carne.

"Perché ti preoccupi per queste cose?" diceva lo zio Tolya. "Oggi sei viva e domani ti metteranno laggiù." Puntava il pollice sporco di terra in direzione del cimitero. Non guardava la televisione e il suo atteggiamento nei confronti delle cose mi faceva pensare al principe del *Gattopardo* di Tomasi di Lampedusa: "Tutto questo non dovrebbe poter durare; però durerà, sempre, il sempre umano, beninteso, un secolo, due secoli...; e dopo sarà diverso, ma peggiore."[3] Non era una gran consolazione per Valentina, che vedeva svanire gior-

[3] Giuseppe Tomasi di Lampedusa, *Il gattopardo*, Feltrinelli, 2003. [*N.d.T.*]

no dopo giorno la sua pensione, ma per me era un richiamo al fatalismo slavo.

Un'altra persona che adottava un approccio filosofico alla vita era Pani Olga. "'Guardate gli uccelli del cielo: Non seminano, non mietono, non raccolgono in granai e il Padre vostro celeste li nutre. Non valete voi molto più di loro?'"[4] ripeteva, citando la Bibbia. Durante l'inverno Pani Olga aveva perso il suo appartamento in affitto e si era trasferita nella soffitta della chiesa. Quando l'ho rivista per la prima volta, ho trasalito, perché la sua rigogliosa treccia era sparita, e al suo posto sfoggiava un caschetto corto. "Qualcuno meno fortunato di me nel reparto parrucchieri avrà una bella parrucca," ha detto. "E poi i capelli corti mi fanno più giovane." Il lavoro fisso di insegnante le era stato sospeso senza alcun preavviso, e doveva gestire la casa e pagare le tasse scolastiche di sua figlia con il reddito di sporadici lavori di scrittura.

"In inverno avevo più bisogno dei soldi che dei miei capelli," ha ammesso infine Pani Olga, ma anche lei rifiutava le mie offerte di aiuto. Le ho proposto di venire a stare con noi a Bereh, dove avremmo potuto facilmente fare spazio per un'altra persona, ma l'idea l'ha fatta ridere.

"Grazie, ma vivo nel posto più vicino al paradiso che ci sia," ha detto, guidandomi nella soffitta della chiesa piena di libri, fasci di candele e vasi battesimali. Pani Olga ha messo su il bollitore ed è andata a prendere le tazze spaiate. Abbiamo bevuto tè in polvere del colore del caffè e parlato dei ricami che aveva riscoperto durante la mia assenza e di altre nuove ag-

[4] Matteo 6, 26, *La Sacra Bibbia*, CEI, 2020. [*N.d.T.*]

giunte al suo archivio di *rushnyk*. La luce verdastra della lampada da tavolo proiettava un bagliore inquietante sulle icone e il profumo dell'incenso e delle rose essiccate aleggiava negli angoli pieni di ombra della stanza come una presenza spettrale. Circondate da crocifissi e incensieri, ci siamo dimenticate che c'era un altro mondo là fuori fino a quando la campana della chiesa non ha suonato facendo vibrare le pareti della mansarda. A quel punto mi sono ricordata che la carne che avevo comprato al mercato per Valentina si stava scongelando nelle mie borse e che dovevo tornare a casa.

Valentina sapeva che spesso andavo a trovare Pani Olga mentre facevo commissioni a Poltava, e a volte mi chiedeva di mostrarle le ultime fotografie del suo archivio.

"Questo ricamo sembra familiare," ha osservato un giorno, guardandomi mentre lavoravo alle foto. Ha indicato una fotografia di un giunco rosso e nero con una fascia di rose e pavoni intrecciati.

"Pani Olga ha detto che si chiama Rose di Brocard, dal nome del produttore francese di articoli da toeletta che ha aperto una fabbrica vicino a Poltava all'inizio del ventesimo secolo. Ogni saponetta arrivava con un modello di ricamo gratuito."

"Dove Pasha comprava il sapone francese?" ha borbottato Valentina.

"Pasha?" Ero seduta al tavolo da pranzo con il mio laptop, mentre Valentina era dietro di me per vedere meglio lo schermo. Ho alzato istintivamente lo sguardo e ho guardato il ritratto della madre di Asya. I suoi occhi erano di un azzurro così pallido che apparivano incolori nella stampa in bianco e nero, e la sua espressione era dura e severa.

"Pasha ricamava il *rushnyk* con rose e uccelli come questi," ha detto Valentina, indicando la fotografia.

"Com'era Pasha?" ho chiesto, continuando a fissare il suo ritratto.

"Dura," ha detto Valentina, spingendosi gli occhiali da lettura in cima alla testa e aggrottando la fronte. "Troppo dura."

Pasha era emersa dal terrore della fame di Stalin con una mucca e un appezzamento di terra intatti e aveva protetto la sua famiglia durante la guerra di Hitler. Certo che doveva essere dura.

"Ma la morte di Vasyl l'ha spezzata e ha reso la nostra vita un inferno," ha detto Valentina. "Ci tormentava. Era così cattiva, così ingiusta. Mi picchiava." Le parole sono uscite roche e secche. Ho abbassato gli occhi. Non riuscivo a sopportare di guardare Pasha, ma sentivo ancora i suoi occhi pallidi su di me.

Vasyl era il fratello minore di Asya, che era morto molto prima che io nascessi, e me lo immaginavo come appariva nel ritratto appeso nella camera da letto di Asya: un giovane vestito con un elegante abito nero, una ciocca di capelli biondi pettinata romanticamente sulla fronte alta. Vasyl suonava il flauto e il sassofono nell'orchestra sinfonica di Poltava, componeva musica per fisarmonica e girava l'URSS con sua moglie Lara, eseguendo romanze e ballate. Guadagnava un buon stipendio come musicista e Lara, che sembrava una versione bruna di Veronica Lake, rimediava qualche particina nei film. Un giorno, mentre stava tornando a casa da una prova, la sua moto è scivolata su una strada bagnata dalla pioggia ed è morto per un'emorragia cerebrale.

"All'inizio Pasha ha vissuto con Lara e l'ha aiutata a prendersi cura dei bambini, ma poi Lara si è risposata e si è trasferita in Ungheria con il nuovo marito," ha detto Valentina. "Pasha ha detto che per lei Lara era morta ed è tornata a vivere con Asya."

Valentina si è seduta e ha appoggiato i gomiti sul tavolo, tenendosi il viso tra le mani. "Non si sentiva ricompensata per il fatto che si prendesse cura di Asya. Trascorreva tutto il suo tempo ricamando *rushnyk* e usandoli per drappeggiare i ritratti di Vasyl. Piangeva, chiedendo perché Dio avesse preso il suo amato figlio. Tesseva la stoffa e la ricamava. Giorno dopo giorno. Era il suo unico passatempo, insieme alla preghiera. All'epoca facevo fatica a provare pena per lei."

Valentina ha lanciato un'occhiata al ritratto di Pasha e ha distolto lo sguardo. "Ma come si suol dire, non si dovrebbe parlare male dei morti," ha detto.

Ho esitato e poi ho chiesto: "Allora perché tieni qui il suo ritratto?"

"Colpa, forse. Quando qualcuno se ne va, ci sentiamo sempre in colpa, soprattutto se ci sentiamo sollevati."

Un dolore sordo dalle parti del cuore mi ha lasciata per un istante senza fiato e poi è svanito. Mi sono seduta a guardare fuori dalla finestra.

"Pani Olga dice che i *rushnyk* venivano fatti non solo per le occasioni di festa, ma anche per sfogare il proprio dolore," ho detto dopo un po'.

"Immagino," ha detto Valentina. "Tutto ciò che ti distrae può andare bene."

"Abbiamo ancora i *rushnyk* di Pasha?" ho chiesto, ignorando lo scetticismo della nonna.

Valentina ha indicato in direzione dei capannoni. "Non

getto mai niente, ma lì dentro è impossibile trovare qualcosa," ha detto, riconoscendo che il nostro deposito era un disastro totale. "Forse i *rushnyk* di Pasha sono ancora lì. Forse sono diventati polvere."

*

Non pensavo che Valentina avrebbe cercato vecchi ricordi in magazzino, così ho avviato un altro tipo di indagine per conto mio. Mentre ero via dall'Ucraina, mi ero sentita posseduta dall'idea di non avere esplorato il luogo in cui ero nata. Avevo accettato che Nikodim sarebbe rimasto un mistero, ma ero diventata determinata a scoprire il più possibile su Poltava. Riuscivo a malapena a controllare la mia eccitazione quando mi sono seduta su un pullman, una mappa in grembo e una destinazione ancora sconosciuta in mente.

Valentina si era lamentata con lo zio Tolya dicendogli di essere preoccupata per me che facevo viaggi in tempi così incerti. "Lascia andare la bambina. Siamo vecchi e il nostro posto è a casa, ma lei ha ancora energia nelle gambe e ha bisogno di andare nei posti," aveva lo detto zio Tolya. "Segnati le mie parole, più cerchi di trattenere qualcuno, più vorrà scappare. È uno sbaglio che ho fatto con il mio cane."

Liberata, mi sono avviata verso la stazione dei pullman per prendere la prossima *marshrutka* diretta in posti come Hadiatch, Petrykivka o Dnipro, città i cui nomi suonavano familiari anche se non le avevo mai visitate.

A volte vagavo per piccole città con magnifiche chiese e antichi palazzi accanto a laghetti pittoreschi. Petrykivka, il luogo di nascita della tradizionale pittura popolare ucraina, è stata una delle mie scoperte preferite. Arrivando lì, ho scoperto con gioia che ogni muro e recinzione era ricoperto da grappoli vorticosi di bacche di sorbo, dalie e foglie di vite, come se i disegni fossero sfuggiti dai cavalletti degli artisti e si fossero scatenati per la città.

Altre volte, la *marshrutka* mi lasciava in città che sembravano essere un qualunque posto dell'Unione Sovietica. Sono andata nella storica città di Hadiatch e ho trovato soltanto un tetro guazzabuglio di condomini prefabbricati e baracche di cemento. Al centro del parco cittadino si ergeva il busto di un uomo barbuto, ma nessuna iscrizione lo identificava. Un uomo sulla trentina che portava a spasso i suoi cani intorno al misterioso personaggio di bronzo mi ha vista scattare fotografie e ha detto che si trattava del busto di Mykhailo Drahomanov. "È nato a Hadiatch," ha aggiunto con orgoglio.

Drahomanov era un influente pensatore politico ucraino del diciannovesimo secolo, ma il monumento sembrava appartenere al periodo sovietico, quando Drahomanov venne condannato come "nazionalista borghese".

"Voi giovani siete così ignoranti," è intervenuto un anziano spazzino, dopo avere ascoltato la nostra conversazione. "Quello è Karl Marx. Ma volendo può anche essere Drahomanov. Probabilmente è quello che intendevano le autorità cittadine quando hanno rimosso la targhetta un paio di anni fa. È più facile che restaurare la casa di Drahomanov." Con la scopa ha indicato un edificio in fondo alla strada dove un tempo viveva lo scrittore: era tragicamente fatiscente e sprangato.

Delusa da Hadiatch, ho preso una corriera per Reshetylivka. La città poteva sembrare moderna, ma ricordavo che conservava ancora le sue tradizioni e il suo patrimonio artistico. E poi, il discorso di Valentina sui *rushnyk* di Pasha mi aveva ricordato le ricamatrici incontrate durante la mia prima visita con Pani Olga, così ho deciso di tornare da loro.

Reshetylivka sembrava in festa mentre la città si preparava per le celebrazioni del Giorno della Vittoria il 9 maggio. Mi sono fermata vicino a un memoriale della seconda guerra mondiale che veniva ripulito da un gruppo di donne e ho letto i nomi degli eroi di guerra di Reshetylivka. I loro nomi riempivano da cima a fondo parecchie tavole enormi ed erano troppo numerosi per una città così piccola.

Le studentesse dell'Accademia di Belle Arti di Reshetylivka si stavano preparando per gli esami finali. Le ragazze sedevano come se fossero cucite al loro posto e solo le dita erano in movimento. Quando sono entrata in classe, Nadia Vakulenko stava rimescolando furiosamente una pila di moduli sulla sua scrivania. Appena ha alzato lo sguardo e mi ha riconosciuta, ha spalancato gli occhi ed è balzata in piedi. "Mi ricordo di te. Sei venuta l'anno scorso con un'altra signora a visitare il nostro Museo dei Rushnyk. Speravo che tornassi."

"La burocrazia è la mia nemesi," ha detto, indicando le carte sulla sua scrivania. "L'Unione Sovietica è morta da tempo, ma abbiamo leggi di epoca sovietica. Ti va un tè?"

Ha infilato le carte in un cassetto della scrivania e lo ha chiuso con un colpo sonoro. Una studentessa le si è avvicinata per farle una domanda sul suo lavoro. "Devi fare gli straordinari per finirlo in tempo per la laurea," ha detto Nadia.

La ragazza fissava la camicia incompiuta e tirava i fili pendenti. "Non è colpa mia. Mia madre è malata e mi fa portare la mucca al pascolo," ha detto.

Nadia ha sospirato e ha infilato una delle maniche nella borsetta. "Va bene, fai tutto il possibile oggi e vedremo il resto più tardi."

"Sua madre ha una sola malattia, ed è la vodka," ha detto mentre lasciavamo l'aula. "Ma se la ragazza non supera l'esame, perderà lo stipendio. Devo aiutarla a finire il ricamo."

Quando avevo conosciuto Nadia la prima volta, pensavo che fosse un'insegnante normale, ed è stato solo mesi dopo, quando ho letto dello speciale *rushnyk* ricamato per il presidente dell'Ucraina, che ho notato il suo nome e ho scoperto che era una Maestra di Ricamo Onorata e che il suo lavoro era stato esposto in gallerie e festival in tutto il mondo.

"Forse te l'ho già detto, ma abbiamo un piano," mi ha comunicato mentre entravamo nella sala professori. "Le ricamatrici di Reshetylivka hanno deciso di presentare i nostri ricami bianco su bianco come patrimonio immateriale dell'UNESCO. Sono unici, complessi e qualificati. Certo, significa occuparsi della burocrazia dell'Ucraina e dell'UNESCO, ma se ci riusciremo, otterremo un nuovo livello di riconoscimento. E potrò finalmente aprire la mia scuola."

Nadia mi ha parlato dei suoi progetti e mi ha mostrato la pila di scartoffie che aveva raccolto per la domanda.

"Quando ti ho vista entrare nella mia classe oggi, non potevo credere ai miei occhi," ha detto, accendendo il bollitore elettrico. "Abbiamo bisogno di qualcuno che traduca alcuni documenti in inglese. Sono solo un paio di pagine." Mi ha guardata implorante.

"Certo, te li traduco io," ho detto. Non avevo idea di cosa servisse per convincere l'UNESCO che una tradizione avesse un valore culturale, ma l'idea mi sembrava entusiasmante.

Mentre il bollitore sibilava e scoppiettava, gli altri insegnanti si sono uniti a noi e presto la minuscola stanza si è riempita del clamore delle voci. Petro, il pittore che avevo conosciuto l'altra volta, aveva ancora il suo sguardo di rassegnata malinconia. Un nuovo volto, Alla, un'insegnante di ricamo magra e bionda, era energica e ottimista, non riusciva a stare ferma. L'insegnante di disegno Vita ci ha raggiunti, portando un barattolo di caffè solubile e un sacchetto di biscotti da aggiungere al nostro *potluck*. Nadia mi ha presentata come "un'ospite dall'Europa", presentazione che ha incoraggiato la solita improbabile domanda che facevano gli ucraini quando scoprivano che vivevo all'estero. "Allora, com'è la vita lì?"

Ormai avrei dovuto avere trovato una risposta standard, ma le persone lo chiedevano con una tale serietà che volevo rispondere onestamente, cogliendo sia il positivo che il negativo. "Com'è la vita laggiù? Che razza di domanda è questa?" Nadia ha fatto spallucce, mentre io rimuginavo su una risposta appropriata. "Ogni posto ha i suoi problemi. Non è che le strade in Europa siano lastricate d'oro." Ha versato il tè.

"Tu, cara Nadia, sei una vera patriota di Reshetylivka," ha detto Alla, guardando un piatto di dolci e scegliendo una mela. "Hai persino rifiutato di trasferirti a Kiev quando ti è stata offerta una promozione. Immagina, potere vivere nella capitale! Khreschatyk, musei, tutto quello che la città ha da offrire a portata di mano." Alla ha enumerato sognante le bellezze di Kiev mentre masticava la sua mela.

"Sprecherei ore andando al lavoro nella metropolitana affollata e spendendo tutto il mio stipendio in affitto," ha risposto Nadia. Ha aperto le tende e ha indicato un condominio dall'altra parte della strada dove viveva con i suoi due figli adulti. "Ma Alla ha ragione, Reshetylivka mi ha catturato il cuore. Sono venuta qui per la prima volta da allieva per studiare tessitura, ma dato che la scuola non aveva posti disponibili nella divisione tappeti, mi hanno trasferita al ricamo. All'inizio ero delusa, perché ero convinta di essere già un'esperta di ricamo. Quando ho visto le diverse tecniche utilizzate a Reshetylivka e il delicato ricamo delle maestre locali, ho capito quanto fossi ignorante. Volevo imparare tutto. Ho tratto ispirazione dalla stessa aria di Reshetylivka," ha detto.

"Mi correggo," ha detto Alla, accarezzando il braccio di Nadia. "Non sei semplicemente un patriota. Sei una romantica." Tutti, Nadia inclusa, hanno riso.

"Ecco qualcuno che capisce l'arte e il romanticismo," ha detto Nadia, toccandomi la spalla. "Prima è venuta qui cercando i ricami di Reshetylivka e poi si è offerta volontaria come nostra traduttrice." Gli insegnanti mi hanno ringraziata a loro volta, impressionandomi per l'importanza che aveva il progetto per tutti i maestri locali.

Durante una pausa nella conversazione, ho detto che la mia bisnonna aveva vissuto per un breve periodo a Reshetylivka, prima della seconda guerra mondiale, e che mi chiedevo se gli archivi della città non potessero avere qualche informazione sulla mia famiglia.

Alla si è rivolta all'insegnante di disegno alla sua destra. "Vita, hai presente la donna che lavora all'archivio? Porta lì la ragazza e chiedile di scavare un po' nel sistema." Vita ha detto di sì e non appena abbiamo finito il tè, abbiamo attraversato la strada dirette verso il centro archivi.

Il centro era costituito da una stanzetta nascosta al piano terra del municipio. Era l'ora di pranzo e l'amica di Vita, Roza, stava mangiando un panino alla sua scrivania mentre leggeva un romanzo poliziesco. Vita ha stuzzicato la sua curiosità spiegando che ero "una straniera che cerca i suoi parenti in Ucraina". Roza ha chiuso il libro e ha acceso il computer.

Ha detto che il database online includeva i registri di nascita, matrimonio e morte dell'intera Poltava, e che i registri spesso includevano dettagli aggiuntivi come registrazioni, permessi di soggiorno e forse qualche altra informazione rilevante. Le ho dato il nome completo di Asya, e Roza lo ha digitato nella finestra di ricerca e ha premuto un pulsante. La risposta è arrivata in stampatello rosso, FILE NON TROVATO. Con il cuore in gola, ho dato il nome di Sergiy, ma ancora una volta il computer ha emesso un segnale acustico e ha visualizzato FILE NON TROVATO. Abbiamo provato diverse grafie, ma era come se non esistesse nulla della mia famiglia, nessun segno di vita o di morte.

Poi mi sono ricordata di avere trovato le vecchie lettere di Asya, che aveva firmato come Vasylyna. "Per favore, potrebbe provare un altro nome?" ho chiesto, preoccupata che Roza fosse stanca di sprecare la sua pausa pranzo in una ricerca infruttuosa. "La mia bisnonna è stata battezzata come Vasylyna, quindi forse i vecchi documenti esistono sotto quel nome."

"Alle giovani donne degli anni trenta piaceva scegliere nomi brevi e dal suono moderno," ha detto Roza. "La mia bisnonna si chiamava Agrippina, ma le piaceva farsi chiamare Ina." Mi chiedevo da tempo perché Asya avesse deciso di cambiare nome, ma non avevo mai pensato che la spiegazione potesse essere così semplice. Era una giovane donna in procinto di lasciare il suo villaggio e iniziare una nuova vita come insegnante. Voleva un nome nuovo e adeguato e così Vasylyna diventò Asya.

La pagina è diventata grigia e una piccola icona a forma di clessidra ha iniziato a ruotare mentre la macchina ronzava. "Eccolo," ha esclamato Roza. Aveva trovato il file di Asya/Vasylyna con le sue stringhe di date e numeri, che portavano ad altri membri della famiglia. Roza ha dettato e ho scritto le informazioni il più velocemente possibile. Ho scoperto che il nome registrato della madre di Asya non era Pasha ma Praskovia e che la data esatta in cui Asya e Sergiy avevano registrato il loro matrimonio nel 1933 era l'8 marzo, la Giornata Internazionale della Donna – e il periodo peggiore della Grande Carestia.

Sentendo di essere in un momento fortunato, ho chiesto a Roza di cercare Nikodim Berezko. La mia eccitazione doveva essere contagiosa, perché anche se la sua pausa pranzo era finita e altri visitatori aspettavano in corridoio, Roza ha obbedito.

"Perché non controlli con il Servizio di Sicurezza dell'Ucraina, l'organizzazione che ha ereditato l'archivio del KGB dopo la caduta dell'URSS?" ha chiesto Roza quando le ho spiegato cosa era successo a Nikodim negli anni trenta. Nel frattempo il computer cercava i file. "Intendiamoci, mi fa sempre venire i brividi passare davanti a quell'orribile Casa del Gallo."

Il computer ha mostrato il messaggio rosso FILE NON TROVATO. Roza è tornata alla pagina con il nome originale di Asya per accedere a ulteriori meandri dell'archivio.

"La mia bisnonna aveva una paura così forte della Casa del Gallo che per evitarla cambiavamo sempre strada. La chiamava la Trappola del Gallo," ho detto, guardando lo schermo di Roza.

"L'amica della mia bisnonna Ina è stata arrestata, ma è stata rilasciata dopo un paio di giorni. I capelli le sono diventati grigi nel giro di una notte. Qualunque cosa abbia visto lì l'ha cambiata per la vita. Puoi stare certa che non si è mai avvicinata alla Casa del Gallo. Forse anche Vasylyna è stata arrestata?"

Roza ha continuato a parlare, ma non ho sentito cos'altro ha detto. Sono rimasto esterrefatta. Mi sembrava improbabile che Asya potesse essere arrestata. L'osservazione di Roza era una congettura basata su nessuna prova. Le persone arrestate dal KGB raramente tornavano a casa. Eppure l'idea mi si è piantata nella mente. Cos'altro, se non un passaggio dentro la Casa del Gallo, avrebbe potuto spiegare la paura paranoica di Asya per quel posto, anche solo sentendo menzionarne il nome?

Ho lasciato gli archivi. Sapevo che sarei dovuta passare alla scuola di ricamo per salutare Nadia, ma avevo la testa confusa. Asya arrestata? Come poteva essere stata arrestata la mia bisnonna rispettosa della legge e amante dei fiori, moglie di un eroe di guerra e onesto comunista? Eppure, perché considerarlo impossibile? Era successo a migliaia di altri come lei. Ma non riuscivo comunque ad accettarlo. Avevo passato anni a studiare scienze politiche, ma faticavo ancora a collegare i fatti che avevo appreso dai libri alle esperienze personali della mia famiglia. Esaminare le loro azioni nel contesto storico era molto più difficile – e più doloroso – di quanto mi aspettassi. Non sorprende quindi che i miei bisnonni parlassero per enigmi e che per molti l'eredità sovietica rimanesse un argomento traumatico. Solo quelli che la lodavano o la condannavano non avevano remore ad affermare la loro opinione.

Non riuscivo a distinguere nulla davanti a me. Tutto era confuso. Quando ho raggiunto la stazione dei pullman di Poltava, ho chiamato un taxi e ho detto: "Alla Casa del Gallo."

Quarta parte
La Casa del Gallo

Dieci

Le sirene cupe che fiancheggiavano la Casa del Gallo sembravano sul punto di spiccare il volo. Mi sono avvicinata all'edificio e mi sono fermata di fronte. La porta del quartier generale di Poltava del Servizio di Sicurezza dell'Ucraina (SBU) sembrava così pesante che dubitavo che la mia spinta leggera l'avrebbe fatta muovere, ma si è aperta con tale facilità che per poco non ho perso l'equilibrio e non sono caduta all'interno. Il posto che avevo immaginato come una casa degli orrori aveva un'aria di eleganza *fin de siècle*. Il lucido marmo della scala decorata scintillava alla luce del sole pomeridiano e il tappeto bordeaux scuro che abbracciava ogni gradino non aveva un granello di polvere. L'atrio era fresco e profumava di acqua di colonia costosa. Al posto di blocco, una guardia alta in uniforme militare ha scansionato le carte d'identità. Due uomini in abito grigio e diversi soldati erano in piedi nell'atrio e nell'istante in cui sono entrata si sono voltati e mi hanno guardata.

Non avevo preparato una spiegazione. Fino all'ultimo momento non avevo immaginato che sarei entrata nella Casa del Gallo, ma adesso che ero lì, dovevo raccogliere i pensieri.

"Sono andata negli archivi e c'era qualcosa di strano, forse è stata arrestata." Riuscivo a sentire la mia voce spezzata echeggiare contro l'alto soffitto. La guardia sembrava sconcertata. "In realtà, si tratta del mio bisnonno. O meglio, di suo fratello." La guardia continuava ad ascoltare, l'accenno di un sorriso gli sollevava l'angolo della bocca. Doveva pensare che fossi squilibrata.

"Si chiamava Nikodim ed è scomparso," ho sbottato alla fine. Gli uomini in giacca e cravatta mi hanno guardata in un modo che doveva essere stato insegnato loro alla scuola del KGB, cercando di togliere gli strati protettivi e leggere i miei pensieri più intimi. Ma forse la mia febbrile immaginazione mi stava giocando brutti scherzi.

Ho riprovato. "Cosa devo fare se cerco qualcuno che è scomparso negli anni trenta? Penso che sia stato arrestato. Ho chiamato diversi archivi e cercato ovunque, ma continuo a sbattere contro un muro. Dove altro dovrei cercare?" La mia voce, ancora innaturalmente acuta e tesa, risuonava nel corridoio. Il sudore mi imperlava la fronte e mi scorreva lungo i lati del viso.

L'ufficiale ha preso un taccuino e ha annotato un indirizzo. "Abbiamo una divisione archivi. Può chiedere lì," ha detto, e mi ha passato un pezzo di carta. "È a cinque minuti a piedi da qui e si chiama Archivio di Stato Settoriale del Servizio di Sicurezza dell'Ucraina. Hanno uno sportello aperto al pubblico e sono sicuro che le saranno utili." Ha controllato l'orologio da polso e ha confermato che gli archivi dovevano essere aperti. Ho preso l'indirizzo, ho ringraziato l'ufficiale e sono scappata.

Ma l'indirizzo che mi aveva dato non sembrava esistere. Ho passato due ore a girare intorno al quartiere, e ancora una volta mi sono scontrata con un muro. Questa volta si trattava letteralmente di un muro, perché l'intera strada era un cantiere edile, e dove avrebbe dovuto esserci la divisione archivistica c'era solo una recinzione d'acciaio. Ogni volta che chiedevo indicazioni, le persone rimanevano sbalordite. "Gli archivi SBU? Aperti al pubblico? Vada alla Casa del Gallo. Non che i membri del KGB laggiù la aiuteranno," ha detto una donna che annaffiava un'aiuola. Malgrado tutte le volte che l'organizzazione di sicurezza aveva cambiato nome, era rimasta il KGB.

"Viviamo qui da più di cinquant'anni e questa è la prima volta che sentiamo parlare di un archivio," è stata la risposta collettiva di tre nonne che mangiavano semi di girasole e vigilavano sui nipoti.

"Signorina, perché cerca il diavolo?" mi ha chiesto un anziano signore in abito tre pezzi e cappello, allontanandosi prima che potessi rispondere.

Ho sbagliato strada e mi sono persa nel labirinto di vicoli stretti, cartelli di cantieri e case abbandonate. Il complesso edilizio di epoca sovietica aveva numerosi cortili interni e il suo sistema di numerazione comprendeva lettere e frazioni che non seguivano alcun ordine logico. Il fatto che Asya definisse la Casa del Gallo "una trappola" era appropriato. Ero nella versione post-sovietica del film *Labyrinth* e avevo perso le speranze di uscirne, per non parlare di trovare la mia destinazione. Ma sono andata di edificio in edificio, di casa in casa, tentando la fortuna. Ho scoperto che mentre il centro archivistico era sfuggente, gli ex uffici del KGB erano onnipresenti, un ricordo dei tentacoli dello stato totalitario. Alcuni erano edifici poco appariscenti in ardesia grigia con metal detector all'ingresso. "Come diavolo è entrata qui?" mi ha urlato un soldato armato nell'attimo in cui ho aperto una porta. Ho battuto una frettolosa ritirata, la scarica di adrenalina mi ha fatto girare la testa. Altri siti erano uffici silenziosi in torri residenziali. Le strade intorno non avevano nomi.

Alla fine, mi sono imbattuta nella divisione archivi, nascosta sotto gli archi di pietra di un passaggio buio. Il cartello diceva che era chiusa. La mia ansia e la lunga ricerca mi avevano lasciata troppo esausta per sentirmi delusa. Ora che avevo trovato l'edificio, sarei potuta tornare un altro giorno. Ma avevo ancora la sensazione di trovarmi in una zona d'ombra, dove niente era come sembrava.

Passando davanti alla Casa del Gallo sulla via del ritorno alla stazione dei pullman, ho notato l'ufficiale che mi aveva indirizzata agli archivi. Fumava fuori dalla porta, catturando il sole pomeridiano sul viso e gli sguardi ammirati delle donne. Vedendomi, mi ha salutata e mi ha chiesto se avevo trovato gli archivi. Ho spiegato che l'ufficio era già chiuso e che sarei dovuta tornare un'altra volta.

"Possiamo chiamare Elena Ivanovna, l'ufficiale responsabile dei nostri archivi, sulla linea interna," ha detto. Ha gettato il mozzicone di sigaretta nell'urna all'ingresso e mi ha tenuto galantemente la porta. Ho esitato e poi sono entrata nel corridoio più sconcertata che grata. Mi aspettavo una specie di imboscata, uno stratagemma per trattenermi. L'ufficiale ha composto il numero e mi ha passato il telefono. La voce femminile all'altro capo della linea sembrava appartenere a qualcuno che non aveva pazienza per le chiacchiere. Ho spiegato che stavo cercando una persona scomparsa nella mia famiglia e che avevo esaurito tutte le possibilità. Ho dato il nome di Nikodim. "Sarebbe difficile trovare informazioni basate solo sul nome," ha detto la donna. Ho fissato la parete di marmo bianco di fronte a me e ho stretto più forte il telefono. "Devo capire anche cosa sta cercando e perché. La maggior parte degli ex archivi del KGB sono ancora classificati, quindi prima dovrò farle qualche domanda. Le andrebbe bene mercoledì alle nove nel nostro ufficio?"

Ho detto di sì. Poi mi sono ricordata della mia promessa a Valentina e ho detto che prima dovevo parlare con mia nonna.

"Mi chiami quando decide," ha detto Elena Ivanovna e ha riattaccato.

Il mio telefono ha squillato nell'attimo stesso in cui sono uscita dalla Casa del Gallo. All'inizio non capivo che a chiamare era la nostra vicina Sasha.

"Torna subito a casa!" ha urlato.

Valentina aveva saputo della mia visita alla Casa del Gallo e si era arrabbiata? ho pensato irrazionalmente.

"Tua nonna è caduta e si è rotta la schiena," ha detto Sasha, e tutto intorno a me si è fermato. "Ho provato a chiamare Dmytro, ma è a Kiev."

Sono corsa lungo la strada fino alla fermata del pullman. Era vuota, a indicare che il pullman era appena partito. Ho provato a fermare un taxi, ma mi è passato davanti. Ho chiamato un servizio di auto a nolo, ma esasperata dall'essere tenuta in attesa a tempo indeterminato sulla colonna sonora di un Mozart metallico, ho riattaccato. Ho fatto scorrere la rubrica del telefono per cercare un'altra compagnia di taxi e mi è apparso il nome di Yaroslav. L'ho chiamato.

"Yaroslav, probabilmente non ti ricordi di me, ma l'anno scorso hai portato me e mia nonna nei villaggi..." ho iniziato a dire.

"Vika. Mi ricordo. Stavi cercando le radici della tua famiglia. Come sta tua nonna?"

"Le è successo qualcosa di terribile, ma non riesco a trovare un'auto che mi porti a Bereh. Sono nel centro di Poltava."

"Sto venendo a prenderti. Dove ti trovi esattamente?"

Ho fissato le voluttuose sirene rosse. "Alla Casa del Gallo."

"Cosa diavolo ci fai lì? Comunque, meglio non fare domande su quel posto. Arrivo."

Dieci minuti dopo, l'auto di Yaroslav si è fermata e io sono salita. "Saremo a Bereh prima che tu te ne accorga," ha detto e ha premuto sull'acceleratore, facendo ruggire il motore.

Ancora una volta il cancello era aperto e il cortile era pieno di vicini che Sasha aveva chiamato per chiedere aiuto. Senza fiato, li ho spinti da parte e visto che Valentina era seduta sulla panca e si massaggiava il fianco. Sembrava arrossata e imbarazzata. "Sono scivolata sull'erba e sono caduta sulla schiena," ha detto. "Non è successo niente di grave. Ho solo un piccolo livido." Ci ha mostrato un segno blu sul braccio. Il cellulare le ha squillato e lei ha risposto. "Dmytro, sto bene. Non è successo niente. Come al solito, Sasha sta facendo una valanga da un granello di polvere," ha detto.

"Anche le cadute minori possono essere pericolose," ha

detto Yaroslav, che mi aveva seguita nel cortile. “Lascia che ti porti in ospedale per un controllo, solo per assicurarmi che tutto vada bene.”

Il viso di Valentina è diventato cremisi e la bocca le si è indurita. “Ho detto che sto bene. Non ho bisogno che nessun dottore mi dica qualcosa che so già.” Si è alzata ed è entrata in casa zoppicando, lasciando Sasha e il resto dei vicini a scuotere la testa e uscire dal nostro cortile.

“Ha paura dei dottori,” ho detto a Yaroslav, scusandomi per la brusca risposta di Valentina.

“Anche mia madre è così,” ha detto, salendo in macchina. “Ma se cambia idea, chiamami.”

L’indomani Valentina si è svegliata incapace di camminare. La caduta aveva aggravato le ferite che aveva accumulato in anni passati a sollevare di pesanti annaffiatoi e a chinarsi per strappare le erbacce. Lei aveva peggiorato il problema ignorandolo e si era abituata a sopportare un tipo di dolore che avrebbe lasciato una persona più giovane senza fiato. Curava le aiuole nel caldo soffocante e soffriva di colpi di calore. Curava le sue ferite alla maniera cavalleresca del Cavaliere Nero dei Monty Python. Nessuno in famiglia riusciva a convincerla che prendersi cura di se stessa fosse più importante che prendersi cura del giardino.

Ora il dolore che si irradiava dalla parte bassa della schiena di Valentina la paralizzava. Giaceva a letto, applicando impacchi caldi. Quando le ho proposto di andare in ospedale, si è arrabbiata e ha gridato che i dottori non capivano niente. Valentina aveva sempre temuto gli ospedali e le storie dei suoi vicini sulle fatiscenti cliniche di stato e il loro servizio scadente non facevano che rafforzare la sua paranoia. Io e Dmytro abbiamo provato a persuaderla, minacciarla, persino corromperla affinché accettasse una spedizione nel miglior ospedale privato di Poltava, ma non siamo riusciti a farle cambiare idea. Il meglio che potevamo fare era prenderci cura della casa finché non si fosse ripresa.

Lo zio Tolya veniva a rallegrare Valentina. “Mia madre diceva sempre che per curare questi dolori bisogna strofinare la schiena contro un pino colpito da un fulmine. Ma lascia che te lo dica, sono tutte sciocchezze. L’unica cosa che risolve ogni dolore è una bara.” Scavando tombe per i morti, lo zio Tolya aveva poca esperienza nel confortare i vivi.

Col tempo il dolore si è placato, ma Valentina è uscita dalla malattia con l’animo sgonfio. Parlava delle sue forze che si stavano esaurendo e ogni volta che tirava in ballo un evento futuro si premurava ad aggiungere che forse non sarebbe stata viva per vederlo accadere. Il cambiamento operato su di lei dalla caduta è stato così drammatico che riuscivo a malapena a riconoscere la mia energica nonna nella donna imbronciata che avevo davanti. “Non c’è niente da aspettarsi,” ripeteva spesso. “Da qui è tutto in discesa. La vecchiaia è una tale solitudine e oscurità.”

“Ma noi siamo qui con te,” ribattevo a bassa voce. “E i tuoi progetti? Volevi ridisegnare il frutteto…”

Valentina agitava la mano, interrompendomi. “Come se tutto questo facesse la differenza. Ho dato i miei anni migliori a questa terra, e ora sono un vecchio relitto.”

Tali commenti non sembravano strani ai nostri vicini che passavano a trovare Valentina. Come un coro greco, raccoglievano il lamento e condividevano i propri guai. Alcune delle loro lamentele erano di tipo globale, come la guerra e il cambiamento climatico. Altre avevano un sapore decisamente locale, come la muffa gialla sui meli di Sasha o un nuovo tipo di peronospora della patata che lo zio Tolya aveva notato. "Non c'è più niente di buono," dicevano, mentre si congedavano per occuparsi dei loro orti. Il programma di semina delle patate restava sacrosanto, nonostante le crisi mondiali.

Valentina, invece, aveva perso interesse per il giardino. I pacchetti di semi e le tabelle di semina raccoglievano polvere. Poteva stare seduta per ore in sala da pranzo, a fissare il pavimento e sospirare.

Vederla ridotta a una simile apatia mi addolorava. Si accigliava quando le proponevo di piantare io stessa le carote. "A che pro?" rispondeva. Avrei voluto mettere la testa sul tavolo e piangere. Mi aspettavo che Valentina continuasse con il suo solito ritornello sul non vivere abbastanza per vedere maturare le carote, invece aggiungeva seccamente: "Tu non sai niente di come si piantano le carote." Su questo mia nonna aveva ragione.

Un pomeriggio, dopo il tè, mi sono seduta a tavola per modificare le foto che avevo scattato durante il nostro viaggio a Mykhailivka, mentre mia nonna si applicava un impacco caldo sulla schiena.

"Non è una bella foto?" ho detto, mostrandole l'immagine di noi due davanti alla casa dove era cresciuta Valentina.

Mia nonna ha sorriso. "Quella giacca l'ho comprata a Kharkiv," ha detto, indicando la giacca beige che indossava nella foto. "Dev'essere stato sei o sette anni fa. Tua madre voleva che andassimo a Kharkiv per vedere il posto in cui vivevamo e ci siamo divertite così tanto. Quella è stata l'ultima volta che ho comprato qualcosa di carino per me." Ha lisciato le pieghe della sua tuta da ginnastica e l'ha guardata con uno sguardo critico.

"Babushka, allora andiamo a Kharkiv. Mi mostrerai dove hai studiato, dove eri con il nonno, dove è nata la mamma. Andremo nei tuoi caffè preferiti. Andremo al museo. Andremo a comprare vestiti nuovi." I miei pensieri correvano e le mie dita hanno digitato "biglietti Poltava-Kharkiv" nella barra di ricerca del mio browser prima che Valentina potesse rispondere. Mi aspettavo che tirasse in ballo il frutteto o la sua salute come scusa per distruggere i miei piani, ma lei ha sorriso e ha detto: "Kharkiv è il posto che ho amato davvero."

Non si è accorta che l'impacco le era scivolato sul pavimento. "Era il posto che ho fatto mio. Gli altri posti, incluso Bereh, erano stati scelti per me, dai miei genitori o da mio marito, ma Kharkiv era mia."

Per Valentina, Kharkiv significava i giorni più felici della sua giovinezza e il brivido degli anni universitari. Aveva studiato duramente per ottenere un posto ambito presso l'Università Nazionale di Kharkiv, una delle più antiche e rispettate dell'Unione Sovietica. Quando, nonostante i suoi buoni punteggi, il nome di Valentina era finito sulla lista d'attesa, Asya si era infuriata. Aveva detto a Sergiy di protestare con l'amministrazione universitaria. Lui aveva protestato con lei dicendo che non sarebbe stato dignitoso, ma Asya aveva insistito. Contrariamente a Sergiy, Asya era cinica nei confronti del sistema e non credeva nella sua equità. "A differenza di quegli apparati di partito i cui figli hanno la priorità, tu hai combattuto in guerra. Perché dovresti vergognarti di ricordare loro chi ha fatto i veri sacrifici?" gli aveva chiesto Asya. La vista di Sergiy su una stampella appesantita dai suoi onori militari era bastata all'amministrazione universitaria per fare spazio a un altro studente nel dipartimento di geografia.

Quando mia nonna intraprese i suoi studi universitari, il paese si stava ancora riprendendo dalla seconda guerra mondiale, ma era l'inizio degli ottimisti anni cinquanta e, dopo la morte di Stalin, del disgelo di Krusciov. Valentina era piena di ottimismo. Aveva ascoltato Krusciov denunciare Stalin e aveva creduto che le azioni orribili del passato fossero dovute a un solo uomo malvagio. Voleva sperare che il futuro sarebbe stato luminoso. Desiderava scoprire la città, incontrare nuove persone e godersi la vita. Voleva dimenticare i giorni bui della guerra che ancora la perseguitavano.

A Kharkiv, Valentina condivideva una minuscola stanza con altri due studenti e, quando non studiava in biblioteca, aveva preso l'abitudine di girovagare per il Museo delle Belle Arti accanto al suo appartamento. Quando mia nonna lo aveva scoperto, l'edificio odorava ancora di intonaco e vernice e le stanze erano semivuote, testimonianza del saccheggio in tempo di guerra. Ma anche i pezzi della collezione rimasti erano impressionanti e includevano le opere di maestri come Volodymyr Borovikovsky, Dmytro Levytsky, Ivan Aivazovsky, Ilya Repin e Taras Shevchenko, il famoso poeta ucraino che era anche un affermato pittore. Valentina aveva imparato i loro nomi dai libri, ma stando davanti alle tele rimase colpita dalla loro bellezza e potenza. Valentina riusciva a vedere come un artista usava un pennello per applicare il colore – riusciva persino a individuare i solchi lasciati dalle setole dure – facendo cadere la vernice in strati precisi per evocare la trama dei capelli o del tessuto. Osservava il modo in cui le macchie di bianco creavano il luccichio del pizzo, l'opalescenza delle perle o il luccichio del sole sull'acqua. Poi vedeva come le immagini si univano per raccontare una storia sull'amore, la bellezza, il tradimento o la morte. Le parole erano superflue. Poteva leggere la tela e capirla. Era come se avesse sollevato un velo e intravisto un altro mondo.

Il risveglio di Valentina era stato agrodolce. In contrasto con il piacere delle sue visite ai musei, il suo campo di studi prescelto era noioso. Fare indossare a suo padre le medaglie per assicurarle un posto nel dipartimento di geografia era stato un errore, ma cambiare rotta era fuori questione. Le piaceva partecipare ai seminari degli studenti, ma ora vedeva davanti a sé una carriera con piani quinquennali infiniti e ore passate a calcolare il numero di trattori necessari per attrezzare una fattoria collettiva. Valentina iniziò a riempire il suo tempo libero con tutta l'arte che riusciva a trovare, abbonandosi a riviste, unendosi a spedizioni archeologiche, risparmiando la sua indennità di pasto per assistere a spettacoli e proiezioni di film e, per capriccio, ballare nell'ensemble folk amatoriale.

La danza era il mezzo in cui la giovane donna timida riusciva a esprimersi al meglio. A Valentina piaceva lasciarsi affascinare dalla musica, seguirne il ritmo e fare scorrere la melodia nel suo corpo. Amava come una danza potesse essere tenera come un valzer o esuberante come una polka. La reputazione di Valentina come brava ballerina si diffuse in tutta l'università e al ballo di laurea venne invitata a eseguire una *czardas* ungherese. Realizzò un bellissimo costume completo di una giacca nera attillata e una gonna rossa ampia, e la sua danza fu un tale successo che le chiesero il bis. "Qualcuno amava così tanto la tua danza che ha chiesto di essere presentato," le disse la sua amica Lina con un sorriso cospiratore dopo avere visto Valentina dietro le quinte. "Si chiama Boris."

Pochi giorni dopo Valentina andò a un raduno studentesco su insistenza di Lina. Appena entrata, vide al centro della stanza due giovani in camice verde brillante che eseguivano canzoni popolari. Sembravano immagini speculari l'una all'altra: gli stessi riccioli stretti tirati indietro così da rivelare fronti alte, la stessa pelle olivastra, gli stessi ridenti occhi azzurri. Un uomo suonava la fisarmonica, mentre l'altro cantava. "Quello è il tuo Boris," sussurrò Lina, indicando il cantante.

Boris e suo fratello Evgen studiavano ingegneria all'Istituto di Aviazione di Kharkiv. Per coincidenza, anche i fratelli provenivano dalla regione di Poltava. Sebbene fosse impossibile distinguerli – e i fratelli sfruttassero l'effetto formidabile del loro doppio bell'aspetto vestendosi allo stesso modo – i due uomini erano agli antipodi. Boris era studioso e responsabile, dedicando il suo tempo ai corsi e ai progetti comunitari, mentre Evgen non riusciva mai a lasciarsi sfuggire l'opportunità di essere l'anima della festa con la sua fisarmonica e un ricco repertorio di canzoni. Era civettuolo, divertente e generoso fino all'eccesso, ma fu dell'equilibrato Boris che Valentina si innamorò. Kharkiv in maggio fornì la romantica *mise en scène*, e Boris e Valentina si sposarono presto. Un anno dopo nacque mia madre e così Kharkiv segnò una nuova pagina nella storia della mia famiglia.

Ogni giorno chiedevo a Valentina di raccontarmi nuove storie sul suo tempo a Kharkiv e ogni giorno scavava nei suoi ricordi con così tanto entusiasmo che il nostro tè pomeridiano si trasformava in cena. Le nostre serate finivano dopo la mezzanotte, quando il pigro orologio da parete misurava dodici battiti riluttanti e ci ricordava che era ora di riposare. Ma era come se mia nonna avesse una riserva di storie che desiderava raccontarmi e non volesse smettere di parlare. Ogni sera, prima di andare a letto, le ricordavo che una volta che la sua schiena fosse guarita, saremmo andate a Kharkiv. Ogni sera Valentina era d'accordo. Ho capito che non mi stava semplicemente assecondando quando mi ha chiesto cosa avremmo fatto della casa e del giardino durante la nostra assenza.

"Ne ho parlato con Dmytro, e lui ha promesso di restare qui," ho detto. "E lo zio Tolya si prenderà cura del giardino. Non ti ha forse chiesto di dargli altro lavoro?"

"Ho trascurato tutto, vero?"

"Il riposo è importante."

"No, basta riposare. Dobbiamo lavorare."

"Prima dobbiamo andare a Kharkiv," ho detto con fermezza.

"Andremo, te lo prometto."

Gli abitanti di Bereh potevano accettare i più eccentrici e immorali comportamenti dei loro vicini, ma non l'abbandono del giardino. L'indomani è venuto lo zio Tolya e ha annunciato che, che lo volessimo o no, stava diserbando le aiuole. "Quando voi due deciderete qualcosa, questo posto si trasformerà in una giungla." Ha preso un annaffiatoio e una zappa e mi ha chiesto di andare a prendere una sedia pieghevole per Valentina. "Io lavorerò e la nonna darà gli ordini," ha detto.

Valentina ha protestato, ma dal momento che lo zio Tolya non ascoltava, lo ha seguito in giardino. Mentre stendevo il bucato in cortile, ho visto lo zio Tolya che sistemava una sedia per mia nonna all'ombra di un pero e cominciava a estirpare le aiuole di aglio. "Oggi è una giornata calda e soleggiata." La voce dello zio Tolya echeggiava nel frutteto. "Significa che Dio ha piani per tutto."

All'inizio Valentina sedeva tranquilla, torcendo le nappe del suo scialle, ma mentre lo zio Tolya tagliava via le erbacce, è balzata dalla sedia e ha indicato qualcosa nelle aiuole. "Ti stai lasciando dietro tutti questi piccoli germogli di tarassaco. Un giorno di pioggia e saranno abbastanza grandi da soffocare il mio aglio," ha risuonato la sua voce, impaziente e prepotente. Sembrava più la Valentina che conoscevo.

Da quel giorno lo zio Tolya è tornato regolarmente per aiutare Valentina. Certe mattine veniva portando mazzi di narcisi o fiori di ciliegio a grappoli che riempivano la nostra casa dell'inebriante aroma delle mandorle tostate. "Chi sospettava che un personaggio rustico come lo zio Tolya potesse essere così romantico?" diceva mia nonna, seppellendo il viso nella spuma dei petali bianchi. Si avvicinava alla sua toletta e metteva alcune gocce del suo profumo preferito all'iris dal tappo di vetro. Mi chiedevo se potesse esserci qualcosa di più di una calda amicizia tra Valentina e lo zio Tolya, ma non volevo impicciarmi. Erano agli antipodi sotto molti aspetti, ma era evidente che apprezzavano la reciproca compagnia. Sul vassoio del tè nella sala da pranzo una grande tazza con il disegno sbiadito di un gallo attendeva sempre la visita dello zio Tolya.

Quando i fiori di ciliegio sono appassiti, Valentina si era ripresa abbastanza per affrontare il viaggio. Ho comprato i biglietti del treno per Kharkiv e li ho mostrati a Valentina come un fatto compiuto. Stavamo per fare di nuovo un viaggio insieme.

*

Kharkiv si stava svegliando con il fruscio delle scope degli spazzini, il lamento melodico dei tram che sfrecciavano lungo stretti vicoli e il bagliore del sole mattutino. Io e Valentina abbiamo preso un pullman alla stazione, abbiamo attraversato un ponte su un fiume fangoso e siamo passate davanti a vecchi edifici tappezzati di pubblicità di manicure, birra alla spina e assistenza legale. Gli imponenti blocchi dei *novostroiki* sovietici, letteralmente "nuovi edifici" che non erano più nuovi, si affiancavano a chiese moderne che cercavano di sembrare vecchie. Nonostante i cambiamenti che la città aveva subito da quando Valentina era studentessa, potevo facilmente immaginare cosa doveva avere provato alla sua prima visita. Kharkiv non aveva né lo splendore di Kiev né il fascino bucolico di Poltava, ma aveva la grandezza. Gli edifici erano enormi; le strade erano larghe; i monumenti fuori misura. Kharkiv era anche una città di targhe commemorative. A ogni angolo era morto un eroe e un poeta aveva scritto un verso. Ho anche notato molti punti vuoti in cui le placche erano state rimosse.

Alcuni eroi non erano più eroi.

"Vuoi fare colazione per prima cosa?" ho chiesto a Valentina quando abbiamo raggiunto il centro della città. Il nostro treno per Kharkiv era partito troppo presto per lasciarci fare colazione e mia nonna era così preoccupata per il viaggio che il giorno prima aveva mangiato pochissimo.

Abbiamo scelto un caffè in Sumska Street nel centro di Kharkiv e ci siamo sedute vicino a una finestra che si affacciava sull'ampio viale. Valentina si è guardata intorno, indicando i nuovi edifici e lamentando lo stato di quelli vecchi.

"Ma almeno si mangia molto meglio che ai tempi della mia giovinezza," ha detto, assaggiando i pancake di mele che avevamo ordinato per colazione. Erano a strati con soffici cumuli di panna acida e spolverate di zucchero a velo. "Quando ero una studentessa, questo posto era una tavola calda, e per pochi copechi potevi prendere una brioche ricoperta di zucchero e un bicchiere di kefir."

I pancake erano profumati di cannella e vaniglia, e fameliche dopo il nostro viaggio in treno li abbiamo mangiati avidamente.

"Nikolai, il figlio di Nikodim, l'ho conosciuto," ha detto Valentina. "È così che ho saputo dell'esistenza di suo padre."

La forchetta mi è caduta sul pavimento, schizzando la tovaglia di panna acida.

"Andavo ancora alle superiori quando sono andata a Mosca a trovare la mia amica Aniuta. Lì ho conosciuto suo fratello Vania. È stato il mio primo amore." Valentina o non si è accorta della mia agitazione o ha finto di ignorarla. Non avevo menzionato il nome di Nikodim dalla nostra esplosiva conversazione di un anno prima, e l'inaspettata rivelazione di Valentina mi ha colta alla sprovvista. E poi non capivo cosa avesse a che fare l'innamorato di Valentina con Nikodim, e dato che sono cresciuta sentendo tanto parlare dell'amore reciproco dei miei nonni, l'idea che Valentina fosse infatuata di qualcun altro mi ha fatto dimenticare l'argomento originale. "Hai avuto un primo amore! E nonno Boris?"

Valentina ha riso e ha fatto cenno alla cameriera di portarmi un'altra forchetta.

"Era diverso. Io e Vania ci scambiavamo lettere e quando poi ero già all'università è venuto a trovarmi a Kharkiv. Dato che non poteva permettersi un albergo e non potevo invitarlo nella mia stanza, dormiva su una panchina dello zoo. Poi sono andata a trovare Vania a Leningrado, dove studiava alla scuola navale Nakhimov. Ho venduto alcuni tagli di seta che mi aveva regalato Asya e ho comprato un biglietto del treno." Valentina ha ridacchiato compiaciuta della propria malizia. "E Asya non lo ha mai saputo!"

Poi le lettere di Vania si sono interrotte. Valentina pensava che il giovane si fosse stufato della loro relazione a distanza e avesse trovato un'altra, ma era troppo orgogliosa per scrivergli e chiedergli spiegazioni.

"Ma poteva essergli successo qualcosa o le lettere potevano essere andate perdute," ho suggerito.

"Una signora non può abbassarsi a dare la caccia agli uomini," ha risposto Valentina, gonfiando il petto. Ha riso di nuovo. "Be', ero giovane e troppo orgogliosa."

"Sono passati gli anni. Ero appena sposata e, mentre aspettavo tua madre, ero all'università a lavorare alla mia tesi. Un giorno ho ricevuto una lettera da Asya su una strana visita di suo nipote Nikolai Berezko, figlio del fratello maggiore di Sergiy, Nikodim. Fino ad allora non avevo sentito parlare né di Nikodim né di Nikolai. Asya ha detto che Nikolai viveva a Belgorod, ma che aveva inviato loro un telegramma a Bereh su una questione urgente che doveva discutere con me. Asya mi ha detto che sarebbe venuto a trovarmi a Kharkiv. Due settimane dopo, si è presentato, dicendo che aveva una lettera per me, solo che non ce l'aveva."

"Che strano," ho detto.

Valentina ha annuito. "Ho pensato fosse un pazzo. Così ho suggerito di parlare in un bar perché mi preoccupava l'idea di restare da sola con lui."

Dopo una lunga pausa di imbarazzo, Nikolai ha spiegato che sua moglie, Valentina Berezko, aveva ricevuto una lettera da una persona di nome Vania, che diceva che era ancora nei suoi pensieri e che sperava di avere sue notizie. Nikolai era convinto che la lettera fosse stata scritta dall'ex amante di Valentina e la coppia aveva avuto un litigio che era quasi finito con il divorzio. Nikolai aveva scritto a Vania chiedendo una spiegazione. Poi è saltato fuori che Vania aveva scritto alla Valentina sbagliata. Aveva letto un articolo di giornale su Valentina Berezko che riceveva un premio per avere superato gli standard della sua fabbrica e si era convinto di avere trovato la giovane donna con cui aveva perso i contatti. Aveva scritto impetuosamente una lettera e l'aveva spedita alla fabbrica menzionata nell'articolo. La missiva arrabbiata di Nikolai gli ha fatto capire di avere commesso un errore e si è scusato per avere causato indebite ansie alla coppia.

"Non pensavo più a Vania, ero innamorata di mio marito e

fantasticavo sulle nostre nuove avventure insieme. Ma ammetto che il ricordo di quel ragazzo che mi scriveva appassionate lettere d'amore ha scatenato tanti bei ricordi." Valentina ha guardato fuori dalla finestra e ha sorriso a qualcosa. Poi ha scosso la testa e si è rivolta a me: "Ma Nikolaj non ha portato nessuna lettera. Ha detto che l'aveva distrutta, perché era preoccupato che se mio marito l'avesse letta, si sarebbe arrabbiato."

Improvvisamente mi è presa la malinconia. Tutte queste storie non erano altro che costellazioni di strane coincidenze, che portavano tutte a una perdita.

Valentina ha notato la mia espressione sconfortata e ha allungato la mano per carezzarmi la mano: "Ma che tipo di vita avrei avuto con un capitano di mare? Come ama dire lo zio Tolya, 'Tutti i capitani di mare sono alcolizzati'." Abbiamo iniziato a ridere e abbiamo riso fino alle lacrime e gli altri clienti al bar ci hanno guardate con aria interrogativa.

"Dopodiché, Nikolai veniva a Bereh di tanto in tanto, portando rifornimenti ad Asya dalla fabbrica chimica dove lavorava. Non parlava della sua famiglia. Era un uomo tranquillo e intenso e ci metteva a disagio, soprattutto Asya. All'inizio non capivo perché..."

"Nikolai ha mai accennato a quello che era accaduto a suo padre?" l'ho interrotta, ora impaziente di conoscere il legame con Nikodim.

"Non lo ha mai fatto. È stata la stessa Asya a tirare fuori l'argomento. L'ho sentita litigare con Sergiy sull'andare alla Casa del Gallo a cercare notizie di Nikodim e ha incolpato Nikolai per 'avere rivangato tutto'. Sergiy cercava di farla ragionare, dicendo che tutti i pericoli erano nel passato e che aveva bisogno di sapere. E Asya ha detto che se tutto era nel passato, allora Nikodim poteva riposare in pace anche lì."

Valentina ha tirato fuori dalla tasca un fazzoletto ricamato e si è asciugata le labbra. Ho notato che aveva messo un velo di rossetto rosa per il nostro viaggio. Ho sentito una stretta al cuore. Eravamo nella città che conservava i ricordi più luminosi di mia nonna, e anche qui eravamo ossessionati dalla storia di Nikodim. Ho anche pensato alla morte di mio padre e l'improvviso ricordo della sua scomparsa mi ha colpita. Anch'io ero tormentata.

"Sergiy ha promesso di non fare nulla," ha continuato Valentina. "L'ho trovato nel frutteto più tardi quel giorno. Stava potando i rami di ciliegio con feroce determinazione. Le mani gli tremavano. Avrei voluto confortarlo in qualche modo, ma lui si è messo a parlare. Ha detto che da bambino Nikodim era il fratello che ammirava di più. Quando è stato arrestato, Sergiy era combattuto. Credeva nel comunismo e nell'Unione Sovietica come idea. Credeva in suo fratello. O era stato un terribile errore o Nikodim era davvero colpevole di un grave crimine.

"Sergiy era pronto a cercare suo fratello, ma Asya ha protestato. Il semplice suggerimento di presentare una richiesta formale su qualcuno che poteva essere scomparso nella Casa del Gallo la terrorizzava. Ha proibito a Sergiy di fare qualsiasi cosa. Anche il fratello maggiore di Sergiy, Ivan, era preoccupato che una simile indagine potesse danneggiare tutta la famiglia. Alla fine, Asya e Ivan e la loro paura della Casa del Gallo lo hanno messo a tacere," ha detto Valentina. "Non abbiamo più parlato di Nikodim. Abbiamo preferito dimenticare."

Ma come avevo scoperto leggendo il diario di Sergiy, lui non lo ha mai fatto.

"Ho sbagliato a proibirti di cercare Nikodim," ha detto Valentina, stringendomi la mano. "È stato egoista da parte mia, e mi dispiace. Non mi rendevo conto che io stessa vivevo nella paura della Casa del Gallo, ma ti prometto che se vorrai continuare la tua indagine, ti aiuterò."

Valentina ha allungato un braccio e mi ha accarezzato la guancia. "Sergiy avrebbe voluto che tu trovassi Nikodim." Le ho preso la mano e me la sono premuta sul viso, sentendone la ruvidità e il calore.

L'indomani del nostro ritorno da Kharkiv, sono corsa nel giardino dei ciliegi per trovare il vecchio albero cavo. Ho infilato la mano dentro e ho sentito un fagotto di stoffa: i miei appunti su Nikodim che avevo seppellito un anno prima dopo la mia lite con Valentina. La carta era fradicia e la scrittura illeggibile, ma non importava. Sapevo qual era la pista da seguire.

Undici

Il cancello ha sbattuto alle mie spalle con un botto violento, chiudendo fuori la città con la sua folla di pendolari mattutini, i suoi alti tigli che spargevano i loro profumati coriandoli di petali, le sue fermate dell'autobus intitolate a eroi comunisti dimenticati e le sue vecchie dimore che nascondevano la loro sbiadita eleganza sotto strati di pubblicità Pepsi. Ho consegnato i miei documenti a una guardia in uniforme che indossava le mostrine gialle e blu dell'Ucraina. Ha scrutato il mio passaporto americano, accigliato e sollevando il nastro adesivo che il funzionario del consolato aveva usato per aggiungere ulteriori pagine a quelle dei visti. "Resti qui," ha detto, scomparendo con i miei documenti nello spazio cavernoso a destra dell'ingresso. "Non disprezzare mai una cella di prigione o una ciotola per l'elemosina," era un proverbio che la mia bisnonna Asya citava spesso come monito perché la vita era imprevedibile e non si sapeva mai cosa aveva in serbo il destino. Ed eccomi qui al penitenziario della città di Poltava. Ho guardato i palazzi di cemento grigio, il filo spinato e le sbarre di metallo alle finestre.

La guardia è tornata e mi ha scortata in un piccolo edificio vicino all'ingresso principale, ha tenuto aperta la pesante porta d'acciaio e mi ha fatto cenno di entrare. "Mi segua da questa parte," ha detto, guardandomi ancora con malcelato sospetto. Sono entrata nel lungo corridoio buio e ho fatto qualche passo incerto finché non ho visto una pozza di luce sul pavimento e una porta socchiusa. Ho bussato e sono entrata senza aspettare risposta.

In contrasto con l'ambiente cupo, il reparto archivi ospitato all'interno del carcere municipale aveva l'atmosfera di un tipico ufficio amministrativo, prosaico e noioso. La stanza era fiancheggiata da diverse file di scrivanie. I loro rivestimenti di formica ingialliti avevano una sottile ragnatela di vene. Gli ziggurat di file e faldoni in cima alle scrivanie hanno attirato così tanto la mia attenzione che all'inizio non mi sono accorta che c'erano altre persone nella stanza. Una donna alta e dai capelli scuri in tailleur pantalone grigio mi ha stretto la mano e mi ha offerto una sedia. "Abbiamo parlato al telefono," ha detto. "Mi chiamo Elena Ivanovna, e lui è il mio collega degli archivi." Ha indicato un uomo magro e calvo in abiti civili che scriveva a una delle scrivanie, ma non me lo ha presentato. Lui mi ha studiata con indifferenza ed è tornato ai suoi appunti.

Dopo che io e Valentina eravamo tornate da Kharkiv, avevo chiamato Elena Ivanovna alla Casa del Gallo e le avevo detto che ero pronta a fissare un appuntamento. Mi aveva invitata negli archivi della prigione municipale di Poltava e ora mi osservava. "Cosa vuole trovare?" ha chiesto.

Le fiabe di Asya parlavano di un personaggio chiamato

Ivan il Matto che andava sempre in missioni impossibili verso "chissà dove" e cercava "chissà cosa". Mi sentivo una stupida mentre provavo a spiegare alla funzionaria che stavo cercando un uomo scomparso negli anni trenta, che stavo cercando qualcuno di cui sapevo così poco che la mia ricerca non aveva senso nemmeno per la mia famiglia. Avevo solo il nome. Nikodim. Questo Nikodim era scomparso.

"Quando è scomparso?" ha chiesto Elena Ivanovna, accendendo il computer. "Quando..." non sono riuscita a sentire la domanda, perché un rumore acuto che non ho riconosciuto ha fatto irruzione nella stanza attraverso la finestra aperta, assordandoci. Questi suoni non mi spaventavano più.

"Santo cielo, che stanno facendo?" ha chiesto al suo collega, facendolo sussultare. "Devono fare le loro esercitazioni proprio qui a quest'ora?"

Il collega ha fatto spallucce e ha indicato il soffitto. Qualcuno lassù aveva deciso che le nuove reclute dell'esercito si sarebbero allenate nello stadio di calcio accanto al carcere cittadino. Non ero sicura se intendesse i loro superiori o qualche altro potere onnipotente. Ha chiuso la finestra. I suoni sono diventati ovattati e distanti.

"Allora, quando questa persona..." Elena Ivanovna era più irritata da me e dalla mia sciocca richiesta che dal rumore.

"Nikodim Berezko," le ho ricordato.

"Sì. Quando è scomparso questo Nikodim?"

Erano gli anni trenta, ma non sapevo l'anno esatto.

"In che anno è nato?"

Mi sono trascinata sulla sedia e ho ammesso che non lo sapevo.

"A questo punto potremmo anche leggere i fondi di caffè," ha detto Elena Ivanovna.

Ha premuto un pulsante sotto il monitor e il computer ha smesso di ronzare. "Non posso basare la mia ricerca su informazioni così scarse."

Il rumore sordo somigliava a quello dei fuochi d'artificio e quasi mi aspettavo di vedere esplosioni di colore. Ma il cielo sembrava azzurro e indisturbato tra le sbarre della finestra. Siamo rimasti tutti e tre in silenzio. Mi sono schiarita la gola, incerta su cosa dire dopo. L'appuntamento era palesemente finito.

"Perché vuole trovare Nikodim?" ha chiesto Elena Ivanovna, incrociando le braccia sul petto e guardandomi. Quel giorno d'estate nel bel mezzo della guerra Russia-Ucraina, come facevo a spiegare a un'ex archivista del KGB che stavo cercando uno zio scomparso da quasi un secolo perché volevo dare un senso al presente e capire le mie radici?

"Avete altre persone in famiglia che sono state arrestate?" ha chiesto.

Mi sono bloccata. Ho ripensato ai miei sospetti che Asya potesse avere avuto a che fare con la Casa del Gallo, motivo per cui la temeva. "Vasylyna Oleksiyvna Berezko," ho detto, e ho aggiunto frettolosamente, "ma è solo un'ipotesi."

Lei ha annuito. "Controllerò nei nostri archivi. Ma ho bisogno perlomeno della data di nascita di questo Nikodim o della data del suo arresto. Berezko è un cognome comune."

Ho promesso che avrei chiesto alla mia famiglia e me ne sono andata, sentendomi sempre più disperata perché quanto più mi avvicinavo alla soluzione del mistero tanto più mi sfuggiva.

*

"Asya è mai stata arrestata?" ho chiesto a Valentina e mi sono pentita all'istante di un approccio così brusco. Il viso di Valentina è arrossito e le nocche delle mani sono sbiancate intorno alla tazza da tè che teneva in mano. Avrei voluto preparare mia nonna e spiegare cosa avevo scoperto durante la mia visita agli archivi dell'ex KGB, ma le parole mi erano scappate prima che potessi controllarle.

Mia nonna ha posato con cura la tazza sul piattino. "Come sai, Asya lavorava nella scuola di Zhyrkovka durante l'occupazione nazista e, di conseguenza, è stata chiamata per essere interrogata dall'NKVD. Lei e Pasha hanno passato tutta la notte a preparare la sua valigia e a fare progetti per noi bambini nel caso non tornasse."

Mia nonna si è alzata e si è avvicinata all'armadio dove teneva vecchie porcellane avvolte in giornali e mucchi di biancheria ingiallita. Dal fondo di uno dei cassetti ha tirato fuori una cartellina di carta beige avvolta in un telo. "Asya non è mai stata accusata, ma da quel momento in poi ha dovuto stare attenta. Era certa che il suo fascicolo fosse sotto stretta sorveglianza da parte del KGB, e che poteva essere arrestata di nuovo senza alcun preavviso," ha detto Valentina porgendomi la cartella. Ho letto le lettere pesanti in ingombranti caratteri serif: LICHNOE DELO.

In russo *Lichnoe Delo* significava Questione Privata, ma la cartella e il suo contenuto smentivano la nozione. Non c'era niente di privato nel fascicolo sulla mia bisnonna, Vasylyna Oleksiyvna Berezko nata Bylym.

La cartella conteneva i moduli compilati da Asya e i moduli compilati per lei, le richieste di congedo medico o i trasferimenti di lavoro. Sembrava una biografia allargata. Includeva la sua data e luogo di nascita, la sua classe sociale e quella dei suoi genitori, informazioni sui suoi fratelli e suo marito e sui loro incarichi di lavoro. Nel fascicolo si chiedeva se parlasse lingue straniere (nessuna), se avesse discusso una tesi di dottorato (vuoto) o avesse viaggiato all'estero (mai).

In un'altra sezione ho trovato le dichiarazioni personali su Asya scritte dai suoi colleghi di lavoro. Contenevano commenti anodini: "una collega preziosa", "una educatrice rispettata", "una cittadina onesta", ma per qualcuno nella posizione di Asya, tali frasi sarebbero state le migliori raccomandazioni. Su un foglietto trasparente come una buccia di cipolla ho trovato una lunga descrizione di Asya come di una persona "politicamente e moralmente affidabile" che "studiava la storia dei popoli dell'URSS nel tempo libero".

Mi è balenata in mente una visione incorniciata di una sera d'estate: le cime di alti cespugli di lillà velate di rosso dal sole al tramonto, il rombo lontano di un treno che passa e la sinfonia atonale di rane, usignoli e cani del villaggio. Il cortile è coperto da bassi abbeveratoi di legno pieni di bulbi di tulipani. Il nostro compito è togliere le bucce in eccesso e ordinare i bulbi per dimensione. Ho solo dieci anni, ma ho già imparato a farlo, così come ho imparato a tagliare i germogli di rosa o a piantare i tuberi di dalia. I grumi incrostati di terra diventano biglie lucide nelle dita agili di Asya, e il mucchio delle bucce color ruggine si fa più grande. Lei è seduta su uno sgabello basso, allungando le gambe coperte di grumi bluastri di vene varicose. Il suo vestito color lavanda è chiuso da bottoni rossi a forma di fiore. Un pettine di tartaruga luccica alla luce gialla di una lampada appesa mentre Asya si china per raccogliere un altro bulbo di tulipano. "Mamma, basta con i tulipani, vieni a mangiare," chiama Valentina dalla casa. Asya scuote la testa. Il sole sta rapidamente calando dietro i tigli all'orizzonte. Io e Asya continuiamo finché non riusciamo più a distinguere le lampadine nel crepuscolo. Valentina abbassa le mani esasperata e mi ordina di lavarmi e di andare a tavola. "Non pensa altro che al giardino durante ogni suo momento di veglia. Anche sul letto di morte si preoccuperà del suo giardino," dice Valentina, guardando sua madre.

La mia Asya non avrebbe letto la storia dei popoli dell'URSS nel suo tempo libero, ma il fascicolo davanti a me non riguardava la mia bisnonna. Non era un fascicolo penale, perché non conteneva alcuna menzione di contraffazione o misfatto. Era semplicemente un fascicolo con dati di lavoro e anagrafici, ma poteva essere usato contro di lei. Le informazioni raccolte sembravano insignificanti, ma il modo accurato in cui erano state compilate e le ripetute domande sulla sua provenienza sociale e sui risultati scolastici lasciavano l'impressione che il suo crimine dovesse essere dedotto dal più irrilevante dei dettagli. Tali minuzie scoperte e distorte da un pubblico ministero avrebbero potuto portare a qualsiasi conclusione. Asya ne sarebbe potuta venire fuori innocente o colpevole e non avrebbe potuto fare nulla al riguardo. Non c'è da stupirsi che vivesse nella paura della Trappola del Gallo.

La persona che aveva descritto Asya come "politicamente e moralmente affidabile" l'aveva aiutata? Le autorità avevano ritenuto che un'insegnante di scuola elementare non valesse un arresto e una condanna? Asya non era più stata convocata alla Casa del Gallo. Ma il fascicolo personale era rimasto. Ho sfogliato le ultime pagine rimaste vuote e stavo per chiudere il fascicolo quando ho visto una stretta striscia di carta con qualcosa scritto a mano in inchiostro viola scuro. Non era più grande di una scatola di fiammiferi ed era cucita nella rilegatura. Ho dovuto fare leva sui bordi della cartellina per leggere la frase. "Membri della famiglia arrestati: Nikodim Pavlovych Berezko, cognato. Anno dell'arresto: 1937."

Valentina è tornata nella stanza mentre stavo leggendo il fascicolo. Le ho mostrato la striscia. "Così hai trovato Nikodim," ha detto.

*

Ancora una volta, il cancello della prigione si è richiuso alle mie spalle con un forte botto. Sarebbe stato il mio secondo incontro con Elena Ivanovna, l'ufficiale responsabile degli archivi della polizia segreta. Ancora una volta ero andata con la benedizione di Valentina.

Elena Ivanovna mi ha chiesto di nuovo cosa speravo di trovare. Si è voltata verso il suo armadietto e ha messo in ordine pile di documenti.

Non avevo una risposta. Intendeva il tipo di documento o il tipo di informazione, ma per me la sua domanda suonava esistenziale. Ho pensato a viaggi in luoghi sconosciuti generati da un labirinto di storie familiari. Non cercavo un'accusa o un'assoluzione. Cercavo la verità, ma cosa fosse questa verità non lo sapevo. Ho ripetuto che stavo cercando informazioni sul mio prozio Nikodim e che avevo ben poco su cui basarmi, a parte le informazioni che avevo raccolto: Nikodim Berezko come menzionato nel diario di Sergiy e il fatto che fosse stato arrestato nel 1937, come avevo appreso dal fascicolo di Asya. Ho ricordato anche che i registri della fattoria collettiva di Maiachka indicavano il 1900 come data di nascita di Nikodim. Elena Ivanovna ha chiuso l'armadietto e si è voltata verso di me. Aveva in mano una cartella. La copertina verde era contrassegnata da timbri a inchiostro sbavati e righe di parole scarabocchiate. "Declassificato." Le pagine racchiuse tra spesse copertine di cartone avevano bordi sgretolati e lasciavano una polvere giallastra sulla superficie di formica della scrivania.

"È stato più facile da trovare di quanto mi aspettassi. Il solo nome completo di Nikodim era sufficiente. Ma vorrei avvertirla di una cosa prima che lo legga," ha detto Elena Ivanovna, tenendo ancora saldamente il fascicolo. "Era il 1937. Avevano quantità prestabilite di informazioni da riempire." Ha indicato la sua scrivania e gli scaffali dal pavimento al soffitto pieni di cartelle simili. Un file: una vita. Ce n'erano centinaia nel piccolo ufficio. "Legga tra le righe."

Mi ha messo il fascicolo davanti ed è uscita dall'ufficio, chiudendosi la porta alle spalle.

Il nome sulla cartella diceva "Nikodim Pavlovych Berezko". Ho toccato la copertina macchiata e ho esitato. Ecco il documento che per tutto questo tempo avevo sperato di trovare eppure non riuscivo ad aprirlo.

Quando Asya aveva un raro pomeriggio libero dai suoi lavori in giardino, mi portava al fiume. Si sedeva sulla riva mentre io camminavo in punta di piedi verso il bordo dell'acqua. La spiaggia aveva una fitta frangia di canne fruscianti su un lato e, nel punto in cui l'acqua incontrava la sabbia, un viscido nastro di limo. La superficie del fiume era calma e nera, riflettendo le nuvole e i pioppi argentati dell'altra sponda. Sembrava senza fondo e spaventoso. Io restavo in piedi, tremante e indecisa, testando l'acqua con le dita dei piedi. "Chiudi gli occhi e salta dentro," urlava Asya. "Uno, due, tre... via!" Mi tuffavo in acqua, mirando alla parte profonda, ma tenevo gli occhi aperti. Mentre i piedi perdevano il contatto con il suolo, mentre la corrente fredda mi trascinava sotto, mentre il cielo diventava di un verde torbido guardando attraverso la pesante cortina d'acqua, provavo un panico straziante. Ma poi un'altra forza mi sollevava, rompeva la superficie scura e mi riportava al cielo azzurro, al sole e ad Asya sulla riva.

Ho contato fino a tre e ho aperto la cartella di Nikodim.

La prima pagina conteneva la biografia di Nikodim e le trascrizioni degli interrogatori, scritte con la stessa mano, presumibilmente quella del sovrintendente di polizia, e siglate da Nikodim. La parte che menzionava la sua provenienza al ceto medio contadino era stata sottolineata. Il resto delle trascrizioni era stato digitato a macchina e includeva copie di dichiarazioni rilasciate da altra gente coinvolta nel caso. Ogni pagina era stata timbrata e autenticata.

Il linguaggio meccanico della trascrizione e le frasi familiari che avevo spesso sentito a scuola – "cospirazione controrivoluzionaria", "agitatore del popolo", "visioni antisovietiche", "nazionalismo borghese", "Germania fascista" – faceva sembrare il file una trama preconfezionata, piuttosto che una narrazione da cui ricavare la verità. Eppure era l'unico filo da seguire nel labirinto se speravo di trovare Nikodim. L'unico filo che mi avrebbe portata da qualche parte, a parte la menzione di Sergiy.

Ho iniziato a leggere. Ho letto tra le righe.

Dodici

Il 24 agosto 1937, tre uomini in borghese bussarono alla porta di una capanna ricoperta di paglia nel villaggio di Lozuvatka e chiesero al capofamiglia, Nikodim Berezko, di accompagnarli alla stazione di polizia di Poltava. Sembrava un malinteso, perché Nikodim non era uomo da cadere dalla parte sbagliata della legge. Era un maestro elementare. La sua vita prima della rivoluzione del 1917 era stata altrettanto irreprensibile. Aveva aiutato i genitori nella loro fattoria a Maiachka e si era preso cura dei fratelli. Alcuni dicevano che da giovane era stato responsabile di un incendio alla chiesa, ma altri pensavano che fossero solo discorsi vuoti perché era aperto riguardo alle sue opinioni bolsceviche. Era altrettanto schietto a proposito del suo disgusto per la religione, anche se i suoi devoti genitori lo avevano battezzato con un nome ortodosso tradizionale. In ogni caso, il tribunale locale di Maiachka lo aveva assolto da ogni reato in materia di incendio doloso. Quando i bolscevichi presero il potere il 7 novembre 1917, facendo precipitare il paese nella guerra civile, Nikodim, due settimane prima del suo diciassettesimo compleanno, si unì alle Guardie Rosse. Un anno dopo, il suo gruppo partigiano di volontari si unì all'Armata Rossa e Nikodim combatté nei suoi ranghi per quattro anni fino a quando nel 1922 venne gravemente ferito. Si stabilì quindi a Maiachka, si sposò e trovò lavoro in un mulino ad acqua. Le vecchie ferite, però, gli rendevano la vita infelice, e invece di rovinarsi ulteriormente il fisico trascinando pesanti sacchi di farina, decise di continuare i suoi studi.

L'anno 1923 coincise con le politiche sovietiche di ucrainizzazione, l'iniziativa che rese obbligatorio l'uso della lingua ucraina negli uffici governativi e creò anche opportunità di studio per i contadini. La visione di Lenin includeva l'esportazione della rivoluzione in altri paesi, e l'Ucraina comunista doveva essere il modello. I bolscevichi pensavano che per urbanizzare l'Ucraina fosse necessario creare un ambiente più ospitale per i nuovi arrivati dalle campagne, il che significava costringere le città a parlare ucraino anziché russo.

Gli insegnanti di lingua ucraina erano improvvisamente molto richiesti. In quanto oratore ucraino della classe contadina ed ex partigiano rosso, a Nikodim venne garantito un posto. Entrò a far parte del Collegio Operaio annesso all'Università Pedagogica di Poltava e completò i suoi studi con lode. Ottenuto il diploma, Nikodim poteva tenere corsi serali per adulti che pagavano abbastanza da permettergli di mantenere la sua famiglia. A un certo punto, sua moglie Fekla, rimasta a Maiachka, andò a vivere con lui a Poltava e lì nel 1926 nacque la loro figlia Vera.

Verso la fine del decennio, tuttavia, la luna di miele tra il Partito comunista e l'Ucraina finì e il "nazionalismo borghese ucraino" fu definito una minaccia all'integrità dell'Unione Sovietica. Le politiche di ucrainizzazione furono sostituite da una russificazione aggressiva. Le tipografie e i teatri in lingua ucraina, che erano fioriti negli anni precedenti, vennero chiusi e i loro dirigenti epurati. Nikodim ne uscì illeso, ma i suoi servizi come insegnante di lingua ucraina diventarono obsoleti.

Perse la sua unica fonte di reddito e fu costretto a tornare a Maiachka. Riusciva a malapena a sbarcare il lunario. La sua situazione era così disperata che smise di pagare la quota di iscrizione al Partito e fu espulso dai ranghi. Contattò alcuni dei suoi compagni dell'Armata Rossa per chiedere aiuto, e una delle persone che risposero alle lettere di Nikodim fu Iakov Vashlenko. Nikodim lo aveva conosciuto nel 1917 quando faceva parte del gruppo partigiano di Vashlenko. I due uomini avevano combattuto fianco a fianco per cinque anni. Vashlenko aveva lasciato l'esercito lo stesso anno di Nikodim per via delle ferite, e si era trasferito a Lozuvatka, un piccolo villaggio tra Poltava e Dnipropetrovsk, dove lavorava come presidente del consiglio locale. Scrisse che la loro nuova scuola aveva bisogno di un preside e proponeva il posto a Nikodim. Quando nel 1934 le ultime vestigia della politica di ucrainizzazione furono eliminate, Nikodim arrivò con la sua famiglia a Lozuvatka per intraprendere il nuovo incarico.

Quello stesso anno Fekla diede alla luce il loro secondo figlio, un maschio che chiamarono Nikolai, ma la felice occasione fu offuscata dalle circostanze finanziarie della famiglia in costante peggioramento. Lo stipendio da maestro elementare era basso e ogni anno la salute di Nikodim peggiorava. Ottenere una pensione o un sussidio si rivelò più difficile di quanto si aspettasse. I burocrati chiedevano una prova della sua partecipazione al movimento delle Guardie Rosse, e lui raccoglieva risme di carte e testimonianze solo per vederseli rispediti indietro con la richiesta di altri documenti e altre prove. Era irritato dal fatto che un fedele sostenitore che aveva contribuito a costruire il giovane stato sovietico fosse ridotto a mendicare e implorare una misera pensione.

Dal momento che molte persone a Lozuvatka vivevano difficoltà, le osservazioni critiche nei confronti delle politiche sovietiche erano comuni. I *kolchoz* erano gestiti male e le attrezzature o non erano adatte al suolo o non avevano un'adeguata manutenzione. Alcuni, per esempio, brontolavano che invece di comprare trattori, il *kolchoz* avrebbe dovuto comprare tori, la tradizionale bestia da lavoro nelle campagne ucraine. Molte persone erano amareggiate per i cambiamenti traumatici dell'ultimo decennio, in particolare la collettivizzazione forzata che controllava tutti gli aspetti della loro vita. I sopravvissuti alla devastante carestia del 1932-33 erano disorientati e confusi. Le conseguenze della collettivizzazione furono disastrose come molti avevano previsto, comprese persone del Partito comunista come Nikolai Bukharin, che in un articolo della *Pravda* osò persino definire "irresponsabile" l'approccio stalinista. Se Nikodim avesse potuto farne a meno, avrebbe evitato di iscrivere la sua famiglia alla fattoria collettiva Lozuvatka.

Una volta infrante le sue speranze di una pensione, a Nikodim non restava che lamentarsi con il suo ex comandante dell'esercito Vashlenko, che aveva finito per diventare il suo vicino di casa a Lozuvatka. L'esperienza della guerra aveva unito i due uomini e Nikodim spesso andava a trovare il suo amico dopo il lavoro. Gli altri vicini si univano ai due e, dato che erano analfabeti, Nikodim leggeva per loro i giornali ad alta voce.

A Lozuvatka i giornali erano la principale fonte di informazioni sul mondo e gli uomini ascoltavano con entusiasmo. I rapporti della *Pravda* e dell'*Izvestia*, i principali quotidiani dell'Unione Sovietica degli anni trenta, mantenevano i lettori in uno stato di euforia permanente con i loro resoconti di raccolti record di grano, produzione di cotone o produzione di acciaio in tutto il paese. Ma nel 1937 era nell'aria la minaccia di una nuova guerra. Mentre il Giappone iniziava un'attiva politica di espansione e la Germania si riarmava, i media sovietici costruirono l'immagine di uno stato infallibile. "Forte e potente è l'Armata Rossa del paese dei Soviet! Saldamente sta in guardia, proteggendo i confini del grande paese, sempre pronto a schiacciare un nemico se anche solo osasse attaccare l'Unione Sovietica. Più di una volta coloro che hanno cercato di mettere alla prova l'acutezza e la vigilanza del nostro Esercito hanno ricevuto un duro colpo," si legge nell'articolo della Pravda.

Ma tale trionfalismo si alternava alla paranoia, e così la Pravda avvertì i cittadini di essere vigili rispetto ai malvagi saccheggiatori che stavano escogitando piani per minare l'Unione Sovietica. Illustrò le sue previsioni con il caso dell'organizzazione militare trotskista antisovietica.

Nei giornali sovietici degli anni trenta, l'appellativo di "trotskista" incarnava tutto il male. Figura di spicco nella rivoluzione bolscevica, Leon Trotsky in seguito divenne critico nei confronti di Stalin e delle sue politiche. Nel 1929 fu esiliato dall'Unione Sovietica, ma il caso che porta il suo nome, il processo trotskista antisovietico, divenne una parte cruciale delle purghe staliniste. Non doveva essere né la prima né l'ultima epurazione in URSS, ma rispetto alle precedenti repressioni all'interno del Partito comunista, le epurazioni degli anni trenta furono più letali. A mano a mano che la rete si allargava alla ricerca di nemici interni, più persone vi rimanevano intrappolate.

I giornali pubblicarono notizie sensazionalistiche identificando una figura celebre dopo l'altra come nemici del popolo. Il generale Mikhail Tukhachevsky, il riformatore dell'Armata Rossa, fu accusato di cospirazione militare e spionaggio. Un altro caso famoso coinvolse Nikolai Bukharin. Solo pochi anni prima Bukharin era stato segretario generale del comitato esecutivo del Comintern e, sebbene nel 1929 fosse stato estromesso dal potere per disaccordi con Stalin su questioni di collettivizzazione, mantenne la sua influenza come direttore dell'*Izvestia*. Ciò non impedì all'*Izvestia* di pubblicare rapporti che mettevano in dubbio la lealtà di Bukharin. Una di queste lettere al direttore da parte degli operai inviava "un caloroso saluto ai coraggiosi lavoratori dell'NKVD e al suo leader, il fedele compagno stalinista Yezhov", e chiedeva al governo di indagare sull'attività criminale di Bucharin e dei suoi sostenitori e "di ripulire il suolo sovietico da tali elementi pericolosi".

Nikodim non condivideva le sue opinioni mentre leggeva i giornali ad alta voce ai suoi vicini, ma quando era solo con Vashlenko, era più sincero, perché si fidava del suo ex comandante e rispettava le sue opinioni.

Anche se Vashlenko non commentava gli arresti dei vertici dell'Armata Rossa, credeva che le ex Guardie Rosse fossero perseguitate dal governo sovietico e che i loro diritti fossero ignorati. Vashlenko aveva avuto la sua parte di frustrazioni lottando per ottenere una pensione mensile, e si sentiva scavalcato dai nuovi comunisti in carriera che, ai suoi occhi, non erano veri bolscevichi. Ma non poteva fare altro che parlare, essendo un uomo con pochi mezzi e ancor meno influenza.

Nell'estate del 1937 le purghe acquistarono slancio. Secondo la logica del sistema stalinista, se venivano scoperti demolitori nelle più alte sfere del governo, allora dovevano essere presenti in tutti gli strati della società sovietica. Nel luglio 1937 fu lanciata la campagna degli "ex *kulak*" e di altri "elementi antisovietici". I bolscevichi definivano un contadino benestante *kulak*, ovvero qualcuno che accumulava ricchezza per sé, e durante la corsa alla collettivizzazione, chiunque si opponesse alla rinuncia alla propria terra veniva etichettato come tale. La famiglia di Sergiy, con i suoi sei ettari di terreno, avrebbe corso un tale rischio se i fratelli non avessero deciso di cedere la terra alla fattoria collettiva di Maiachka. All'inizio degli anni trenta, molti cosiddetti *kulak* erano già stati giustiziati o inviati in Siberia, ma la nuova "iniziativa di eradicazione dei *kulak*" era di natura diversa e molto più imprevedibile. Nuovi gruppi vennero condannati all'eliminazione: sacerdoti, ex membri dell'opposizione, ufficiali militari, minoranze etniche e sabotatori nell'agricoltura e nell'industria.

Poi, nel luglio del 1937, Stalin firmò un ordine che trasformò l'epurazione di alto livello in una caccia alle streghe di tipo sociale. Creò le triadi speciali dell'NKVD per indagare sui crimini e infliggere punizioni senza diritto di appello. Come commentò uno dei commissari del popolo, lavorare con le triadi era facile, perché "loro" insegnavano alle persone a distruggere i nemici in modo rapido ed efficiente. La stessa efficienza veniva applicata nella stesura delle quote di arresti. La quota originale di Mosca per Poltava era fissata a cinquemilacinquecento. Ma le autorità ucraine locali inviarono una lettera a Stalin chiedendogli di aumentarla. Come le loro controparti nei cotonifici e nelle acciaierie, i lavoratori dell'NKVD volevano battere gli obiettivi ufficiali e mostrare il loro zelo. La loro richiesta venne accolta.

*

Quando il 24 agosto 1937 Nikodim fu portato alla stazione di polizia di Poltava, gli uomini in borghese non dissero che era in arresto. Gli chiesero solo di andare con loro a Poltava. Salutò moglie e figli e andò via.

Nella prigione di Poltava, il segretario della sezione municipale dell'NKVD, Nikolai Zdykhovsky, chiese a Nikodim di compilare un questionario, focalizzando l'attenzione di Nikodim sul suo passato e sulle attività pre-rivoluzionarie. Nikodim non nascondeva il fatto che la sua famiglia avesse posseduto diversi ettari di terra prima della rivoluzione. "Lui stesso è un povero e non ha nulla a parte una capanna e un capanno," osservava Zdykhovsky nel rapporto. Nikodim fornì poi brevi informazioni biografiche sui suoi fratelli e il segretario scrisse che suo fratello Mykyta aveva servito il vecchio regime. Lo sottolineò.

La domanda successiva apparve dal nulla. Zdykhovsky

chiese se Nikodim Berezko ammettesse di essere un membro di un'organizzazione controrivoluzionaria, il cui scopo era creare un'Ucraina indipendente. Non era stato reclutato in questa organizzazione nel 1936 da Iakov Vashlenko, ex Guardia Rossa ed ex comandante di Nikodim Berezko? Vashlenko, in qualità di direttore di detta organizzazione, non riuniva forse persone a casa sua per conversazioni antisovietiche? Nikodim negò tutto. Disse che se a volte aveva parlato negativamente del potere sovietico, era stato per via delle difficoltà finanziarie e dei problemi con l'approvvigionamento alimentare nel villaggio. Pensavano che alcuni leader comunisti locali non rispettassero le Guardie Rosse nonostante i loro sacrifici, e come potevano pensare diversamente quando venivano negati loro i benefici e venivano rimossi dalle posizioni di autorità.

Disse che né lui né Vashlenko avevano fomentato le persone contro il governo sovietico. Se si sfogavano, era solo l'uno con l'altro. Disse che non sapeva del coinvolgimento di Vashlenko in nessuna organizzazione antisovietica. Firmò la sua dichiarazione.

Gli interrogatori proseguirono.

Le domande continuarono.

L'indagine andò avanti.

A quel punto Nikodim crollò.

Disse che un giorno, mentre leggeva un giornale, Vashlenko lo aveva interrotto e aveva detto che la carestia del 1933 era stata creata apposta dal governo sovietico per costringere la gente a entrare nei *kolchoz* e schiacciare la resistenza di chi non voleva entrarvi. Nikodim disse di non essere d'accordo con Vashlenko e di averglielo detto, ma Vashlenko aveva ribattuto che il governo sovietico aveva portato via il grano dall'Ucraina quando la gente ne aveva più bisogno e lo aveva venduto per valuta forte all'estero.

In un primo momento, Nikodim confessò di avere partecipato al movimento controrivoluzionario creato dal suo ex comandante della Guardia Rossa, Vashlenko. Poi ammise il suo ruolo di una delle menti della rivolta antisovietica, anche se continuò a negare che qualcuno dei suoi vicini fosse coinvolto.

Nikodim credeva che fornendo alcune informazioni a chi lo interrogava, le torture sarebbero cessate e che lo avrebbero lasciato in pace. Fu un errore che commisero molti imputati, non rendendosi conto – o non volendo credere – che le loro accuse fossero state dettate dalla necessità dello stato di smascherare i cosiddetti nemici. L'effettivo misfatto di Nikodim era irrilevante. L'unico obiettivo era ottenere una confessione e più nomi.

Nei successivi interrogatori Nikodim diede i nomi. Elencò i suoi vicini Kovtun, Bondar e Burlaka come membri che aveva reclutato nella sua organizzazione antisovietica. Chi lo interrogava annotò che tutti avevano cantato "La gloria e la libertà dell'Ucraina non sono ancora perite," "l'inno del nazionalismo borghese".

Avendo la confessione e i nomi, chi lo interrogava spinse Nikodim ad ammettere che il loro gruppo riceveva ordini dai superiori di Dnipropetrovsk e che le istruzioni venivano consegnate dal fratello del suo vicino Trofim Chervony, che le passava a Nikodim con il pretesto di vendere calze a rete. A Nikodim fu presentata la confessione di Vashlenko che menzionava le reti da pesca e i messaggi segreti da Dnipropetrovsk.

Nikodim lesse la dichiarazione di Vashlenko. Poi ammise di essere uno dei reclutatori della cospirazione trotskista per minare il governo sovietico e stabilire un'Ucraina indipendente. Firmò la sua confessione.

I registri dell'NKVD catturarono solo una piccola parte di ciò che era accaduto nella stanza tra l'imputato e chi lo interrogava. Mancava la pressione psicologica per convincere l'imputato a confessare. Mancava anche la tortura. L'NKVD di Poltava, negli anni trenta, era famoso per il suo elaborato arsenale di metodi di "interrogatorio avanzato".

La mosca che ronzava per la stanza colpì bruscamente la finestra. Ho sussultato e ho alzato lo sguardo. In lontananza vedevo i blocchi grigi degli edifici penitenziari sormontati dal filo spinato. Davanti a me c'erano pagine giallo scuro piene di una calligrafia rotonda e ordinata e una firma, "Nikodim Berezko".

I file dell'NKVD erano un misto di bugie e frammenti di verità, e stavo seguendo il consiglio dell'archivista di leggere tra le righe. Eppure sapevo che alcune parti dei file non erano state inventate. All'improvviso mi è venuto in mente che Sergiy parlava spesso di Nikodim. Frammenti di conversazioni mi sono tornati in mente con tale chiarezza che sembrava che qualcuno avesse spalancato la finestra e fatto entrare la luce intensa. Rendermene conto è stato così sorprendente che mi sono alzata dal tavolo e ho camminato su e giù per la stanza.

Sergiy aveva cinque fratelli, uno dei quali, Fedir, era morto soldato durante la seconda guerra mondiale. Dal momento che il mio bisnonno diceva semplicemente "mio fratello" quando parlava di suo fratello, mi ero convinta che fosse l'eroe caduto Fedir che Sergiy rivisitava nei suoi ricordi. Mi ricordavo che mi aveva raccontato una storia su suo fratello maggiore che aveva diciassette anni quando si era unito alle Guardie Rosse, il primo della famiglia, e di come aveva proibito al dodicenne Sergiy di lasciare le sue sorelle, dicendo che era la mente brillante e che il suo ruolo era insegnare, non combattere.

Ho aperto il mio taccuino e ho esaminato le date e gli eventi. Senza ombra di dubbio, il fratello citato da Sergiy non poteva essere altri che Nikodim. Sergiy parlava con orgoglio del *fratello* che era tornato ferito dalla guerra civile e si era applicato così diligentemente ai suoi studi incompiuti che non solo aveva ottenuto un diploma ma aveva completato i corsi dell'Istituto Operaio all'Università di Poltava. I registri di Maiachka mi hanno rivelato che il resto dei fratelli erano rimasti nella fattoria collettiva di Maiachka, la stessa fattoria alla quale alla fine avevano ceduto la loro terra. Nikodim e Sergiy erano stati quelli che erano partiti per Poltava e avevano continuato a insegnare.

Crescendo vicino a Sergiy, avevo sentito le sue storie così tante volte che le davo per scontate o le ignoravo. Ma più crescevo, più discutevo con lui. Ero stanca delle sue storie educative che dipingevano il mondo come un luogo crudele che aveva bisogno del comunismo come soluzione. Anche le menzioni di Sergiy sull'onore e sul coraggio dei cosacchi avevano iniziato a sembrare bizzarre e artificiose. "Cosa ha ottenuto questa tua rivoluzione?" gli avevo detto un giorno. "Parate interminabili e file infinite?" Odiavo le marce obbligatorie per celebrare la rivoluzione del 1917 ancor più che stare in fila. Gli ultimi anni dell'era sovietica erano stati un periodo di scarsità endemica, quando persino beni di prima necessità come la carta igienica scomparvero dagli scaffali dei negozi. Quando accadeva, tagliavamo vecchi numeri della Pravda. Sergiy era l'unico a usarlo per lo scopo originale previsto. Nel 1989 non riuscivo a capire perché qualcuno avrebbe rinunciato a tutto per il naufragio del paese in cui vivevamo. Il cinismo di Asya era più vicino al mio. Dopo che ho lasciato l'Ucraina, le storie di Sergiy sono svanite dalla mia memoria.

Tornando a Bereh, non avevo avuto difficoltà a sentire la voce di Asya. Più pensavo a lei e più camminavo lungo i vialetti del giardino che aveva piantato, più ricordavo i nostri discorsi notturni e i particolari della sua vita. Ma le storie di Sergiy restavano sfuggenti.

Mi sono seduta al tavolo e ho ripreso in mano il fascicolo. Continuando a leggere, mi sono ricordata di alcune di quelle storie. L'amara ironia di scoprire la sua voce grazie ai documenti dell'NKVD mi ha fatto riflettere, ma ero troppo sopraffatta dal flusso di ricordi per fermarmi a ragionare. I frammenti si stavano unendo per formare schemi. Ho ricordato come una volta mi ero lamentata dei compiti di lingua ucraina a scuola, dicendo che non capivo perché dovevo perdere tempo con una lingua che non usavo a casa. Sergiy era sdraiato sul sedile di un veicolo blindato dismesso che fungeva da sedia da giardino. Aveva scosso la testa e detto che anche se non era la lingua a definire una persona, quella ucraina era la lingua che parlavano i miei antenati. Le persone erano disposte a morire per il diritto di parlare la lingua ucraina, aveva continuato, come aveva fatto suo fratello maggiore, che era morto combattendo per un'Ucraina libera. La frase esatta usata da Sergiy era stata "morto combattendo per *vilna Ukraina*". Lo aveva detto con fermezza, scandendo ogni parola e mettendo l'accento su *vilna*. Come Asya, Sergiy mi parlava in ucraino. *Vilna* significava libera, liberata, ma anche indipendente e autonoma. Parecchi anni dopo avere avuto quella conversazione, l'Ucraina è diventata un paese indipendente e la parola *vilna* ha acquisito una connotazione diversa per me. Ma all'epoca avevo così poca consapevolezza di qualsiasi identità nazionale diversa dall'essere sovietico che non avrei potuto stabilire il collegamento. Pensavo che Sergiy stesse parlando di Fedir, morto durante la forzatura del Dnepr nel 1943, e ho provato imbarazzo per quel mio lamentarmi in modo egoistico. La storia aveva un taglio moralista, ma il giorno in cui Sergiy aveva menzionato il fratello, era calmo ed era rimasto seduto a lungo, perso nei suoi pensieri.

"Fratello Nikodim, scomparso negli anni trenta combattendo per un'Ucraina *libera*," aveva scritto Sergiy nel suo diario blu. Per *vilna* Ucraina.

Sergiy non era tipo da usare le parole a caso. Questa sua caratteristica era stata un'altra scoperta recente per me. Sfogliando i suoi manuali di insegnamento o le sue lettere, ero rimasta colpita dalla precisione e dalla chiarezza della sua prosa. Apprezzava il potere delle parole. Durante la guerra, Sergiy prestò servizio come *zampolitruk*, un commissario politico incaricato dell'educazione ideologica delle truppe nella sua divisione. Dato che l'Armata Rossa subì una serie di sconfitte nei primi anni della seconda guerra mondiale, i commissari politici divennero figure influenti all'interno delle loro unità. Un commissario politico era in parte cappellano, in parte propagandista, e una delle responsabilità di Sergiy era trovare le parole giuste per sollevare il morale dei soldati.

Se Sergiy avesse voluto menzionare suo fratello morto durante la seconda guerra mondiale, avrebbe usato una frase fatta come "morto in battaglia con gli occupanti nazisti". Ma "morto combattendo per una 'Ucraina libera'" aveva un suono completamente diverso. Sergiy poteva solo riferirsi a Nikodim.

È stato così che ho capito che non tutto ciò che riguardava il fascicolo era una bugia. Sapevo anche che Nikodim era morto a metà della sua prigionia, perché mentre i verbali degli interrogatori continuavano, perdevano ogni parvenza di verità.

Avevo letto la prima parte del fascicolo così in fretta che non mi ero accorta che alcune parti erano state cancellate e riscritte. Ad esempio, l'organizzazione controrivoluzionaria a cui Nikodim avrebbe aderito veniva inizialmente definita come una cospirazione trotskista contro il Partito comunista e lo Stato Sovietico. "Cospirazione trotskista" era stato poi cancellato e qualcuno con una grafia differente aveva scritto: "Un'organizzazione borghese-nazionalista che mirava a stabilire un'Ucraina indipendente." In un'altra sezione, Vashlenko veniva descritto mentre commentava che il programma trotskista si adattava meglio ai contadini sovietici dell'attuale ideologia del Partito comunista. Il paragrafo era stato cancellato e riscritto per dire che Vashlenko aveva suggerito che il programma trotskista era più vantaggioso per contadini ucraini rispetto al regime sovietico. E così via. Dal momento che il nazionalismo ucraino era diventato il principale male da smascherare e distruggere, il caso di Nikodim doveva adattarsi alla nuova trama. Dopotutto, qualcuno lo aveva sentito cantare l'inno ucraino proibito e lui non lo aveva negato.

Di interrogatorio in interrogatorio, il caso cresceva in grandezza e assurdità. L'organizzazione non era più semplicemente un gruppo controrivoluzionario, ma un complotto per minare l'intero Stato Sovietico. Oltre a Nikodim, Vashlenko, Trofim, Kovtun, Bondar e Burlaka, all'elenco si aggiungevano nuove persone: chiunque avesse avuto la sfortuna di essere vicino agli imputati: i loro vicini, i padrini dei loro figli, i loro collaboratori della fattoria collettiva. Vashlenko avrebbe affermato che il governo era facile da distruggere fintanto che tutti facevano qualcosa al riguardo. Così lo zio di Trofim, che aveva rotto la falciatrice della fattoria collettiva, venne accusato di fare parte dell'organizzazione controrivoluzionaria Lozuvatka e di fare sabotaggio. Un altro membro della famiglia venne arrestato e accusato di avere piantato malamente nuovi alberi così da farli morire.

Il presunto ruolo di Nikodim si era evoluto da reclutatore ad agitatore, che come insegnante aveva instillato pensieri antisovietici nelle menti giovani e malleabili dei suoi allievi.

In seguito, mentre Stalin diventava sempre più preoccupato per i confini dell'URSS e per la situazione internazionale, l'NKVD cambiò le sue ragioni e il caso di Nikodim dovette essere nuovamente rivisto. I documenti inquadravano le attività di Nikodim e Vashlenko come una cospirazione controrivoluzionaria per stabilire uno stato ucraino borghese sostenuto dalle "potenze fasciste in Germania e Polonia". Il loro colpo di stato doveva essere programmato per “l’inizio della guerra tra l’URSS e le nazioni capitaliste”. Si scoprì che l’organizzazione aveva leader e cellule in tutta l’Ucraina orientale, arrivando fino alle coste del Mar Nero a Odessa. Secondo il fascicolo, tra il 1931 e il 1934 la cellula Lozuvatka raccolse denaro per le potenze straniere e attraverso i loro contatti a Dnipropetrovsk trasferì denaro all’estero per importare armi. Una deposizione che menzionava la confisca di un fucile rotto dalla casa di Trofim era stata debitamente allegata. Un altro documento allegato al fascicolo era un interrogatorio del compagno di cella di Nikodim, un polacco, il quale affermava che durante la loro incarcerazione Nikodim si vantava di avere preso parte a un colpo di stato pianificato che riceveva sostegno e direttive ideologiche da Germania e Polonia.

Tuttavia, il caso di Nikodim non era mai andato a processo, perché era morto suicida dopo uno degli interrogatori. O così diceva il fascicolo.

Ho letto la dichiarazione del direttore. Nikodim era tornato nella sua cella all’1:30 dell’11 settembre 1937. Alle 6:30 venne svegliato dal direttore insieme al resto dei prigionieri. Alle 8:30 ricevette il pane per la colazione. Nikodim chiese al direttore dei fiammiferi. Quando il direttore arrivò con il tè pochi minuti dopo, trovò Nikodim appeso alle “grate della porta”. Il direttore non trovò segni di vita nel corpo e stabilì che l’arrestato si era impiccato a un pezzo di fodera che aveva strappato dalla giacca. La dichiarazione terminava dicendo che durante gli interrogatori l’arrestato si era mostrato calmo e non aveva lasciato trapelare intenzioni suicide.

I dettagli erano molti ed erano troppo sospettosi nella

loro attenta enumerazione. Perché Nikodim aveva chiesto dei fiammiferi se pensava di suicidarsi? Perché aveva deciso di impiccarsi nel breve intervallo tra il pane e il tè del mattino? La maggior parte degli interrogatori dell'NKVD avveniva nelle ore tarde perché la privazione del sonno era una tecnica comune. Presumibilmente, Nikodim avrebbe potuto realizzare il suo piano in qualsiasi momento della giornata, e non nel momento preciso in cui era più probabile che venisse scoperto. Inoltre, dal momento che le grate della porta erano ad altezza occhi, appendersi lì sarebbe stato complicato. Ho letto tra le righe e la storia del suicidio suonava falsa quanto l'idea che poveri aratori e allevatori di maiali analfabeti inviavano denaro in Germania con piani per rovesciare il governo sovietico.

Otto persone vennero accusate di avere partecipato alla cospirazione di Lozuvatka. Le presunte menti, Vashlenko e Trofim, furono condannate ai lavori forzati, mentre le persone che avevano reclutato, Kovtun, Bondar e Burlaka, vennero arrestate e fucilate il 16 novembre 1937. Non esisteva alcuna logica nel sistema penale sovietico. Forse l'NKVD aveva bisogno di raggiungere le quote di esecuzioni di novembre. A quel punto Nikodim era morto, per mano sua o di qualcun altro. Per il resto del mondo era semplicemente scomparso.

*

Ho raggiunto la fine dei documenti nel file principale, ma la cartella aveva altre pagine. Una di queste era una lettera scritta su un foglio di carta senza righe che diceva: "Mio marito Nikodim Berezko, nato nel 1900 nel villaggio di Maiachka, ha partecipato al movimento delle Guardie Rosse durante la guerra civile, di recente ha lavorato come preside di una scuola elementare di Lozuvatka, Regione di Dnipropetrovsk. Il 24 agosto 1937 è stato portato via dai poliziotti della regione di Poltava, per motivi sconosciuti. Quando sono andata a Poltava per cercare di vederlo, mi è stato detto che era stato trasferito a Kharkiv. Da allora non ho più avuto sue notizie. Vi prego di dirmi perché è stato portato via e cosa gli è successo. Fekla Berezko."

La lettera era datata 1955. Stalin era morto. Nikolai Yezhov, che nel 1936 era stato nominato capo dell'NKVD per guidare le purghe, fu giustiziato nel 1940 per attività antisovietiche. Nel 1938 Lavrentiy Beria sostituì Yezhov e la sua stessa esecuzione nel 1953 somigliò in modo impressionante alla morte del suo predecessore.

Per la prima volta da quando avevo aperto il file, avrei voluto singhiozzare. Le bugie spudorate e sfacciate che filtravano da ogni riga mi si attaccavano addosso come sanguisughe. Il fascicolo mi aveva ridotta a una spettatrice: muta, insensibile, impotente. Avevo capito perché Valentina aveva paura di scavare nel passato. A ogni pagina del fascicolo, non vedevo avvicinarsi alcuna luce, ma scendevo più a fondo nell'oscurità, un'oscurità piena di domande inquietanti e senza risposta.

Avevo sempre pensato che l'effetto più corrosivo del sistema sovietico fosse l'ipocrisia. Tutti dicevano una cosa e ne pensavano un'altra. Era il modo più sensato di comportarsi se si voleva sopravvivere. L'ipocrisia era ovunque. Era nel menu della mensa che elencava la zuppa con la carne che – come tutti sapevano – non c'era. Era sui giornali che annunciavano che non si era verificato alcun incidente alla centrale nucleare di Chernobyl. Era negli slogan, nei cartelli e nelle manifestazioni. "Noi facevamo finta di lavorare e loro facevano finta di pagarci," recitava una battuta negli anni ottanta. La vita sovietica era permeata di simili pretese, grandi e piccole.

Leggendo il fascicolo di Nikodim, ho capito che l'assenza di verità, piuttosto che la presenza di bugie, era ancora più pericolosa. La nebbia delle bugie e delle mezze verità rendeva difficile orientarsi, usare la propria bussola morale personale per analizzare la situazione. L'universo definito dalla propaganda sovietica era uno degli specchi distorti che deformavano la realtà. Le parole ossificate in frasi cliché e slogan perdevano di significato. Che senso aveva la parola "democrazia" quando veniva usata per descrivere la Costituzione di Stalin come "la più democratica del mondo"? Il linguaggio orwelliano di "assistenza fraterna" e "liberazione" nascondeva le occupazioni. "Disarmare elementi pericolosi" significava emettere una sentenza senza prove né processo. Le etichette "sabotatori", "demolitori", "cosmopoliti senza radici" e "nemici del popolo" trasformavano gli esseri umani in materia prima da rimuovere, erbacce da estirpare da un campo.

La commovente lettera di Fekla mi ha ricordato perché in primo luogo avevo iniziato la mia ricerca di Nikodim. Volevo rendere omaggio a un parente ridotto a un nome barrato negli archivi. Volevo commemorare la sua vita, fragile e piena di dolore. Volevo che la sua tragedia fosse riconosciuta. E per come la vedevo adesso, era stata una tragedia che alla sua scomparsa aveva colpito tutta la famiglia.

Quando Nikodim scomparve nel 1937, lasciò una moglie

e due figli. Secondo la legge sovietica, la famiglia dell'accusato era colpevole per associazione, e dopo il 1935 i bambini dall'età di dodici anni potevano essere condannati come adulti e internati nei gulag. Fekla venne risparmiata da tali prove, ma la sua vita in un piccolo villaggio, in un'atmosfera di paura e sospetto, con due bambini piccoli e senza mezzi per sopravvivere, doveva essere stata un incubo. Subito dopo la scomparsa di Nikodim, fu costretta a lasciare Lozuvatka. Andò a Maiachka, dove vivevano i fratelli di suo marito. Temevano anche loro di essere associati a lei? Credevano che Nikodim avesse fatto qualcosa di sbagliato? A Maiachka viveva separata dalla famiglia. Quale punizione era stata la più severa? Quella di lui, che era morto quello stesso anno, o quella di lei, che aveva continuato a vivere come la moglie dell'"imputato"? A lei e ai suoi figli sarebbe stato ricordato il loro status ogni volta che avrebbero varcato la soglia di un'istituzione governativa o presentato domanda di lavoro. In ultimo, la tortura più sadica era nascondere a qualcuno cosa era successo alla persona amata e perché.

Quando nel 1955 Fekla inviò la sua lettera, i giornali avevano iniziato a scrivere delle amnistie di massa dopo la morte di Stalin. Nell'ennesima svolta crudele della storia, avrebbe dovuto aspettare sette anni per conoscere il destino del marito. Nel 1962 il caso di Nikodim venne finalmente dichiarato privo di "natura penale" e il fascicolo includeva un certificato standard di riabilitazione, insieme a una dichiarazione che rivelava il suicidio di Nikodim e una blanda riga di condoglianze.

Tutte le persone accusate della cospirazione Lozuvatka vennero riabilitate "per mancanza di un procedimento penale" o "per mancanza di una prova di colpevolezza". Tutti tranne uno ricevettero la riabilitazione postuma. L'unico a uscire vivo dal calvario fu il fratello di Trofim, lo sfortunato venditore di reti da pesca, sopravvissuto a dieci anni di lavori forzati.

La cartella di Nikodim sembrava sottile rispetto alle altre cartelle che avevo visto sulla scrivania di Elena Ivanovna, ma mi è sembrata un pozzo di tristezza. Non sapevo se sarebbe mai finita: c'erano altre pagine dopo la lettera di Fekla.

Nel 1993, il figlio di Nikodim, Nikolai Berezko, ormai un uomo di cinquantanove anni che viveva nella nuova Russia indipendente e si avvicinava all'età della pensione, scrisse al Servizio di Sicurezza della nuova Ucraina indipendente (USBU, come era noto all'epoca) spiegando che aveva bisogno di un certificato di riabilitazione di Nikodim Berezko. La loro famiglia non lo aveva mai ricevuto, ma lui sapeva che suo padre era innocente. Nikolai stava facendo domanda per le prestazioni pensionistiche, ma gli era stato detto che i suoi documenti non potevano essere elaborati senza la prova della riabilitazione del padre. Anche dopo la fine dell'Unione Sovietica, i figli venivano ritenuti responsabili dei crimini dei loro padri. Nikolai voleva anche sapere come era morto suo padre e dove era stato sepolto.

Nikolai ricevette una risposta. Gli fu comunicato che il certificato di riabilitazione era stato consegnato a Fekla Berezko nel 1962. L'USBU non era a conoscenza dei luoghi di sepoltura, diceva la lettera, senza menzionare il fatto che i cadaveri delle prigioni dell'NKVD erano stati scaricati in un canyon di sabbia fuori Poltava. "Purtroppo questo è tutto ciò che sappiamo sul tragico destino di suo padre, vittima della repressione stalinista," concludeva la lettera.

Nel 1995 Nikolai spedì un'altra lettera chiedendo alle autorità di inviargli il certificato di riabilitazione, di cui aveva bisogno per ricevere le prestazioni pensionistiche. "Non è possibile ottenere nulla senza quel certificato," scrisse. "Vi prego di inviarmelo."

La risposta successiva a Nikolai spiegava che dal momento che la sua famiglia avrebbe già dovuto averlo ricevuto, non aveva bisogno del certificato di riabilitazione ma di un duplicato, "un documento completamente diverso, che va richiesto all'ufficio del pubblico ministero della regione di Poltava". Per il certificato di morte del padre, doveva scrivere una lettera all'ufficio dello stato civile dell'ultimo luogo di residenza del padre.

Nikolai seguì la pista kafkiana e scrisse lettere al pubblico ministero e alle varie divisioni dell'ufficio del pubblico ministero a Poltava. Scrisse agli uffici di stato civile. Scrisse di nuovo all'USBU, che ormai era diventata la SBU. Incluse copie di tutta la corrispondenza, ma venne solo spinto più in profondità in un pantano di burocrazia. "Vi prego, signori, aiutatemi," scrisse nella sua ultima lettera. "Non posso ricevere le mie prestazioni pensionistiche senza questo modulo." Nikodim era scomparso più di mezzo secolo prima, ma la sua tragica storia continuava a perseguitare coloro che gli erano vicini.

La richiesta di aiuto di Nikolai era l'ultima pagina del fascicolo. Non ho scoperto se Nikolai abbia mai ricevuto il documento che conferma che suo padre era innocente, ma il suo calvario somigliava stranamente ai travagli di Nikodim nel dimostrare il suo status di Guardia Rossa mezzo secolo prima.

Sul retro della copertina di carta, qualcuno aveva incluso un accurato conteggio delle pagine incluse nel fascicolo. Novantuno. O 102 includendo le lettere di Nikolai. Elena Ivanovna ha detto che dovevo compilare un modulo che identificasse il mio accesso al file. Avrebbe portato quel conteggio a 103. Inizialmente avevo creduto che ogni file contenesse un singolo destino, ma mi sbagliavo. Ogni fascicolo di quell'ufficio conteneva molti destini e manteneva una sua vita segreta.

Se moltiplicavo questa storia per il numero delle vittime del Grande Terrore, l'entità del dolore e dell'orrore diventava incomprensibile. Tra il 1937 e il 1938 più di centonovantamila persone vennero arrestate nella sola Ucraina. Le purghe causarono più di un milione di vittime. "Quando abbatti la foresta, i trucioli volano," disse Yezhov mentre era capo del colosso dell'NKVD. Il fatto che nel 1938 lui stesso fosse tra il legname morto non mi dava alcuna consolazione.

Ho firmato con il mio nome sulla riga in fondo al modulo, l'ho consegnato all'ufficiale responsabile degli archivi del KGB e mi sono precipitata fuori dalla prigione per ritrovarmi nella luminosa giornata estiva di Poltava. Non sarei riuscita a leggere un'altra riga del file. Avevo bisogno di respirare a fondo e lasciarmi alle spalle l'oscurità che mi si aggrappava addosso.

Volevo sentire la voce di Valentina. Ho frugato nella borsa e ho trovato il telefono. "Babushka, sto tornando a casa," ho detto. Ho sentito il fruscio delle foglie e ho capito che mia nonna era nel frutteto e che dovevo essere lì con lei.

*

Avevo fotografato il file con il permesso della funzionaria, e diversi giorni dopo, io e Valentina lo abbiamo letto insieme. Quando sono tornata a casa, abbiamo parlato per la prima volta di Nikodim, ma nessuna di noi due ha voluto guardare i documenti. Poi, col passare del tempo, Valentina mi ha fatto altre domande, così ho scaricato le fotografie e gliele ho mostrate.

Ha ascoltato le mie spiegazioni e ogni tanto mi chiedeva di ripetere le date o i nomi delle persone, ma a parte questo non diceva nulla. Eravamo sedute fianco a fianco al tavolo da pranzo e, con il passare delle ore, il crepuscolo e il silenzio pesante ci hanno avvolte. Lo spesso vetro della finestra rendeva nebuloso il mondo di fuori. Le rose tea che pendevano lungo il recinto brillavano cremisi mentre le ombre si addensavano. Valentina fissava da qualche parte nell'angolo, giocando con le stanghette dei suoi occhiali da lettura.

Stavo per spegnere il computer quando Valentina mi ha fermato la mano e ha detto: "Povero Nikolai! Queste sue lettere che chiedono la prova della riabilitazione di suo padre sono strazianti. L'organizzazione potrà cambiare nome diecimila volte, ma è sempre la stessa macchina crudele e disumana. Era così in Unione Sovietica. Rimane così nell'Ucraina indipendente. Non riesco ancora a credere che qualcuno sia stato disposto ad aiutarti a trovare questo archivio. Sei sicura di non nascondermi qualcosa? Gli hai dato dei soldi?" Valentina mi ha guardata negli occhi. Quando ero piccola, questo suo sguardo mi faceva crollare e svelare tutti i miei segreti, ma ora la mia coscienza era pulita e non ho abbassato il mio.

"Non ho dato un soldo a nessuno," ho detto. "Le persone che ho incontrato sono state davvero utili."

"Sergiy sarebbe stato fiero di te. Un'altra cosa a cui ho pensato leggendo le lettere di Nikolai è stata la lotta di Sergiy per ottenere la sua pensione," ha detto.

In quanto veterano di guerra e invalido, il mio bisnonno aveva diritto a un'integrazione, ma come ha spiegato Valentina gli era stata negata perché privo di alcuni documenti. Aveva scritto lettere ai funzionari e loro avevano risposto chiedendo ulteriore documentazione del suo infortunio e della sua partecipazione allo sforzo bellico. Quando otteneva un documento, ne serviva un altro, e la filastrocca continuava senza alcuna fine in vista. Sergiy era riuscito in parte a ottenere la pensione, ma non aveva potuto beneficiare dell'integrazione. Gli occhi di Valentina erano rossi e si è voltata verso la finestra, asciugandosi la guancia con il dorso della mano.

"Ma Sergiy ha mantenuto la sua fede nel comunismo, nonostante le ingiustizie che ha subito. A volte Asya si arrabbiava così tanto, questa sua ostinata lealtà," ha detto Valentina tra le lacrime.

"Avevi ragione sul fatto che questa ricerca sarebbe stata dolorosa e persino pericolosa," le ho detto abbracciandola. Avevo pensato che saperne di più avrebbe chiarito le cose, ma aveva anche messo in rilievo la brutta realtà della vita. Il passato in cui avevo scavato in cerca delle storie era un deposito di dolore per lei. Più sperimentavo questa angoscia e miseria in vari momenti della mia ricerca, più capivo la riluttanza di mia nonna ad aprire quel vaso di Pandora.

Mia nonna si è strofinata il viso come se cercasse di scuotersi dallo stordimento e ha detto: "Per tutto questo tempo in cui hai cercato Nikodim, ho continuato a sperare che non trovassi nulla e ti arrendessi. Avevo sottovalutato l'importanza di conoscere la verità, qualunque essa fosse. Una volta arrivata a questa realizzazione, ho solo sperato che la verità non ti facesse del male."

Abbiamo guardato le ombre riempire il cortile fuori dalla finestra. La lampadina ha tremolato. Il vecchio orologio da parete misurava i secondi in battiti metallici.

"Asya non è riuscita a dimenticare la carestia degli anni trenta e Sergiy non è riuscito a dimenticare suo fratello," ha detto Valentina a bassa voce, come se parlasse a se stessa.

Ho pensato allora che quando non vengono raccontate, le storie di eventi dolorosi si trasformano in buchi neri che divorano tutto ciò che li circonda. I traumi non si vedono, ma la gravità che li circonda diventa così forte da assorbire tutto ciò che hanno intorno.

"Più Asya e Sergiy seppellivano a fondo le loro storie, più i loro segreti li turbavano," ho detto, e Valentina ha annuito.

Dalla finestra si vedeva il bagliore giallo dei lampioni. Valentina si è alzata dalla sedia e ha tirato la tenda rigidamente inamidata. Era convinta che una volta accese le luci i vicini ci spiassero dalle finestre. L'oscura paranoia, la nostra eredità dell'epoca sovietica, era difficile da scartare.

"Ti sei accorta che Nikodim non ha mai nominato Sergiy?" ha chiesto Valentina, tornando a sedersi accanto a me. Ho ammesso di no. La consapevolezza che Sergiy aveva parlato del fratello era stata così sbalorditiva che non mi ero accorta della lacuna nella cartella di Nikodim. Abbiamo fatto scorrere di nuovo le fotografie, ingrandendo le pagine con la biografia di Nikodim. "Vedi qui, Nikodim ha detto di avere solo sei fratelli: Mykyta, Fedir, Nestir, Ivan, Oksana e Odarka. Non ha menzionato suo fratello minore, Sergiy." Mia nonna ha toccato lo schermo. Sergiy non era stato menzionato da nessuna parte nel fascicolo. Nikodim lo aveva omesso perché temeva che l'ombra del suo arresto potesse ricadere su suo fratello, che a quel punto stava facendo progressi costanti nella sua carriera? L'NKVD avrebbe potuto trovarlo comunque se avesse voluto – e come mostrava il dossier personale di Asya, alla fine lo aveva fatto – ma l'assenza del nome di Sergiy nel fascicolo di Nikodim sembrava significativa. Così come la menzione di Nikodim da parte di Sergiy nel suo diario. Alcuni misteri sono rimasti nonostante i miei sforzi per svelarli.

Tredici

Valentina è andata a letto presto, lasciandomi sola con il fascicolo di Nikodim. L'ho riletto. Pensavo che più lo esaminavo, più mi avrebbe rivelato. L'archivista mi aveva detto di leggere tra le righe, di cercare omissioni e incongruenze. A quel punto l'ho notata.

"Non ha lasciato nessun biglietto." Una riga in inchiostro blu è apparsa sotto il rapporto del direttore della prigione che riportava nei dettagli il suicidio di Nikodim. Ho ingrandito la mia fotografia sfocata e ho riletto la frase per assicurarmi di non avere frainteso.

"Non ha lasciato nessun biglietto."

Nemmeno mio padre.

Il pensiero ha innescato una miccia nel cervello che ha innescato un'esplosione nel petto. Le pareti intorno a me sono scomparse e il soffitto è crollato. Con gli occhi incollati allo schermo del computer, mi sono messa le mani sulla bocca per soffocare un urlo, anche se non ero certa che sarebbe uscito alcun suono. Avevo fatto di tutto per sopprimere il ricordo. Avevo cancellato il ricordo più che potevo, ma così facendo era rimasto nel profondo. Ora era salito in superficie e il dolore mi aveva sopraffatto.

Io e mio marito stavamo guardando *Il gattopardo* una sera quando avevo ricevuto una telefonata dalla mia matrigna, Karina. Io e lei ci sentivamo al telefono a settimane alterne, spesso durante le sue pause caffè pomeridiane. Dopo che lei e mio padre si erano trasferiti in California, avevano trovato lavoro in una fabbrica di forniture mediche nella Bay Area, avevano comprato una casa e si erano persino organizzati per spedire i loro due cani da Kiev a San Francisco. "Diventi responsabile per sempre di ciò che hai addomesticato," diceva mio padre, ma io mi chiedevo se capisse davvero cosa intendesse il Piccolo Principe, perché per molti versi mio padre non si atteneva a questa filosofia.

I miei genitori si erano sposati un mese dopo essersi conosciuti. Mia madre era una studentessa universitaria e mio padre era un simpatico conoscente della sua migliore amica, Lana. Aveva i capelli neri che gli ricadevano in morbide onde intorno alle guance e grandi occhi castani da star del cinema indiano. Aveva corteggiato mia madre inondandola di fiori e l'intensità della sua infatuazione le aveva conquistato il cuore. Valentina nutriva perplessità sul matrimonio, perché non riusciva a capire come il futuro genero, che non aveva un impiego fisso, pensasse di mantenere la sua famiglia. Mia madre non aveva dato retta alle sue obiezioni. Per la luna di miele, mio padre propose un viaggio in Georgia, dove gli sposi affittarono una casetta sulla spiaggia e bevvero vino rosso Kindzmarauli guardando il tramonto sul Mar Nero. Le lettere di mia madre a casa rendevano poetica la capacità di suo marito di preparare caffè turco e suonare la chitarra.

Ma queste abilità non furono sufficienti a rendere armoniosa la loro vita familiare quando la coppia tornò a Kiev. Dovevano condividere un bilocale con la madre di mio padre, Daria, e i suoi fratelli maggiori, Vladimir e Valery. Le condizioni difficili complicavano la vita quotidiana, ma la parte peggiore era il fatto che mia madre aveva scoperto che non aveva niente in comune con mio padre. Lui non provava nemmeno a prendere in considerazione i desideri o sentimenti di lei. "Tutti gli uomini sono egoisti," diceva Daria. All'inizio mia madre era troppo orgogliosa per rivelare ai suoi genitori che il suo matrimonio era stato un fallimento fin dall'inizio e aveva cercato di fare funzionare la relazione, ma dopo quasi un decennio capì che era ora di andarsene.

I miei genitori divorziarono quando avevo otto anni. Dopo l'incidente di Chernobyl nell'aprile 1986, mia madre mi portò via dalla scuola locale e mi fece andare a Bereh. La regione di Poltava era considerata sicura e rimasi con Asya e Sergiy fino all'autunno. Poi mia madre mi iscrisse a un collegio in Crimea, e quando tornai a Kiev alla fine dell'anno, i miei genitori vivevano con persone diverse ai lati opposti della città. Nonostante la situazione familiare tesa, si ritrovarono per festeggiare il mio ritorno, fingendo che non fosse accaduto nulla di drammatico.

Ero confusa e sconvolta, anche se la mia matrigna azera, Karina, mi piacque all'istante. Mi includeva in ogni viaggio che faceva con mio padre e mi invitava a stare con loro. Decisi che i responsabili del divorzio erano mia madre e il suo alto matematico biondo, Alex. Mio padre promise che quando avrei compiuto quattordici anni, avrei potuto vivere con lui e Karina, e anche se ciò significava aspettare sei lunghi anni, ci saremmo visti ogni fine settimana. Non vedevo l'ora di compiere quattordici anni.

All'inizio mio padre veniva a prendermi ogni fine settimana a casa di Alex, dove io e mia madre ci eravamo trasferite dopo il mio ritorno dalla Crimea, e mi portava nel nostro vecchio appartamento. A quel punto faceva un pisolino, mentre io leggevo libri in inglese con Karina, dipingevo con Daria o praticavo yoga con Vladimir.

Poi le visite si sono fatte più rare. Mio padre prometteva di venire ma non lo faceva mai. All'inizio aspettavo. Poi ho smesso di aspettarlo. Quando ho compiuto quattordici anni, mio padre non ha più parlato di andare a vivere con lui e Karina, e a quel punto comunque non avrei voluto farlo. Alex era quello che veniva ai miei spettacoli di danza a scuola, mi aiutava con i compiti di matematica e ispirava la mia voglia di viaggiare e il mio fascino per le lingue.

Dopo che mio padre e Karina si sono trasferiti negli Stati Uniti due anni dopo di me, andavo a trovarli in California durante le vacanze universitarie. Io e Karina potevamo parlare di libri e film per ore e facevamo lunghe gite per esplorare San Francisco, ma avevo poco in comune con mio padre. A volte sentivo che stare da solo con me lo metteva a disagio. Mi aspettavo che spiegasse o dicesse qualcosa che avrebbe messo tutto a posto. Ma non lo ha mai fatto. Non ha partecipato a nessun evento significativo della mia vita. Non si è congratulato con me per essermi laureata con il massimo dei voti; non mi ha incoraggiata quando ho ricevuto una borsa di studio completa da Yale; non è venuto al mio matrimonio. A volte non rispondeva ai miei inviti, altre volte ero io stessa a non invitarlo. Nei rari momenti in cui mia madre si lamentava di mio padre, lo definiva "indifferente". Potrebbe non sembrare un'accusa schiacciante, ma per lei lo era, e con il tempo ho capito tutta la sua gravità. L'indifferenza può infliggere più danni del rozzo tradimento.

Mi sono allontanata da lui. Mio padre era impegnato con i suoi interessi e sembrava ragionevolmente a suo agio nella sua nuova vita americana. Non aveva bisogno di me.

Il primo anno in cui ho iniziato a lavorare come giornalista freelance è stato entusiasmante. Viaggiavo, raccogliendo materiale sull'industria delle fragranze, intervistando profumieri e rintracciando agricoltori in luoghi lontani. Ero rimasta in contatto con Karina, ma dopo il mio ultimo viaggio in California parlavo raramente con mio padre. Karina lo aggiornava sulle mie avventure, così se voleva contattarmi, sapeva dove trovarmi. Un giorno mi ha inviato un'e-mail di punto in bianco chiedendomi se potevo guardare le fotografie di alcune case e dargli la mia opinione.

Mi ha inviato un file zippato con i progetti tridimensionali di case tutte uguali, schizzi di pannelli solari e informazioni sull'energia verde. Mi ha persino chiamata per parlare del mercato immobiliare della California, vantandosi di avere capito come fare funzionare il sistema. Diceva che avrebbe trovato una miniera d'oro e che avrebbe comprato una casa per me e mio marito in California. Diceva che avremmo viaggiato insieme come una volta e che saremmo tornati tutti in Ucraina e avremmo riparato il nostro cottage a Hlibivka. Lo ascoltavo a malapena, irritata dall'ennesimo cambiamento incomprensibile della personalità di mio padre. Mi aveva fatto così tante promesse vuote prima di farmi perdere ogni fiducia in lui. Faceva meno male se mantenevo basse le mie aspettative, così gli ho detto che dovevo partire per lavoro.

Quando Karina ha chiamato un paio di settimane dopo, ho fatto cenno a mio marito di spegnere il volume della televisione. Ha messo in pausa il film, lasciando l'immagine di Burt Lancaster e Claudia Cardinale congelata in un valzer sfocato.

"Ciao, Karina," ho detto. "Non dovresti essere al lavoro?" Con la nostra differenza di fuso orario di tre ore, sapevo che avrebbe dovuto essere in ufficio.

"Tuo padre si è sparato," ha detto. Non la capivo e avrei voluto dirlo, ma avevo le labbra serrate. Una paralisi fredda mi ha preso la gola, il petto, le braccia, le gambe. Ero seduta davanti a un tavolo turco rotondo che usavo per scrivere e per fare i *kutaby*, sottilissimi pani azeri ripieni di erbe, come mi aveva insegnato Karina. Pezzi di farina secca erano incastrati nelle venature del legno e all'improvviso ho pensato che avrei dovuto pulire bene il tavolo.

"Tuo padre si è sparato," ha ripetuto Karina, con una punta di accusa.

"Tuo padre si è sparato," ha detto per la terza volta.

"Non ha lasciato un biglietto." Stava piangendo. Ho sentito i cani abbaiare in lontananza. Ci sono momenti tra il sonno e il risveglio che sono surreali. Ti chiedi finirà? e se finirà, cosa accadrà? Sono cresciuta leggendo favole e non ho mai perso la convinzione che dopo un incubo ci debba essere un risveglio dal sogno. Ma a volte un incubo è senza fine. Non ho pianto. Fissavo il tavolo davanti a me. Poi ho ululato come un animale ferito. Avrei voluto urlare, ma il suono che ne è uscito è stato un ululato. Questa è l'unica cosa che ricordo.

Non ricordo l'aereo che mi ha portata in California per il funerale. Non ricordo come ho fatto a fare un discorso su mio padre al funerale, perché tutti gli altri erano troppo scioccati per dire qualcosa. Non lo ricordo ma mi è stato detto che il mio discorso era commovente. Non ricordo il cimitero. Non ricordo la cerimonia. Non ricordo come ho detto alla mia matrigna che non volevo nulla dell'eredità di mio padre. Mi sono rifiutata di accettarla come ho rifiutato di accettare la partenza di mio padre. Se n'era andato senza spiegare nulla. Era stato il suo più grande tradimento e non potevo perdonarlo. Il dolore che provavo era così intenso che non riuscivo a ricordare mio padre. Ho deciso di dimenticarlo. Ho deciso di lasciare tutto alle spalle. Un anno dopo, io e mio marito abbiamo lasciato gli Stati Uniti e ci siamo trasferiti in Belgio per iniziare una nuova vita in un nuovo paese.

*

La partenza di Nikodim aveva lasciato un buco nero, proprio come aveva fatto mio padre.

Ho fissato il portatile. Poi ho fatto qualcosa che solo un anno prima avrei avuto paura di fare. Ho inserito il nome di mio padre nella mia casella di posta elettronica e ho fatto clic su "cerca". Sono arrivate stringhe di messaggi archiviati. Li ho riletti, ricordando cosa era successo prima e cosa era successo dopo. Le e-mail di mio padre erano brevi e poche. Sono arrivati anche i messaggi di Vladimir. Erano più lunghi. All'inizio chiedeva perché mio padre non rispondeva alle sue e-mail. Poi, quando ha saputo della tragedia, ha cominciato a consolarmi. Mi sono ricordata che avevamo parlato anche al telefono durante quei primi giorni e che mi aveva incoraggiata a rimanere forte. Vladimir era stato la mia più grande fonte di resilienza durante quelle prime terribili settimane perché era vicino a me e mio padre e ci capiva meglio di quanto ci capissimo a vicenda.

Una delle ultime e-mail di Vladimir in quel periodo riguardava il nostro patto. Avevamo concordato che fino a quando non fossi stata abbastanza forte da elaborare quello che era successo a mio padre, non lo avrebbe più tirato in ballo. Non sapevo quando sarebbe arrivato questo momento, ma il mio dolore era così profondo da congelare tutto dentro di me.

La notte si era ritirata e indugiava alle mie spalle solo nelle ombre scure vicino al mio letto disfatto. Dalle fessure delle persiane, vedevo il luccichio color lavanda dell'alba. Sentivo Valentina che si agitava nella camera accanto, sospirando nel sonno. La pila di appunti che avevo scritto leggendo il fascicolo di Nikodim era sul tavolo. La mia scrittura era frastagliata e incerta. Pensavo che la Casa del Gallo avesse intrappolato i miei nonni e li avesse spaventati fino a sottometterli, ma mentre sedevo davanti ai messaggi di un altro tempo, mi sono resa conto che anch'io ero in trappola. Non ero riuscita ad affrontare le mie paure e il mio dolore. Li avevo seppelliti. Ed erano germogliati nell'oscurità dell'oblio in qualcosa che mi stava soffocando. Potevo pure cambiare continente, paese e città, ma come sarei potuta scappare quando ogni sbarra della mia cella era stata costruita da me? Avevo così paura di essere abbandonata da avere abbandonato me e i miei ricordi. Non puoi sfuggire a ciò che fingi non ti stia trattenendo. Non puoi essere libero se hai paura di affrontare la realtà.

Ogni partenza lascia un vuoto. In Ucraina, il lunedì dopo Pasqua, le persone tornano al cimitero per condividere un pasto con i propri cari defunti. Allestiscono tavoli proprio nel cimitero e per un giorno all'anno comunicano con i morti, ricordandoli, perdonandoli e chiedendo loro perdono e aiuto. Non avevo mai pensato di offrire a mio padre una parte di quel pasto. Non l'avevo mai perdonato per essere andato via. Così mi ero vietata di addolorarmi.

Dovevo parlare con Vladimir. Affrontare ciò che temevo era un modo per sfuggire alla trappola. Un altro era cercare il perdono e fare la pace.

Quinta parte
Le grotte e i misteri

Quattordici

"Intrappolato ma non catturato" era il modo in cui Vladimir si descriveva. Lui e mia nonna Daria stavano trascorrendo le vacanze estive nel suo villaggio natale in Russia quando appresero che Hitler aveva dichiarato guerra all'Unione Sovietica. L'avanzata delle truppe tedesche fu così rapida che Daria non poté tornare a Kiev. Il villaggio era occupato e loro erano tagliati fuori dal resto del mondo.

Un giorno Vladimir ebbe la febbre e poi sentì una strana rigidità invadergli il corpo dalle gambe fino al collo. Un vicino disse a Daria che un medico tedesco in un altro villaggio stava curando dei pazienti e lei portò Vladimir da lui. Il dottore era alto e aveva piccoli occhiali rotondi, e quando si chinò per misurare la temperatura di Vladimir, il ragazzo vide il proprio riflesso nelle lenti. "Polio," disse il dottore, facendo cenno a un altro paziente di entrare. "*Er ist so gut wie tot.*" È praticamente morto.

Ma Vladimir non morì. Non morì mentre bruciava di febbre. Non morì quando perse ogni sensibilità agli arti. Non morì quando gli abitanti del villaggio lo ustionarono con l'acqua bollente, cercando di resuscitare le sue gambe senza vita. Giaceva sulla panca nella buia capanna dei nonni e guardava le termiti scavare buchi nei pilastri di legno che sostenevano le pareti. Senza aprire gli occhi, sapeva dal suono di un grillo nell'angolo se era mattina o sera. Capiva dall'odore del pane se conteneva più segatura del solito. Quando imparò a muovere le dita, riuscì a distinguere il tempo dalla consistenza del muro di argilla che era il suo compagno costante. Quando arrivò la primavera, Daria lo portò nella foresta dove sentiva crescere l'erba sotto di sé. Per sfuggire alla trappola di quel corpo malato, si rivolse al mondo dei sogni e usò l'immaginazione per riempire il vuoto.

Dopo la fine della guerra, Daria e Vladimir tornarono a Kiev. Subì trattamenti e operazioni multiple, che l'establishment medico sovietico – e lo stesso Vladimir – considerarono un grande successo. Imparò a stare in piedi e a camminare, ma non riuscì mai a raddrizzare del tutto la spina dorsale storta, né a usare il lato destro del corpo. La sua figura sottile rimase contorta dalla poliomielite, con la parte superiore del corpo inclinata in avanti e a sinistra come se fosse nella posizione di un pugile. Quando Vladimir camminava, zoppicava. Quando aveva bisogno di usare la mano destra, la prendeva con la sinistra. Ma le sue dita si muovevano così abilmente che riusciva a smontare e mettere insieme i macchinari più complicati.

Il fascino di Vladimir per i dispositivi meccanici gli era stato ispirato da un vicino, un capitano militare, che, avendo pietà di un ragazzo malato, regalò a Vladimir una Fotokor-1, una macchina fotografica pieghevole, e gli insegnò le basi della fotografia. Prendendo spunto dal nome – Fotokor era l'abbreviazione di "fotoreporter" in russo – Vladimir registrava tutto ciò che lo circondava. Chiese poi a suo padre libri su film e registrazioni sonore da cui ricopiava i disegni delle diverse componenti in un taccuino. Sognava di studiare ingegneria e a scuola prendeva lezioni extracurriculari di fisica e disegno tecnico.

Ma quando il comitato di ammissione della facoltà di ingegneria vide Vladimir, respinse la sua domanda. "Sai anche tenere in mano una penna?" lo derise qualcuno. "Prova con fisica." Vladimir subì la stessa umiliazione al dipartimento di fisica. La sua estrema disabilità faceva pensare alle persone di non avere nemmeno bisogno di fingere gentilezza. Ma Vladimir non si offese né accettò il fallimento. Fece domanda alla facoltà di economia dell'Università di Agraria e venne accettato. Come Valentina, pensava che giocare con i numeri fosse innocuo. In seguito diventò un contabile senior in una fabbrica di macchinari.

Durante la mia infanzia, Vladimir non lavorava più e viveva della sua pensione di invalidità. Aveva già soggiornato in carcere con l'accusa di "propaganda capitalista", episodio della sua vita che non teneva nascosto. Sospettavo addirittura che considerasse questa esperienza come una conquista personale, dimostrando di potere essere esattamente come gli altri. Attribuiva la sua capacità di condurre una "vita normale" allo yoga e la sua stanza era dotata di un ampio letto a piattaforma su cui dormiva e praticava asana. Da bambina amavo casa sua per la sua affascinante collezione di poster di anatomia, libri in lingue che non capivo e barattoli con verdure in fermentazione e semi che germogliavano. Mi offriva i suoi intrugli di bevande gassate acide, che sosteneva fossero elisir di lunga vita, e mi insegnava esercizi di yoga. Quando Vladimir non era impegnato a meditare, smontava le radio. I suoi scaffali erano pieni di pubblicazioni *samizdat* sull'Ayurveda e di manuali per dispositivi a semiconduttore.

Mio padre condivideva lo stesso interesse per la tecnologia e ricordavo anche lui costruire radio a transistor. Ma non aveva la tenacia di Vladimir e passava da un progetto all'altro, senza mai finire nulla. I piani incompiuti e i relativi fasci di cavi si accumulavano nel nostro appartamento prima che mia madre li buttasse via o li desse a Vladimir perché li usasse nei suoi esperimenti.

Dopo che l'Ucraina è diventata indipendente, Vladimir si è trasferito in Israele con la sua ex moglie e sua figlia. Anche se erano divorziati da più di due decenni, la sua ex moglie ha insistito perché andasse con loro. A Tel Aviv riparava ancora dispositivi elettronici, sperimentava ricette ayurvediche, studiava l'ebraico e praticava yoga.

Quando sono andata a rileggere i nostri scambi di e-mail dopo la morte di mio padre, sono passata all'inverno del 2013 e ho ripercorso la nostra corrispondenza fino al giorno in cui i nostri disaccordi si sono trasformati in una spaccatura. Ho letto attentamente ogni messaggio, le sue risposte e le mie.

A colpirmi questa volta non era la natura dei suoi commenti, ma piuttosto il ricordo della mia veemente reazione di due anni prima. Da allora avevo già trascorso abbastanza tempo in Ucraina per sapere che persino mia nonna, che si considerava una patriota, non si era accorta di alcuni aspetti della vita sotto l'Unione Sovietica. Avevo conosciuto persone che avevano perso ogni stabilità e sicurezza dopo il 1989 e per le quali il capitalismo era una farsa crudele. Collocare le opinioni di Vladimir in quel contesto le rendeva meno oltraggiose di quanto mi fossero sembrate una volta, anche se il suo rifiuto della tragica carestia degli anni trenta faceva ancora male. La verità era che Vladimir faceva parte della famiglia e mi mancava.

Ma riconnettersi con lui si era rivelato complicato quanto trovare Nikodim. La mia nonna paterna e il fratello di mezzo di Vladimir erano morti da tempo. Mio cugino a Tel Aviv era molto più grande e non siamo mai stati intimi. Vladimir era l'unica persona della famiglia di mio padre con cui ero rimasta in contatto, ma la nostra comunicazione era sempre stata virtuale e la sua natura pericolosamente precaria si stava rivelando nelle e-mail e nei messaggi non consegnati. Il suo numero di telefono era stato disattivato. Non c'era modo di trovarlo da nessuna parte.

Mia madre ha setacciato i suoi vecchi appunti in cerca di qualsiasi contatto dei tempi in cui era sposata e mi ha inviato l'elenco degli indirizzi a Kiev. Ho detto a Valentina che sarei partita per qualche giorno per andare a casa di Lola e ho prenotato un biglietto del treno. Mia nonna sapeva che io e Vladimir avevamo litigato e la cosa la turbava. Quando i miei genitori erano ancora sposati e vivevano con Vladimir e Daria, Valentina veniva spesso a trovarmi e aveva conosciuto Vladimir. Non era più in contatto con il lato paterno della famiglia, ma mi rimproverava per avere perso la pazienza con mio zio. "Il sangue è più denso dell'acqua, e voi due vi meritate l'un l'altra," ripeteva ogni volta che veniva fuori l'argomento del nostro litigio. "Litigare su un paese che non esiste più! Sembra una barzelletta."

Ma non riuscire a mettermi in contatto con Vladimir non era cosa da poco per me. Temevo di avere commesso un errore irreparabile e che fosse troppo tardi per rimediare. Mi sono seduta sul treno e ho cercato di arginare l'ondata di panico.

*

Come Londra e Parigi, Kiev è una città definita dal suo fiume. Il Dnepr la taglia in due: la Riva Sinistra, con condomini moderni e complessi residenziali; e l'antica Riva Destra, il luogo in cui Kiev mise radici alla fine del quinto secolo d.C. Anche se sono cresciuta nella parte moderna della Riva Destra, ho riconosciuto la Città Vecchia non appena ho visto le sue colline ornate dalle cupole dorate del Monastero delle Grotte, il Kyivo-Pecherska Lavra. Uno degli indirizzi che mi aveva dato mia madre era nel quartiere vicino al monastero, e mi sono diretta lì appena scesa dal treno.

Dopo avere trovato la via, il vicolo e il numero civico, mi sono emozionata nel vedere il nome dell'amico di Vladimir, Grigori Goldberg, sulla cassetta della posta. Ho suonato il campanello, ma dall'altra parte della porta c'era solo silenzio. Ho aspettato e riprovato. Forse era fuori. Forse anche lui era scomparso.

Non ero sicura di niente. Sono tornata sulla strada principale e sono entrata nel Lavra. Il portale era piccolo e buio e, entrando nel cortile, sono stata abbagliata dal sole che si rifletteva sulle cupole dorate. I monaci cristiani si insediarono nelle grotte su queste colline nel 1051. Il fondatore del Lavra, sant'Antonio, si ritirò in una cella sotterranea e quando anni dopo i monaci scoprirono il suo cadavere, videro che era rimasto miracolosamente intatto. Altri monaci seguirono l'esempio e si reclusero nel labirinto scavato nelle colline sopra il fiume Dnepr e presto le grotte divennero una necropoli e un luogo di culto. Non sono cresciuta in una famiglia religiosa, ma l'antichità e il mistero del Lavra mi seducevano anche se mi lasciavano in apprensione. Da bambina, una volta avevo visitato le grotte del Lavra con mio padre, e ricordo ancora lo spavento che ho avuto alla vista di dita mummificate dell'undicesimo secolo appoggiate sul velluto color smeraldo. Avevo stretto mio padre più forte; la sua mano calda e morbida mi aveva rassicurata. L'unica luce nelle grotte era data dalle candele di cera d'api, e tenevo la mia così saldamente che si era sciolta nel mio palmo sudato. I grandi misteri sono imprescindibili dalla paura.

Ho risalito le ripide scale fino alla spianata del Lavra dove ho potuto vedere la città espandersi intorno al fiume Dnepr, inghiottendo quelli che solo tre decenni fa erano villaggi pittoreschi. Su entrambe le sponde del Dnepr, nuove ville e complessi residenziali costruiti dagli oligarchi di Kiev avevano fatto irruzione nel verde estivo.

Mi sono appoggiata di nuovo alla ringhiera e ho guardato in direzione del fiume. Scorreva accanto alle chiese della Riva Destra e ai palazzi brutalisti, oltre i lussureggianti castagneti e le ville di vetro e cromo. Scorreva e scompariva al di là dell'orizzonte dove il bagliore bianco del sole faceva confondere l'acqua con il cielo. Ho pensato a mio padre.

Ho provato solo tristezza e rimpianto.

Nella nostra famiglia spesso evitavamo di parlare di certe cose. Facevamo finta che il dolore sarebbe passato se non ne avessimo parlato. Sergiy non parlava di Nikodim. Asya non parlava della guerra. Mia madre non parlava del suo divorzio. Io non parlavo del suicidio di mio padre. Nessuno di noi era bravo ad affrontare le proprie paure.

Mi sono fermata davanti all'ingresso delle grotte del Lavra. "Vuole entrare?" mi ha chiesto un giovane monaco che vendeva candele all'ingresso. Mi sono ricordata della mia prima visita spaventosa e ho annuito. Mi ha dato una candela e mi ha indicato la strada per la necropoli. Ho seguito gli altri pellegrini e sono scesa lentamente.

Dopo il sole splendente, l'oscurità della camera sotterranea mi ha disorientata. Una goccia di cera calda è caduta dalla candela sulla mano, ma invece che dolore ho provato panico. L'aria umida delle grotte, profumata di incenso, cera d'api e sudore, mi faceva girare la testa. Istintivamente ho cercato una mano che non c'era. La folla era così fitta che non riuscivo a muovermi, così ho lasciato che mi portasse avanti.

Più avanzavo, più la folla si assottigliava e più i miei occhi si adattavano a quella torbida oscurità. Mentre entravo nelle cappelle che si diramavano dal viale principale, la luce della mia candela faceva svolazzare le ombre come ali di colomba. Il bagliore giallastro illuminava nicchie oscure che contenevano teche di vetro con le reliquie dei santi. In un'altra alcova un monaco intonava preghiere. Sentivo il fruscio secco delle pagine sfogliate. Il mio panico si è placato e la paura ha ceduto il posto alla meraviglia. Mi sono avvicinata alla bara e ho visto che conteneva san Nestore, il cronista di Kiev dell'undicesimo secolo. "Quando preghi, puoi chiedergli qualcosa, per te, ma meglio se è per gli altri," ho sentito dire a una madre dietro di me che istruiva il figlio.

Ho sussurrato una preghiera. Non conoscevo il modo ortodosso corretto di pregare, ma ho chiesto aiuto per trovare Vladimir. Ho anche pregato affinché il giardino di Valentina sbocciasse. Mentre sussurravo, vedevo il mio respiro posarsi sul vetro freddo e poi evaporare lentamente. Ho chinato la testa così vicino alla bara che l'ho quasi toccata con le labbra. Non ho visto le mani mummificate del santo. Riflessi sul coperchio di vetro, vedevo solo i miei occhi spalancati.

"*Namolenoe mesto*," ha sussurrato qualcuno alle mie spalle. *Namolenoe mesto* significava letteralmente un luogo intriso di preghiera, una frase comune che si riferisce ai luoghi di pellegrinaggio ortodossi. Prima lo avrei considerato un cliché, ma ora vedevo le preghiere sussurrate come una patina che dava a questo luogo una carica emotiva. Preghiere sussurrate, storie sussurrate, disposte a strati, invisibili eppure presenti, in attesa di essere ascoltate.

Ho lasciato il Lavra e sono tornata a casa di Grigori Goldberg. Il campanello ha risuonato nel silenzio. Ho anche provato a suonare il campanello dei vicini di Grigori, ma erano tutti al lavoro o fuori per le vacanze estive. Il cortile era sospettosamente privo di bambini e altri segni di vita. Ho controllato gli indirizzi che mi aveva dato mia madre e mi sono sentita sollevata dal fatto che l'elenco includesse altre cinque persone. Ho suonato il campanello ancora una volta e poi ho lasciato un biglietto per Grigori spiegando chi ero e perché avevo bisogno del suo aiuto.

Nei giorni successivi ho seguito gli indizi della vecchia rubrica di mia madre, ma nonostante le mie preghiere al Lavra, i miei sforzi sembravano vani. Non riuscivo a trovare nessuno. Le persone che conoscevano i miei genitori e Vladimir si erano trasferite o erano emigrate. Molti erano morti. Temevo che il silenzio di Vladimir significasse una separazione irreversibile.

Tornata a casa di mia zia, ho guardato le foto che Vladimir mi aveva scattato durante l'infanzia. Prima del nostro litigio, aveva digitalizzato foto e filmati dei miei primi anni. Uno dei miei preferiti mostrava Daria con il mento appoggiato sulla mano mentre mi guardava scrivere qualcosa su un grosso quaderno. La fotografia era stata scattata mentre eravamo sedute nel nostro angolo del soggiorno dove un grande armadio divideva lo spazio in modo da creare una piccola camera da letto per me e mia nonna e un salotto per il resto della famiglia.

Daria era come me la ricordavo: indossava uno scamiciato nero sopra a una camicia bianca e un foulard bianco. Riuscivo a stento a riconoscermi nella bambina dalle guance tonde e i riccioli spettinati, ma ho riconosciuto il quaderno all'istante. Era il diario della mia infanzia.

Avrò avuto sette anni. Daria veniva a prendermi a scuola e mi portava nel suo ufficio. Dopo essere andata in pensione, aveva lavorato part-time come consulente in un collegio maschile, dove il suo compito era principalmente quello di assicurarsi che gli studenti non appiccassero incendi nelle stanze del dormitorio. L'edificio assomigliava più a un centro di detenzione che a una scuola e puzzava di gesso bagnato, sudore stantio e cloro. Era un posto deprimente, ma aveva una scorta costante di carta colorata e cancelleria, il tipo di bottino che cercavo. Un giorno, uno studente di terza media, Roman Yatsenko, ha deciso di mollare il corso di letteratura ucraina e prima di andare via ha avuto uno scatto d'ira nell'ufficio di Daria, lanciando la cartella contro il muro. Dopo che Roman se ne è andato imbronciato, ho preso uno dei quaderni che aveva gettato via e ho chiesto a Daria se potevo tenerlo. Il quaderno era nuovo. Lei ha alzato lo sguardo mentre ripuliva il disordine che Roman si era lasciato alle spalle e ha annuito. Fare da mentore ad adolescenti con problemi di gestione della rabbia la esauriva. Ho cancellato il nome di Roman e ho scritto: "1 settembre. Autore: Victoria." Poi, fissando le pagine bianche intonse, ho sperimentato il mio primo episodio di blocco dello scrittore. Ho chiesto a Daria di cosa avrei dovuto scrivere. Per prepararmi alla prima elementare, mia nonna mi aveva insegnato a leggere e scrivere in stampatello e in corsivo. "Puoi usare il quaderno per descrivere le tue giornate, come un diario," ha detto. "Perché una volta che qualcosa è stato scritto, viene ricordato." Daria stessa aveva montagne di quaderni neri che riempiva di poesie, appunti e citazioni dei suoi romanzi preferiti. Dopo il lavoro, si sedeva alla scrivania che condividevamo e scriveva sui suoi quaderni. Scompariva nel suo mondo e io le giravo intorno in punta di piedi, ansiosa di non disturbare la sua concentrazione.

Le mie giornate erano troppo tranquille per essere affidate a un diario. Dai libri autobiografici che mia madre e Valentina leggevano, sapevo che le persone iniziano i loro ricordi menzionando dove sono nate e com'erano le loro famiglie.

Nella maggior parte dei casi, erano ricchi e importanti, e persino la squallida famiglia della nobiltà della *Giovinezza di Arseniev* di Bunin aveva un certo fascino che la mia non possedeva. Così ci si aspettava che gli scrittori condividessero osservazioni filosofiche. Io non ne avevo. Riuscivo a malapena a pronunciare la parola "filosofia". Daria mi ha suggerito di disegnare o fare un collage, perché "la scrittura, come tutte le arti, richiede un coinvolgimento della tua creatività". Non mi trattava come una bambina.

Ho interpretato il suggerimento di mia nonna tagliando una rivista che aveva belle immagini di fiori e frutta. Quando Vladimir, che non aveva un giardino a Kiev ma era abbonato a un periodico di giardinaggio, si è precipitato nel nostro angolo dell'appartamento cercando il numero mancante, lo ha trovato a brandelli, con me che incollavo le foto nel mio diario. "Cos'hai fatto? Quello era il numero più importante dell'anno, quello sulla piantagione delle patate, e non avevo ancora avuto modo di leggerlo!" ha esclamato, strappandomi dalle mani le pagine rimanenti. Ho cercato di spiegare che la rivista era stata sacrificata per amore dell'arte, ma lui non ha ascoltato ed è andato a lamentarsi con mia madre.

Scoprendo che le attività artistiche potevano avere conseguenze drammatiche, ho lasciato intonse le riviste di Vladimir e ho iniziato a scrivere alcune cose che osservavo intorno a me: i castagni in fiore vicino al parco giochi, i luoghi che Daria e io visitavamo dopo la scuola, il mio desiderio di lasciare Kiev e andare a trovare Asya e Sergiy a Bereh o, mentre ero a Bereh, il desiderio di tornare a Kiev e fare una passeggiata con Daria. A volte scrivevo racconti, la maggior parte dei quali erano di finzione, come quello in cui camminavo da sola in mezzo a boschi innevati, sbrigando una commissione per Daria. Gli unici elementi reali erano i profumi della corteccia ghiacciata e degli aghi di pino, il rumore della neve che scricchiolava sotto i piedi e i delicati disegni del ghiaccio sulle pozzanghere gelate. Ero da sola nel paese delle meraviglie invernali, ma armata della conoscenza istintiva di Daria dei sentieri segreti, non avevo paura. Daria era la protagonista delle mie storie, mia amica e complice.

Ho scritto nel mio diario fino all'età di otto anni. Il quaderno a quel punto non era finito, ma il matrimonio dei miei genitori sì. Io e mia madre abbiamo lasciato l'appartamento e mio padre si è trasferito in un'altra parte della città. Ero separata da Daria dal fiume Dnepr e da troppe fermate di metropolitana e autobus. Di tanto in tanto scrivevo nel mio diario, ma senza Daria, la mia musa ispiratrice, succedeva sempre più di rado. Mi mancava leggere ad alta voce le oscure storie d'amore di Bunin e sedermi accanto a lei mentre scriveva poesie o correggeva i compiti scolastici. Mi mancavano le nostre passeggiate nei boschi e il sapore delle crêpe burrose che faceva nel forno a legna. Mi mancava il suo cappotto verde, con le sue tasche deformi piene di castagne e pigne, e il profumo polveroso e medicinale dei suoi fazzoletti bianchi.

L'ultima volta che ho visto Daria prima di partire per gli Stati Uniti, le ho lasciato il mio diario, promettendole di tornare. Non ho mai mantenuto la promessa, perché Daria è morta pochi mesi dopo. Non riuscirò mai a riconciliarmi con la sua morte. Ho parlato di lei per anni usando il tempo presente. Sembrava che fosse sfuggita al mio sguardo, ma che se mi fossi sforzata abbastanza avrei potuto trovarla.

All'improvviso ho voluto visitare l'appartamento in cui ero cresciuta. Fino ad allora l'idea non mi era mai venuta. Per prima cosa, era rimasto impantanato in una dolorosa battaglia legale. All'inizio degli anni novanta, quando le persone avevano ottenuto il diritto di possedere proprietà, Daria e Vladimir avevano privatizzato la loro casa che fino ad allora era appartenuta allo stato. L'appartamento era troppo grande per loro due, così hanno deciso di venderlo e comprare un posto più piccolo. Il migliore amico d'infanzia di Vladimir si è offerto volontario per raccogliere i documenti necessari, un compito arduo nei primi anni post-indipendenza, e ha approfittato della situazione per diventare il nuovo proprietario. La storia raccontata da Vladimir era complicata quanto il codice legale dell'era sovietica ereditato dall'Ucraina, ma il risultato è stato che Vladimir ha perso l'appartamento. Ha combattuto per dimostrare la sua legittima proprietà, ma la sua battaglia principale consisteva nel non perdere la fiducia nelle persone dopo essere stato tradito dal suo amico.

Dopo avere pagato quasi la metà del valore dell'appartamento in spese legali, Vladimir lo ha riconquistato. Lo ha venduto mentre viveva già in Israele, e l'unica volta che ha menzionato il posto è stato per esprimere il suo sgomento per la venalità del suo migliore amico.

"Quel posto che ha fatto tanto male a tuo zio," diceva Valentina. Io e Valentina parlavamo tutti i giorni mentre ero a Kiev, e le nostre conversazioni hanno acquisito una dimensione più intima quando Valentina è entrata nel ventunesimo secolo acquistando un iPad. Non riusciva sempre a regolare correttamente l'angolazione della telecamera e, quando parlavamo, la puntava verso il muro o il cupo ritratto di Pasha sopra il tavolo della sala da pranzo. Lei però riusciva a vedermi e la divertiva poterlo fare con un solo clic. "Perché la tua stanza è così in disordine?" diceva, osservando i vestiti sul pavimento o le mie carte sparse sulla scrivania. Niente sfuggiva alla sua attenzione.

Ho detto a Valentina di volere visitare il nostro vecchio appartamento, ma che ero preoccupata.

"All'inizio anch'io ero riluttante a visitare Mykhailivka," ha detto Valentina. "Ma in questi giorni in cui non riesco ad addormentarmi, immagino la nostra casa, il meleto, il torrente ai piedi della collina. Poi riempio i miei ricordi con tutte le persone che ho amato e adorato. Ricordi quella signora straordinaria, zia Maria, che abbiamo incontrato mentre cercavamo la casa di Platon Bylym? Ha detto che alla fine della giornata non ci rimangono altro che ricordi, e aveva ragione. Avevi ragione anche tu. È importante ricordare."

Valentina ha armeggiato con l'iPad, la telecamera ha vagato per la stanza e poi il suo viso arrossato è apparso sullo schermo. Mi ha guardata dritto negli occhi e ha detto: "Se sei andata alla Casa del Gallo per cercare Nikodim, puoi andare nella casa della tua infanzia."

*

Ho fatto il giro del cortile un paio di volte e poi mi sono seduta su una panchina vicino al parco giochi. Un gruppo di ragazze si davano il turno su un'altalena che faceva lo stesso cigolio di quando avevo la loro età. Le loro risate echeggiavano in un grande cortile ricoperto di arbusti di spirea e attraversato da stendibiancheria. Tozzi edifici di cinque piani si addensavano intorno, le finestre decorate con fioriere e gabbie per uccelli. Le nonne chiamavano i bambini a casa per la cena. Erano passati più di due decenni dall'ultima volta che ero stata qui. I castagni sembravano più alti, le auto parcheggiate sul prato più nuove e le strade più piene di buche, ma per il resto la strada della mia infanzia non era cambiata.

Mi sono alzata e sono andata verso l'edificio dove un tempo abitavo con i miei genitori, Vladimir e Daria. Le finestre del nostro appartamento davano sul cortile. La finestra della camera da letto era coperta da una tenda sottile dietro alla quale vedevo uno schermo televisivo tremolante e ombre in movimento. L'unica cosa che dovevo fare era suonare il campanello.

Sono rimasta paralizzata sul posto. Per quanto negli ultimi anni fossi diventata sfacciata, bussando a porte casuali e irrompendo nelle case di estranei, adesso esitavo. Cosa avrei detto a queste persone? Come potevo spiegare il motivo per cui volevo dare un'occhiata alla loro casa quando non riuscivo a spiegarlo bene a me stessa?

Mi sono appoggiata a un castagno ai margini del cortile e ho riflettuto.

"Stai spiando qualcuno?"

La voce roca sopra la mia spalla mi ha fatta sobbalzare. Mi sono girata e mi sono ritrovata davanti un uomo basso in boxer e canotta che lasciava scoperto un collage di tatuaggi blu sulle braccia muscolose. Il suo pastore tedesco lo spingeva in un'altra direzione, ma l'uomo è rimasto fermo davanti a me, accigliato.

"Una volta abitavo qui," ho detto, sentendo le mie guance arrossire.

L'uomo non sembrava convinto. "Vivo qui da prima che tu nascessi," ha detto, "ma non mi ricordo di te."

"È stato tanto tempo fa. Conosci Vladimir Tsebrev?" ho domandato. L'uomo ha fatto un grande sorriso e si è dato una pacca sulle cosce. Il cane ha approfittato del guinzaglio allentato per lanciarsi tra i cespugli. "Certo che conosco Tsebrev," ha detto l'uomo. "Sei sua figlia?"

Ho detto che ero la nipote. "Devi essertene andata da tempo. Sono Mishka, il tuo vicino del terzo piano." Mishka ha scosso la testa ed è andato a cercare il suo cane. "Deve avere fiutato un intruso. Mi riferisco a un gatto," ha detto, salutandomi con la mano. Gli ho augurato buona fortuna e mi sono diretta verso l'arco che portava fuori dal cortile. Anch'io mi sentivo un'intrusa.

"Aspetta, ma dove stai andando?" mi ha urlato dietro Mishka. "Non sali a salutare? Sono persone simpatiche, quelle che hanno comprato casa tua."

Mishka ha indicato l'ingresso. "Lascia che ti apra la porta. Il citofono non funziona bene in questi maledetti *khrushchevkas*, e l'inferno si congelerà prima che qualcuno lo aggiusti," ha continuato, senza accorgersi che ero ancora in piedi in mezzo alla strada. Di cosa avevo paura? Risoluta, mi sono avvicinata alla porta d'ingresso.

Il corridoio puzzava ancora di biscotti bruciati e di muffa. La lampadina era ancora rotta. Sono salita su per le scale e al secondo piano ho girato istintivamente a destra, raggiungendo la porta del nostro vecchio appartamento. Mishka è rimasto di sotto. "Arrivederci e buona fortuna! Devo trovare il cane prima che uccida tutti i gatti del vicinato," ha urlato.

Il suono arrugginito del campanello ha echeggiato per qualche secondo dietro la porta e poi è calato il silenzio. Sono rimasta al buio, senza sapere se dovevo andarmene o continuare ad aspettare.

Ho sussultato quando la porta si è aperta senza fare rumore. Sulla soglia c'era una giovane donna in un abito estivo blu, che si asciugava le mani infarinate sul grembiule. Si è sporta in avanti, cercando di distinguere il suo visitatore nel buio del pianerottolo, prima di spostarsi di lato per lasciarmi entrare in uno stretto corridoio che profumava di pane appena sfornato.

La donna aveva un viso roseo con le fossette e occhi grigi leggermente a mandorla che si increspavano agli angoli. I capelli biondi erano legati in un nodo pesante sulla nuca. Irradiava salute e quel tipo di bellezza matura che Daria spesso paragonava a una brioche ricoperta di zucchero. "Sembra proprio una *bulochka*," diceva con ammirazione ogni volta che incontravamo donne alte, grassocce e bionde. Io e Daria eravamo brune, magre e minute. La spolverata di farina sulle braccia scoperte della donna in piedi di fronte a me non faceva che aumentare la somiglianza a una brioche. "Mi chiamo Vika e sono la nipote di Vladimir Tsebrev. Abitavo qui," ho iniziato a dire. "Io sono Sonia e sono tua cugina," ha detto la donna prendendo le mie mani tra le sue e girandomi verso la luce per vedermi meglio in viso. Ci siamo sorrise. Il mio imbarazzo iniziale stava svanendo nel calore dell'accoglienza di Sonia, ma ero ancora stordita. Avevo appena trovato una cugina.

Un uomo alto e dai capelli scuri è avanzato dal corridoio

tenendo in braccio un bambino che sembrava la sua immagine speculare. "*Khosh umadid*, benvenuta," ha detto in farsi.

"A mio marito Keywan piace usare frasi persiane. È determinato a portare in Ucraina un segno del suo nativo Iran," ha spiegato Sonia, rivolgendo al marito un sorriso indulgente. "Ma temo che vada contro la nostra franchezza slava." Ho assicurato a Keywan che la cultura ucraina avrebbe tratto beneficio dalle tradizioni persiane di cortesia.

"E lui è mio figlio Roman," ha detto Sonia, indicando il bambino. Roman mi ha fissata con la stessa espressione sorpresa che dovevo avere io nel guardare Sonia e poi ha nascosto il viso nel petto di suo padre.

"Per favore, siediti e raccontami tutto," ha detto mia cugina, guidandomi in soggiorno.

"Non pensi che sia tu a dovere iniziare a raccontare?" ha detto Keywan a sua moglie. Parlava correntemente il russo, e solo la "a" profonda e sonora rivelava le sue radici iraniane.

"Ho visto alcune tue foto," ha detto Sonia. "E assomigli così tanto a zia Daria che non ci si può sbagliare sul fatto che tu sia mia cugina."

"Vladimir non ti ha detto che ha venduto il suo appartamento a sua nipote?" ha chiesto Keywan.

"Pronipote, per l'esattezza," ha detto Sonia. "La sorella maggiore di Daria, Sonia, era mia nonna. Mi chiamo come lei. Confesso di non essere rimasta in contatto né con Daria né con Vladimir. È stato Vladimir a contattarmi quando ha deciso di trasferirsi in Israele. Sapeva che stavamo cercando un appartamento. E così eccoci qua."

"In realtà io e Vladimir ci siamo persi di vista e sono venuta qui perché non sapevo dove altro andare," ho detto. Mi girava la testa. Avevo passato gli ultimi due anni a cercare parenti, indizi sul passato, ed ecco una cugina, per quanto lontana, seduta di fronte a me nella stanza che un tempo era stata mia. Avevo bisogno di tempo per elaborare la cosa e ho chiesto a Sonia il permesso di fare un giro dell'appartamento.

La geografia del luogo era rimasta la stessa, ma l'atmosfera era cambiata. Tutto sembrava più fresco, più luminoso e più felice. Solo i rumori della città che sbatteva contro le finestre mi ricordavano l'appartamento di una volta. Mi sono fermata nella vecchia camera dei miei genitori ad ascoltare lo stridore dei tram, le risate dei bambini nel cortile e il dolce fruscio dei castagni.

"Keywan cercherà il numero di telefono di Vladimir," ha detto Sonia, entrando nella stanza. "Vieni a prendere il tè e raccontaci della tua vita."

Ha apparecchiato la tavola con bicchieri iraniani a forma di pera e una teiera di porcellana raffigurante uno scià Qajar barbuto. Un mobiletto in soggiorno conteneva un'icona ortodossa della Vergine Maria, un Corano e un libro di poesie di Hafez.

Keywan è tornato con un blocco di carta. "Ecco i contatti di Vladimir. Chiamiamolo subito," ha detto.

Ma i numeri erano gli stessi che avevo provato quotidianamente nelle ultime settimane senza successo. E infatti un numero dopo l'altro hanno squillato all'infinito senza che nessuno rispondesse.

"Si sono trasferiti," ha detto Sonia, sostituendo il tè freddo intatto nella mia tazza con dell'altro appena fatto. "Ricordo che Vladimir ha detto che avrebbero cambiato appartamento. Fammi controllare l'ultima volta che mi ha scritto."

Sonia è entrata nel suo account di posta elettronica e ha scoperto che la loro ultima corrispondenza risaliva a sei mesi prima. "Dovremmo fare più sforzi per tenerci in contatto," ha detto, visibilmente imbarazzata.

"La vita moderna," ha iniziato a dire Keywan e ha lasciato cadere la mano. "Le famiglie moderne."

Abbiamo bevuto il tè, distraendoci dai pensieri cupi parlando di Roman e del suo modo affascinante di mescolare persiano e russo in una lingua tutta sua. L'angoscia mi cresceva dentro, fredda e muta. Ho ringraziato la coppia per la loro ospitalità e ho lasciato la mia vecchia casa. La porta si è richiusa alle mie spalle. Sono rimasta per un momento sulla soglia, illuminata dal lampione giallo, e sono entrata esitante nel crepuscolo che si addensava.

Quindici

Non avevo altra scelta che tornare a Bereh e sperare che mia madre trovasse un altro collegamento con Vladimir o che Sonia e Keywan gli scrivessero e gli chiedessero di contattarmi, se lo desiderava ancora. Eppure ritardavo la mia partenza da Kiev. Non avevo energia per esplorare la città e me ne stavo seduta sul balcone dell'appartamento di mia zia fingendo di scrivere sul taccuino. L'odore aspro dei pioppi, le risate sommesse dei bambini che giocavano nel cortile di sotto e il caldo secco che si irradiava dal muro di mattoni mi riportavano alla mia infanzia. In giornate afose come queste, Daria, Vladimir e io scappavamo a Hlibivka.

Hlibivka era un villaggio vicino a Kiev dove Vladimir aveva acquistato un cottage e lo aveva trasformato in una tradizionale capanna russa che ricordava la casa dei suoi nonni. Aveva un enorme forno in muratura, pareti rivestite di panche e pavimenti in terra battuta. Hlibivka aveva le stesse dimensioni di Bereh, ma il forno tradizionale, la foresta oscura intorno alla nostra casa e le carrozze a cavalli che la gente del posto continuava a usare negli anni ottanta lo facevano sembrare un'illustrazione di un libro delle favole. Io e Daria preparavamo pane e pancake nel forno magico e cercavamo erbe e funghi nelle foreste vicine.

Daria era coetanea di Asya, ed era anche un'insegnante, ma queste erano le uniche somiglianze tra loro. Era pacata e sobria quanto Asya era socievole ed estroversa, ma nella foresta Daria diventava una persona diversa. Parlava delle piante, delle loro proprietà medicinali e dei magnifici boschi della sua infanzia russa. Cantava canzoni sugli innamorati che desideravano trasformarsi in uccelli e recitava romantiche poesie persiane che conosceva a memoria.

Hlibivka era il luogo in cui ho saputo per la prima volta del disastro di Chernobyl. Il villaggio dista una cinquantina di chilometri dalla centrale nucleare. Il 26 aprile 1986 era sabato, e io e mia madre eravamo arrivate a Hlibivka la sera prima per trascorrere il fine settimana con Daria e Vladimir, che erano già lì a piantare patate. La mattina era fresca e soleggiata e mia madre mi aveva portata a fare una passeggiata lungo il Mare di Kiev, un bacino artificiale. La sabbia era umida e ricoperta di luccicanti gusci di cozze e piante acquatiche che sembravano pini in miniatura. Ho preso un bastoncino e ho tracciato una linea nella sabbia. Un'onda mi si è schiantata sui piedi e ha cancellato il disegno.

"Quella forma non sembra un orso?" ha chiesto mia madre, indicando la nebbia che si muoveva lentamente in lontananza. Mi sono arrampicata su un grosso pezzo di legno galleggiante e ho scrutato la linea luminosa che separava l'acqua dal cielo. Non era alla nuvola a forma di orso che pensavo. Daria mi ha raccontato che quando il Mare di Kiev è stato costruito, ha inghiottito molti villaggi, e ho immaginato che un giorno le case, le chiese e i giardini sarebbero riemersi.

"Che strana nebbia," ha detto mia madre, sedendosi sulla sabbia e aprendo il suo libro. Si annoiava. Hlibivka non le piaceva ed era venuta solo perché mio padre aveva insistito.

Abbiamo sentito qualcuno urlare i nostri nomi. Ci siamo voltate entrambe e abbiamo visto mio padre correre verso di noi, gesticolando.

"Salite in macchina. Subito," ha detto, mentre prendeva il libro di mia madre e barcollava nella mia direzione. "Ho sentito da un automobilista di passaggio che è successo qualcosa a Chernobyl." Una persona solitamente calma e placida, sembrava così agitato che le gambe hanno iniziato a tremarmi e sono saltata giù dal legno galleggiante. Nel farlo, i collant mi si sono impigliati in un ramo appuntito e per un momento sono rimasta sospesa in aria, trattenuta dal pezzo di un albero secolare di un villaggio sommerso. Mio padre mi ha presa in braccio ed è corso con me verso la macchina, dove già ci aspettavano Daria e Vladimir.

All'inizio l'incidente di Chernobyl non significava niente per me, a parte il fatto che non dovevo tornare a scuola per il resto del semestre. L'indomani del nostro ritorno a Kiev, mio padre ha accompagnato me e mia madre a Bereh. Abbiamo saputo della vera natura del disastro perché la suocera di mia zia lavorava al Ministero della Salute, e ci ha avvertito di lasciare subito la città e dirigerci a est, nella direzione opposta a quella della nube radioattiva. Mia madre ha chiamato tutti i suoi amici e li ha implorati di andarsene, ma dal momento che il governo sovietico negava la notizia, hanno riso e le hanno detto di smetterla di credere alle teorie complottiste capitaliste. “Ho le maschere antigas dei miei giorni da infermiera volontaria,” le ha risposto scherzando la sua migliore amica Lana. “Se questa nuvola radioattiva arriva qui, saremo ben attrezzati.” Qualche anno dopo Lana è morta di cancro al seno e mia madre le ha pagato il funerale perché la famiglia di Lana aveva speso tutto per le cure mediche.

Dopo l’esplosione di Chernobyl, Daria e Vladimir sono tornati a Hlibivka, accettando i rischi e non volendo separarsi dal loro affascinante cottage. Io invece non sono più andata con loro. I miei genitori avevano divorziato e anche se andavo a trovare Daria e Vladimir nei fine settimana, mia madre mi aveva proibito di andare a Hlibivka. Quel giorno dell’aprile del 1986 è stata l’ultima volta che ci sono stata. Chernobyl è rimasta impressa nella mia memoria come l’odore della resina secca di pino, il sapore muschiato delle fragoline di bosco e le canzoni della nonna. Ha incarnato la mia prima perdita e il mio primo desiderio rudimentale.

Ho digitato Hlibivka nella barra di ricerca del mio browser e la prima pagina che è apparsa è stata la pubblicità di un albergo. “Se sei stanco del trambusto della città e vuoi trascorrere vacanze indimenticabili vicino a Kiev, l’Hlibivka Holiday Hotel è la scelta giusta.” Non sapevo l’indirizzo del nostro cottage, ma era difficile immaginare che un posto che pubblicizzava una spa, eventi di team building aziendali e cinque piscine si trovasse nella Hlibivka che avevo conosciuto. C’era solo un modo per scoprirlo.

Alla stazione dei pullman, alle partenze per Hlibivka venivano pubblicizzati i tour di Chernobyl. "Unica, misteriosa e straordinaria," diceva un poster sulla Zona di Alienazione di Chernobyl, facendolo sembrare un safari. Ho preso posto su un pullman per Hlibivka e ho dato una scorsa sul telefono alle foto di Vladimir del nostro cottage.

La campagna intorno a Kiev sembrava così diversa dai prati e dalle steppe di Poltava che ho rivolto l'attenzione al paesaggio fuori dal finestrino. Le foreste di pini scorrevano, la massa scura delle cime degli alberi striata dal rosso vivo dei loro tronchi sottili. Dopo l'incidente di Chernobyl, il governo ha ordinato ai soldati di radere al suolo la foresta vicino alla centrale nucleare e, nell'improvviso caldo di maggio, giovani senza maglietta hanno abbattuto gli alberi solo per essere abbattuti a loro volta dalle radiazioni.

Io e Daria andavamo a Hlibivka in pullman così spesso che nell'attimo in cui ha svoltato l'angolo, la mia mano è scattata in aria, chiedendo all'autista di fermarsi. Era la stessa strada, lo stesso masso, la stessa collina più avanti. Ma quando il pullman è ripartito, lasciandomi in una nuvola di polvere, ho dubitato della mia memoria. La foresta tetra e ricoperta di muschio della mia infanzia era ormai così diradata che riuscivo a vedere tutta la strada fino all'autostrada successiva. Un mucchio di lattine di birra e altri rifiuti giaceva vicino al sentiero principale dove una volta avevo raccolto lamponi selvatici e spaventato un orso. (Daria diceva che era un ubriacone, ma nella mia mente quella figura ruggente con la criniera di peli neri ha sempre mantenuto la forma di un orso.)

Trasalendo, ho distolto lo sguardo dal mucchio di spazzatura, ma dovunque guardassi vedevo che Hlibivka era cambiata. Le strade erano più nuove e anche le case. Alcuni edifici sembravano ville eleganti, con antenne paraboliche appollaiate sui tetti e auto d'importazione nei vialetti. Altre case erano abbandonate e fatiscenti, e tra questi relitti ho ritrovato la capanna fiabesca della mia infanzia.

Circondata da meli troppo cresciuti carichi di duri frutti verdi, all'inizio era difficile riconoscere la casa imbiancata a calce. Ho aperto il cancello traballante e sono entrata. La porta era spalancata e un gatto si è precipitato fuori mettendomi paura. Nessuno ci abitava da anni. Il tetto si stava sgretolando e giovani piantine spuntavano dal pavimento in quella che era stata la nostra stanza principale. Ho strofinato l'intonaco bianco e mi si è sbriciolato sotto le dita. Sembrava che il tetto potesse crollare da un momento all'altro.

Quando io e Daria andavamo insieme a Hlibivka, lei si alzava presto per comprare il latte da un vicino per la nostra colazione. Mi svegliavo al fruscio delle canne sulla riva del fiume e al trambusto della legna da ardere. Stordita e disorientata dall'improvviso risveglio, fissavo distrattamente fuori da una piccola finestra dal vetro deformato. Il cappotto verde di mia nonna passava di sfuggita e mi sentivo così a mio agio che tutta la mia persona sembrava senza peso. Mi riaddormentavo, premendo il viso contro una trapunta di lana che profumava dell'olio di calendula e del sapone alle erbe di Daria.

Miracolosamente, la piccola finestra era completamente intatta, così come il forno in muratura. Sembrava ancora solido e maestoso, intriso dello stesso mistero che gli sentivo emanare da bambina.

Sia Daria che Asya dicevano spesso che non si poteva entrare due volte nello stesso fiume, scacciando via i rimpianti e accettando i cambiamenti prodotti dal passare del tempo. Avevo comunque resistito e la discrepanza tra la mia memoria e la realtà spesso mi rattristava. Ma adesso, in piedi nel bel mezzo di una casa distrutta, mettendo insieme frammenti di ricordi, ho capito che le mie nonne erano sagge. È tutto quello che puoi controllare nella tua vita. Stavo vivendo una guerra. Avevo perso amici e persone care in circostanze tragiche. Sapevo più di chiunque altro che fissare il passato avrebbe potuto trasformarti in una statua di sale.

Sono corsa fuori dal cortile senza voltarmi a guardare la casa. Ho attraversato la strada e sono entrata nella foresta, affrettando il passo oltre il mucchio di immondizia. Più in fondo nella foresta, gli alberi erano radi, ma i boschetti sembravano puliti. La luce del sole filtrava attraverso i rami di pino, cadendo sui coriandoli dorati a terra. I minuscoli fiori viola crescevano in una massa densa sotto i piedi e quando li calpestavo rilasciavano un profumo canforato con una dolcezza persistente. Ho riconosciuto il timo selvatico, la stessa erba che Daria preparava nelle sue tisane. Mi sono chinata e ho raccolto alcuni rametti. Non avevo più Daria con me e non ricordavo da che parte andare per trovare le fragoline di bosco o il lago con l'acqua incontaminata. Forse non esistevano più. Mi sono infilata il timo in tasca. Durante il viaggio soffocante in pullman verso Kiev, l'ho tenuto sul viso e l'ho respirato a fondo; in ogni lampo di verde dietro la finestra, vedevo il cappotto di Daria.

Tornata a casa, ho trovato una chiamata persa da un numero sconosciuto. La notifica della segreteria telefonica ha squillato. "È il numero giusto? Sono Grigorij Goldberg. Vladimir si è trasferito e il suo numero di telefono è cambiato. Ecco l'ultimo numero che ho..."

Il numero era diverso da quello che avevo avuto da Sonia e Keywan. L'ho composto all'istante. Si è messo a squillare. Non sarei riuscita a sopportare un'altra perdita. Il telefono ha continuato a squillare senza che nessuno rispondesse.

Sedici

Sono rimasta a Kiev. I giorni passavano, ma Vladimir non mi richiamava né rispondeva quando provavo a richiamarlo. Ricomponevo il suo numero più volte al giorno, ma tutto quello che ottenevo era la segreteria telefonica con il suo messaggio automatico registrato in fabbrica.

Ci ho pensato e poi ho chiamato un altro numero che conoscevo a memoria, nonostante non lo usassi da anni. Non ha risposto nessuno. Sconfortata, stavo per riagganciare quando ho sentito un clic e una voce familiare dall'altra parte della linea.

"Sono Vika," ho detto semplicemente.

Alyona ha strillato e poi è scoppiata nella sua solita risata acuta. Ho riso anch'io, stordita ed eccitata.

"Che sorpresa! Che bella sorpresa!" ha detto Alyona, una volta che ha ripreso fiato e le ho spiegato che ero a Kiev.

"Che ne dici di incontrarci per una tazza di caffè?" ho chiesto.

"Fantastico! Ci vediamo a Maidan? Che ne dici delle quattro del pomeriggio?"

"Ci vediamo vicino ai castagni rosa allora."

Su di giri e ansiosa, ho girato per l'appartamento, rimettendomi in sesto. Cosa avrei dovuto indossare? Dovevo portare un regalo? In tal caso, che tipo di regalo fai a un'amica perduta da tempo e poi improvvisamente ritrovata? Mi sono studiata allo specchio, immaginando come mi avrebbe trovato Alyona dopo vent'anni. Ci eravamo conosciute in terza elementare quando la nostra maestra ci aveva assegnate allo stesso banco ed eravamo rimaste amiche fino alla mia partenza per gli Stati Uniti. Io e Alyona avevamo programmato che sarebbe venuta a Chicago per studiare l'inglese, ma ovviamente quelle fantasie infantili non si sono mai concretizzate. Anche se sono tornata a Kiev per visitare Valentina, non ho mai rivisto la mia compagna di scuola perché trascorreva la maggior parte delle estati con la famiglia del suo ragazzo nel sud dell'Ucraina e sembrava avere poco tempo per me. Non le rimproveravo quelle assenze, soprattutto perché le mie visite a Kiev erano rare e le mie lettere brevi. Alla fine entrambe abbiamo smesso di cercarci.

Ho preso la borsa e sono corsa fuori di casa, preoccupata di fare tardi.

Sono arrivata prima di Alyona e mi sono andata a mettere sul terrapieno di pietra sotto i castagni. Era troppo tardi per i boccioli rosa, ma mi piaceva l'ombra tenue che quei rami proiettavano sulla piazza. Gli accampamenti e le pile di pneumatici erano stati ripuliti da tempo. Il monumento che commemorava i morti a Maidan era decorato con garofani rossi e nastri blu e gialli. Guardavo per terra e non mi sono accorta quando Alyona mi si è avvicinata.

Quando ho alzato gli occhi e ho visto la mia amica, così

sorprendentemente immutata dopo tanti anni, ho creduto che si potesse davvero tornare indietro nel tempo, contrariamente a quanto avrebbero detto le mie nonne. Alyona indossava un tailleur pantalone bianco che la faceva sembrare più alta e più snella di quanto ricordassi, e i capelli scuri le scendevano sciolti sotto la vita. Era innocentemente inconsapevole della propria bellezza, e questo la rendeva ancora più sorprendente. Portava gelati al cioccolato e un grande mazzo di dalie viola. Ha rimandato indietro l'orologio e ha riportato Maidan a quello che era una volta: il luogo in cui venivamo per condividere segreti e pianificare grandi avventure.

Abbiamo mangiato i nostri gelati camminando lungo Khreshchatyk. "Eri qui durante le proteste?" ho chiesto, consapevole che avrei potuto entrare in un territorio pericoloso. Alcune persone, comprensibilmente, percepivano la domanda come un'indagine sulla loro posizione politica e si mettevano sulla difensiva, e io e Alyona non ci sentivamo da anni. Non sapevo come fosse cambiata o cosa pensasse. Eppure in qualche modo non ho sentito alcuna reticenza da parte sua.

"Ero qui con mio padre a novembre, ma quando la situazione è diventata più violenta, mi ha detto di non venire. Non so ancora se alla fine sia stata la decisione giusta, considerato come è andato a finire tutto male."

"Vuoi dire la decisione di sostenere la rivoluzione?"

"La decisione di iniziare la rivoluzione. Siamo il cortile di un paese che pensa ancora di essere un impero. Fino a quando la Russia non lascerà andare le sue aspirazioni imperialiste, saremo trascinati avanti e indietro. È così faticoso che a volte penso di emigrare."

Non pensavo che qualcuno avesse davvero diretto gli eventi di Maidan, o che la rivoluzione fosse evitabile. Le persone erano così stanche della corruzione e della disfunzionalità che cercavano qualsiasi modo per esprimere le loro preoccupazioni. Il motivo per cui Maidan aveva attirato così tanti gruppi diversi era stata la promessa di un nuovo inizio, e tali promesse erano necessarie nel 2014.

L'ho detto ad Alyona e lei ha detto: "Quello che è stato, è stato. Ora dobbiamo solo aspettare e vedere cosa porterà il futuro. Ma siamo resilienti. Sai quanto erano disponibili le persone a fare volontariato e fornire aiuti immediati o cibo? Questo basta a darmi speranza."

Alyona mi ha detto che era single e viveva ancora con i suoi genitori nello stesso appartamento vicino alla nostra scuola. Lavorava per una compagnia petrolifera facendo traduzioni tecniche e nel tempo libero insegnava inglese. Con Nikita, il suo fidanzato di lunga data, erano rimasti amici e lui aveva sposato un'altra donna.

"Ha perso la pazienza aspettando che accettassi la sua proposta," ha detto Alyona. "Sai che in realtà sono stata io a presentarlo alla sua futura moglie?"

Ho fissato Alyona, perplessa. "Pensavo che tu e Nikita vi amavaste. Avete passato così tanto tempo insieme. Anche quando venivo a Kiev, preferivi la compagnia del tuo amato Nikita alla mia. E ora mi stai dicendo che hai fatto da sensale tra lui e un'altra donna?"

Alyona ha distolto lo sguardo e ha sospirato. Mi ha raccontato di una malattia che le aveva sconvolto la vita e mi ha spiegato che Nikita era sempre al suo fianco, ma quando lui le ha fatto la proposta, ha sentito che lo faceva più per senso del dovere che per vero amore. Ha deciso di interrompere la relazione.

Le persone che camminavano verso di noi si confondevano in un pasticcio variegato e sfocato. Vedevo solo il profilo di Alyona e una piccola vena blu che le pulsava sulla tempia. Era calma e raccolta, raccontandomi questa storia straziante come se raccontasse un aneddoto su qualcuno che entrambi conoscevamo ma di cui a malapena ci importava.

"Ma non mi pento della mia decisione di rimanere single. Mi godo la mia libertà. Posso fare tutto quello che voglio. Vedere chi voglio. Comprare quello che voglio."

Le ho preso il braccio e l'ho avvolto attorno al mio.

"E in questi giorni non mi pento di non avere figli," ha detto. "Vedendo cosa sta succedendo qui, sono preoccupata."

"La guerra..."

"Parlo della guerra in arrivo. Il conflitto ora è perlopiù congelato, ma non rimarrà così per sempre. Ma basta parlare di questo. Parlami di te. Come sta la tua famiglia?"

Sentire Alyona esprimere le sue paure mi ha dato il coraggio di parlare delle mie.

"Mio padre è morto," ho detto, lasciandole andare la mano.

Le mie parole aleggiavano nell'aria inquinata dai fumi delle auto, rendendo ancora più difficile respirare. Parlavo di quello che mi passava per la mente con qualcuno che era stato assente dalla mia vita per molti anni eppure non avevo bisogno di colmare le lacune. Alyona mi ha abbracciata e i suoi capelli folti e lucidi mi hanno avvolta come un sipario, escludendo la città e il suo clamore. Ho pianto e le lacrime che avevo trattenuto si sono riversate a dirotto. Eravamo in mezzo a Khreshchatyk, ignare della gente che ci fissava incuriosita ma che ci dava spazio.

Abbiamo trovato un cortile elegante e ci siamo sedute su una panchina. Tenevo ancora in mano le dalie che mi aveva regalato Alyona, sentendo sotto le dita il gelo ceroso dei petali. I tigli proiettavano un'ombra profonda, e gli unici rumori erano il mormorio del traffico sulla strada principale e il tubare delle colombe.

"L'ho saputo quando la mia matrigna mi ha chiamata e me l'ha detto senza preamboli. Ho ripetuto quella conversazione nella mia mente, ma per me non aveva senso. Mio padre era sempre stato una persona fredda, raramente depresso.

"So che era entrato nel settore immobiliare ed era così impegnato che nelle poche occasioni in cui ci sentivamo, non parlavamo d'altro. Mi annoiava da morire. Nemmeno ricordo il nome della sua azienda." Ho guardato Alyona e gli occhi mi si sono riempiti di nuovo di lacrime.

"E che fine ha fatto l'azienda?" ha chiesto Alyona.

"Karina dice che è fallita e che lui è andato in bancarotta. Immagino che gli strozzini lo tormentassero, ma parlarne allora è stato così doloroso che ho preferito evitarlo del tutto. Dopo il funerale, io e Karina siamo rimaste in contatto, ma poi parlare con lei è diventato difficile. Sapevo che si sentiva anche lei in colpa, ma le nostre conversazioni mi prosciugavano del tutto. Anche lei ha smesso di chiamarmi.

"Ora vorrei capire cosa è successo e parlare con il fratello maggiore di mio padre," ho continuato. "Ma non riesco nemmeno a mettermi in contatto con lui perché abbiamo discusso della Crimea e della politica ucraina e da allora non ci siamo più parlati."

"Oh cara! Sei sicura che non ci siano altri motivi per cui Vladimir non chiama? Nessuno nutre rancore per la politica ucraina così a lungo!" ha detto Alyona scuotendo il capo.

"L'altra spiegazione potrebbe essere che sia morto," ho detto, senza più trattenermi. "Ma mia madre dice che lo avrebbe saputo tramite la rete di conoscenze comuni."

"Allora si farà vivo," ha detto Alyona. "Nel frattempo, devi prenderti cura di te ed essere gentile con te stessa. Tutto il resto è fuori dal tuo controllo."

Sono tornata a casa di mia zia e mi sono preparata una tazza di tè. Ho aperto la libreria e ho sfogliato pigramente alcuni libri d'arte. I libri erano perlopiù di Valentina, raccolti in un'epoca in cui i volumi illustrati sull'arte erano rari e molto desiderati. Da un libro è caduto un bigliettino. Sopra c'era il nostro indirizzo di Bereh scritto con la grafia di Valentina, anche se stranamente il nostro numero civico era indicato come sette, invece che uno. Ho guardato più da vicino e mi sono accorta che Valentina scriveva l'1 in un modo particolare, con un lungo uncino che lo faceva sembrare un 7. Ho rimesso il biglietto dentro al libro e ho continuato a sfogliare pagine che mostravano riproduzioni di dipinti rinascimentali. Qualcosa mi dava fastidio, ma non ero sicura di cosa fosse. Ho lavato i piatti e sono andata a dormire.

Mi sono svegliata all'alba e sono scesa giù dal letto per cercare il telefono. Ho ascoltato il messaggio di Grigori Goldberg e ho confrontato il numero che aveva dato con quello che avevo scritto. Allora è diventato tutto chiaro. La prima volta che lo avevo sentito, ero così agitata che il mio sette scarabocchiato lo aveva fatto sembrare un uno. Per tutto questo tempo avevo chiamato il numero sbagliato.

Ho premuto i numeri con le dita che mi tremavano. Il telefono ha squillato sordo, echeggiandomi nelle tempie.

"*Allo!*" La voce brillante e risoluta di Vladimir suonava così vicina che istintivamente mi sono guardata intorno.

"*Diadia Volodia*, sono Vika," ho detto.

"Finalmente! Sai quanto ero preoccupato? Prima di tutto mi hai bloccato su Skype e ho pensato che dovevo darti spazio. Quando hai la mia età, sai che lo spazio e il tempo sono i migliori rimedi per molte cose. Poi, non molto tempo fa, Grisha Goldberg mi ha mandato un messaggio dicendomi che mia nipote mi stava cercando in tutta Kiev. Mi ha detto che ti aveva dato il mio numero, ma non hai mai chiamato."

Vladimir parlava così in fretta che non riuscivo a stare al passo con la sua storia. "...e quell'idiota di Grisha ha buttato via il tuo biglietto prima che riuscissi a farmi dare il tuo numero. Ho perso il cellulare e tutti i miei contatti, compreso il tuo. Sto diventando vecchio e smemorato, e anche la tecnologia mi sta abbandonando."

"Volevo solo dirti che mi dispiace," ho detto. Avrei voluto dirgli che non lo avevo bloccato e che era stato lui a bloccare me, ma adesso non ero più sicura di chi avesse fatto cosa. Non aveva più importanza.

"Non preoccuparti. Anche io ti ho detto cose idiote. Non parliamone più. Fai ancora yoga tutti i giorni?"

Sono rimasta alla finestra ad ascoltare Vladimir che descriveva la sua routine quotidiana e gli esercizi preferiti. Poi gli ho raccontato di come avevo appreso della misteriosa scomparsa di Nikodim e di come quella ricerca fosse importante per me per capire le mie radici e il mio rapporto con la mia famiglia e persino con la stessa Ucraina.

"Tu dici che dovremmo essere grati all'Unione Sovietica, ma con una storia come quella di Nikodim nella nostra famiglia, non riesco a sentirmi così," gli ho detto.

"Abbiamo avuto membri della famiglia che hanno sofferto anche durante l'epoca di Stalin," ha detto Vladimir. "Mia nipote è morta suicida dopo avere perso la fiducia nel sistema. Era a capo di una stazione meteorologica. Alcuni dicono che era troppo rigida con i suoi principi e che è stata uccisa, e la sua morte è stata spacciata per suicidio."

Ho raccontato a Vladimir della tragica fine di Nikodim. Poi ho esitato, ma ricordando la mia conversazione con Alyona, ho deciso.

"Voglio chiederti di papà."

Ho sentito Vladimir inspirare bruscamente e schiarirsi la gola. "Anch'io ho qualcosa da dirti. Posso iniziare?"

Ho detto di sì, continuando a guardare fuori dalla finestra. Nel cortile di sotto, il custode annaffiava le aiuole appassite e Petr Ivanovic dava da mangiare ai suoi gatti. La gente si accalcava intorno a un chiosco che vendeva caffè e giornali. La banalità rendeva surreale la mia conversazione con Vladimir.

"Vai avanti," ho detto e ho chiuso la tenda. Mi sono seduta al tavolo e ho sistemato il telefono davanti a me, mettendolo in vivavoce. La voce di Vladimir ha riempito la piccola stanza e ha riecheggiato sotto gli alti soffitti.

"Volevamo progettare una macchina all'avanguardia per la registrazione del suono. Io e i miei fratelli amavamo la musica, ma in Unione Sovietica era difficile trovare giradischi di buona qualità, per non parlare della musica occidentale. Quando non sono stato accettato nel programma di ingegneria, ho deciso di studiare in qualsiasi scuola mi avesse ammesso e di imparare l'ingegneria da solo. Era ambizioso, ma non mi sono scoraggiato. Ero sopravvissuto alla poliomielite.

"Anche a Grisha Goldberg era stato rifiutato un posto all'università di ingegneria perché era ebreo. Così abbiamo creato il nostro gruppo di studio di ingegneria chiamato Invalid+Kosmopolit, prendendo in giro le ragioni che l'università ci aveva fornito nel respingere le nostre domande. Leggevamo i libri di testo del corso di ingegneria del primo anno, insegnandoci a vicenda. Grisha ha mollato e ha iniziato a fare affari al mercato nero, ma io ho finito il corso da solo. Dopo un paio d'anni di studi, costruire un registratore di suoni è stato un gioco da ragazzi, soprattutto perché Grisha riusciva a procurarmi gli strumenti che mi servivano.

"È così che è iniziato il nostro periodo di registrazioni dei suoni. Costruivo registratori e duplicavo cassette di musica. All'inizio lo facevo per divertimento, ma poi tuo padre ha suggerito di vendere i miei dispositivi. Trovava clienti grazie ai suoi contatti con l'università e abbiamo fatto soldi. Un mucchio di soldi! Non mi è mai importato dei soldi, perché non li ho mai avuti, ma all'improvviso capivo perché le persone ne erano così ossessionati. Il denaro ti dà potere. Alla gente non importa se sei uno storpio se ti fiutano i soldi addosso.

"I clienti rimediati da tuo padre erano o appassionati di musica o commercianti al mercato nero, ed era gente squallida con cui stare. Quello che facevamo era assolutamente illegale ed era inevitabile che qualcuno ci denunciasse alle autorità. Ed è esattamente quello che è successo. La polizia ha fatto irruzione nel nostro appartamento, ha confiscato tutti i miei registratori e strumenti e ci ha accusato di 'speculazione' e 'parassitismo'. Secondo la legge sovietica era un reato penale. Mi sono preso la colpa di tutto."

"Lo hai fatto per proteggere papà?"

"Ero responsabile. Non avevo intenzione di negarlo, ma tuo padre aveva il suo futuro davanti a sé. Se fosse finito in prigione, sarebbe stato rovinato per sempre."

"Hai protetto tuo fratello!" La mia voce era così bassa e roca da sembrare di un'altra persona. Ho pensato a Nikodim, che aveva cercato di proteggere suo fratello Sergiy non menzionandolo durante gli interrogatori. E, prima che Ivan e Asya interferissero, Sergiy si era detto disposto a mettersi a rischio indagando sulla scomparsa di Nikodim.

"Lo so che non mi credi, ma la prigione è stata la migliore lezione di vita. Ho visto cose che la maggior parte delle persone non vede. Ho capito cose sulla gente che altrimenti non avrei imparato. Non me ne sono mai pentito."

Vladimir è rimasto un momento in silenzio e poi ha aggiunto: "Ma ovviamente, ogni decisione che prendiamo ha delle conseguenze. Mia moglie mi ha lasciato e non ho visto crescere mia figlia. Poi tuo padre ha perso il suo migliore amico Danil che era stato mandato in Afghanistan ed è rimasto così distrutto dall'esperienza che si è suicidato. Tuo padre era uno studente, è per questo che ha evitato la leva. Il suicidio di Danil lo ha devastato."

Mi sono alzata e ho spinto la sedia così bruscamente che è caduta per terra con un forte tonfo. Ho lottato con i chiavistelli che non venivano toccati da anni e ho spalancato la finestra. Avevo bisogno di aria. Ho inspirato a fondo.

Il sole rivolgeva tutta la sua attenzione al nostro lato dell'edificio e ha inondato la stanza di un calore opprimente. "Si è ucciso o è stato ucciso?" Mentre formavo le parole, ho pensato al fascicolo di Nikodim e alla stessa domanda che mi ero fatta leggendo la nota sul suo suicidio. "È stato spinto al suicidio?"

"È stato spinto a fare bancarotta. Potrebbe anche essere stato ucciso."

Siamo rimasti entrambi in silenzio. La mia attenzione era concentrata sui pioppi davanti alla finestra. Gli alberi erano abbastanza alti da raggiungere il nostro piano e, illuminati dal sole, le loro foglie sembravano quasi trasparenti. Il buco nero dentro di me stava inghiottendo tutti i miei pensieri. Non sentivo nulla e ho dovuto mordermi la mano per vedere se riuscivo ancora a provare dolore.

"Prima hai detto che il capitalismo americano lo ha ucciso," ho detto, sforzandomi di pronunciare le parole. "Che intendevi?"

"Era stato coinvolto in un progetto per la costruzione di alloggi economici a energia verde. Lui che di costruzioni non sapeva nulla ma si immaginava come il prossimo grande imprenditore edile. Quando eravamo giovani, spesso avviava grandi progetti e poi li passava a me, ma in America ha iniziato a credere di poterlo fare da solo. 'Sogno americano,' lo chiamava. 'Tutto è possibile qui.' Forse era possibile, statisticamente parlando, ma la probabilità di successo era troppo bassa. L'intero tentativo è stato un'idiozia.

"Non mi ha dato retta. Ha investito denaro. Ha preso in prestito più di quanto potesse permettersi. E le banche erano ansiose di dargli soldi, sapendo benissimo che stava andando verso il disastro. L'intero sistema è stato creato per approfittare di persone credulone come tuo padre.

"E ha fallito. Non ci è voluto molto perché il progetto si rivelasse un miraggio. La quantità di denaro di cui avrebbe avuto bisogno per realizzarlo era astronomica. Ma continuava a sperare. Continuava ad andare in banca. Continuava a bussare alle porte. Ha trovato tutte le porte chiuse. Era un perdente. E a nessuno in America piace un perdente."

Ho indietreggiato incerta e mi sono appoggiata al muro.

"Continuavo a dirgli di venire a trovarmi in Israele, di prendersi una pausa dal lavoro ed esplorare il mondo. Ma lui continuava a rimandare, dicendo che aveva abbastanza tempo per viaggiare e che ora era la sua occasione per fare qualcosa di grande.

"E poi è crollato tutto. E io ero troppo lontano..." La voce di Vladimir si è sgretolata in singhiozzi.

Sono scivolata lentamente lungo la parete e mi sono seduta sul pavimento della cucina coperto di polvere. Ho seppellito il viso tra le mani. Ero venuta a conoscenza di alcuni dettagli della disastrosa impresa commerciale di mio padre parlando con i suoi amici in California, ma ascoltare la storia di Vladimir faceva comunque male. Non riuscivo a incolpare il capitalismo americano come faceva mio zio. Non riuscivo a incolpare l'America. Sentivo solo il dolore straziante che permeava tutto il mio essere. Pensavo che dopo tre anni il dolore sarebbe stato attenuato, ma mi ha sopraffatta.

Eppure, mentre io e Vladimir parlavamo, sapevo che era il momento giusto per avere questa conversazione e per addolorarmi senza nascondere nulla o fingere che il dolore non fosse lì. Avevo bisogno di uscire dalla mia Trappola del Gallo.

"Ti manderò una cosa all'indirizzo di Sonia," ha detto Vladimir dopo un lungo silenzio. Poi ha riattaccato.

Sono rimasta seduta sul pavimento sporco finché il sole non ha lasciato la cucina. Il caldo opprimente è scomparso, sostituito dall'umidità ammuffita del crepuscolo estivo. Avrei voluto addormentarmi e svegliarmi nella mia vita com'era prima. Ma non riuscivo a identificare il "prima" che desideravo.

Qualche giorno dopo, Sonia mi ha chiamata per dirmi che aveva ricevuto un pacco da Vladimir. Me lo ha consegnato appena sono arrivata. Ho staccato il nastro adesivo e ho visto che dentro c'era una scatola da scarpe marrone. Non c'era nessun biglietto, ma aprendo il coperchio ho visto che non era necessario. Inviandomi la sua preziosa collezione di foto di famiglia, insieme al mio diario dell'infanzia, Vladimir voleva che mi concentrassi su ciò che ci univa nonostante la distanza, le partenze e i disaccordi.

Ho riconosciuto alcune delle fotografie del suo archivio digitale, ma tenere in mano la carta patinata che lui stesso aveva sviluppato da bambino mi ha commossa. Le prime immagini di Vladimir erano perlopiù di se stesso e dell'appartamento, distorte e sfocate, ma a mano a mano che diventava abbastanza forte da muoversi senza aiuto, scattava fotografie per le strade di Kiev: bambine che saltavano la corda, bambini che prendevano in giro le bambine, bambine che schernivano i bambini, bambini che facevano monellerie, soldati in marcia, donne in coda, bambini che si divertivano. Queste istantanee screziate dalle chiazze della sovraesposizione catturavano la vita nuda e cruda in un luogo ancora segnato dalla guerra. Una delle mie foto preferite era quella di Vladimir in piedi davanti a un cartellone pubblicitario della stagione degli spettacoli 1953/54. Un poster sopra la sua testa annunciava il programma del circo. Un altro conteneva un cartellone di concerti e rappresentazioni teatrali. Il Teatro Ucraino dell'Opera e del Balletto metteva in scena *Lakmé*, *Don Chisciotte*, *Il cavallino gobbo*, *Il principe Igor* e, per concludere l'eclettica stagione, *Faust*. I vestiti di Vladimir sembravano troppo grandi per il suo corpo magro, ma aveva una posa sicura, con una mano infilata in una tasca, un'altra nella parte anteriore della giacca, una posizione da duro che mascherava il suo braccio destro senza vita. Era stato male e aveva sofferto, ma si rifiutava di essere una vittima. "La vita va avanti," sembrava dire, mentre inclinava con sicurezza la testa di lato. "Mi piacciono le foto di Daria che ha fatto Vladimir," ha detto Sonia mentre sedute sul divano distribuivamo le foto intorno a noi. Vladimir aveva catturato mia nonna paterna in una varietà di stati d'animo: in posa contro un muro bianco e con un'aria rigida e impacciata, mentre preparava un pasto lanciando un'occhiata furtiva alla macchina fotografica, rammendava calzini, scriveva sul suo taccuino e guardava sognante in lontananza. Una delle fotografie più toccanti della collezione era di Daria che teneva in braccio mio padre da bambino. Quando era tornata a Kiev dopo la fine della guerra, aveva scoperto che il marito aveva iniziato una relazione con un'altra donna e l'aveva fatta andare a stare nell'appartamento della famiglia. Daria lo aveva tollerato per il bene di Vladimir, perché aveva bisogno di aiuto. Il marito poi aveva ceduto e aveva rotto con l'amante, ma per alcuni mesi Daria aveva dovuto condividere la casa con un'altra donna il cui marito era stato ucciso durante la guerra e che non aveva un posto dove andare. Daria accompagnava Vladimir agli appuntamenti dal medico e si prendeva cura di lui dopo le operazioni. Più avanti, quando ha scoperto di essere incinta di mio padre, la famiglia sembrava essersi riconciliata. Vladimir camminava con il bastone. La coppia fece la seconda luna di miele, e mio padre incarnava le loro speranze di pace e felicità.

Vladimir aveva catturato Daria smunta e stanca, segnata da rughe profonde sul viso e borse sotto gli occhi. Il familiare cappotto informe che nascondeva il corpo magro e le scarpe logore sembravano parecchio più grandi. Ho riconosciuto i vestiti scelti con noncuranza, ricordando come mia nonna spendeva tutti i suoi soldi per la famiglia, negandosi persino un gomitolo di lana nuova per le calze. Con grande sorpresa di mia madre, raccoglieva il pelo del nostro barboncino e lo usava per farci i calzini a maglia.

Eppure, nonostante i segni dell'età e gli abiti poco lusinghieri, mia nonna era raggiante di felicità mentre stringeva il suo bambino. Non riuscivo a smettere di fissarla, e più a lungo lo facevo, più sentivo qualcosa che mi si muoveva dentro.

"Il sorriso le illumina il viso," ha esclamato Sonia. La donna nella fotografia era la Daria che amava le passeggiate nei boschi, la poesia persiana e i fiori di campo. La donna che nonostante le difficoltà e le sofferenze non è mai diventata amareggiata o risentita e trovava il mondo intorno a lei pieno di meraviglia. Avrei voluto condividere questa foto con mio padre per ricordargli da dove veniva e perché sarebbe dovuto restare.

Seduta nella mia vecchia camera da letto circondata da immagini di persone che amavo, ho riconosciuto che il passato poteva contenere dolore e bellezza e che anche se un po' di dolore non sarebbe mai andato via, avrei potuto imparare ad accettarlo. Ho deciso di abbracciare il passato nella sua complessità così come avevo abbracciato il futuro nella sua incertezza. Mi sono data la libertà di soffrire.

Diciassette

Il giardino era silenzioso nella luce limpida del primo mattino, e nell'aria fresca riecheggiavano i rumori del rastrello e delle foglie che frusciavano sotto i miei passi. I ciliegi che avevo imbiancato in primavera sembravano spogli e abbandonati. I loro ornamenti dorati bordati di brina giacevano a terra. All'inizio di quella settimana, Valentina, lo zio Tolya, Dmytro e io avevamo potato le rose e ammucchiato terra bagnata attorno ai loro rami tozzi. Il mestiere di becchino dello zio Tolya gli aveva dato certe abitudini difficili da abbandonare, e i cumuli di terra ordinati e affusolati che ricoprivano le rose sembravano funerei. "Per l'amor del cielo, sopravvivete all'inverno," ha detto lo zio Tolya, agitando il rastrello sopra le rose. "Queste non sono tombe, racchiudono le radici del futuro," ci ha detto con solennità, quando mia nonna si è lamentata che il nostro giardino sembrava un cimitero. Valentina ha alzato gli occhi al cielo e, quando il suo amico se ne è andato, mi ha chiesto di spazzare le foglie sulle rose sepolte per nascondere i tumuli sepolcrali.

Sono tornata a Bruxelles non molto tempo dopo che io

e Vladimir ci eravamo riconciliati. Prima di partire, ho promesso a Valentina e Dmytro che sarei tornata in autunno. Pani Olga ha scherzato dicendo che ero una moderna Persefone, confinata nell'Ade in inverno e rimandata nei Campi Elisi in primavera. Ho ribattuto che Bruxelles era tutt'altro che un inferno e l'Ucraina non era certo il paradiso, eppure la presa in giro della mia amica aveva un fondo di verità. Avevo sempre pensato che, a differenza del resto della famiglia di mia madre, non avessi quella disperata nostalgia che provavano per Bereh, ma mi sbagliavo. Quando ero a Bruxelles desideravo Valentina e Bereh, e quando ero in Ucraina mi mancavano mio marito e l'idiosincratica capitale belga. Da bambina, oscillavo tra Kiev e Bereh, i parenti di mio padre e quelli di mia madre, e ora il desiderio familiare era tornato con forza. Questa volta però era diverso. Mi sentivo più a mio agio con le mie differenti lealtà e trovavo conforto nel sapere di avere più di una casa pronta ad accogliermi. Entrambe le sponde erano mie.

Tornata a Bereh a settembre, le conversazioni tra i nostri vicini ruotavano intorno al prossimo inverno. Sasha aveva finito di vendere crisantemi al mercato di Poltava e alla fine della giornata non ci portava più la solita nuova dose di pettegolezzi. Piuttosto, era impegnata a piantare bulbi di fiori per l'anno successivo e non aveva il tempo di preoccuparsi né dello stato del nostro giardino né del mio guardaroba. La nostra vicina Antonina si lamentava del fatto che la donna non aveva sussurrato correttamente ai suoi cetrioli in primavera perché il raccolto quest'anno si era rivelato scarso. Lo zio Tolya diceva che erano tutte sciocchezze perché il mondo prima o poi sarebbe finito. "Segnati le mie parole, la Terra si è spostata fuori dal suo asse," diceva. Lo zio Tolya aveva raccolto diversi sacchi di patate e aveva comprato un carico di legna a buon mercato dalla famiglia di un uomo che aveva recentemente seppellito, ed essendosi assicurato un inverno caldo e abbondante, non aveva preoccupazioni, anche se il mondo era fuori posto.

Valentina sembrava più fragile di quanto non fosse stata in estate, e relegava la maggior parte del lavoro in giardino a Dmytro e allo zio Tolya. Ma non si lamentava. Era ansiosa di finire di preparare il frutteto per il letargo invernale, ed era diventato mio compito ricordarle di prendere la sua medicina. Da parte sua, mi incoraggiava a vedere le mie amiche. "Ci sarà tempo per parlare quando arriverà la neve," diceva spesso, correndo fuori a raccogliere mele o a controllare se i cavoli erano pronti per essere raccolti.

Dal momento che dal 2014 ero tornata ogni anno in Ucraina, la mia cerchia di conoscenze si era allargata così tanto che potevo passare ogni giorno vedendo una persona diversa. Ogni volta che chiamavo le mie amiche, facevano programmi e si aspettavano di vedermi il giorno stesso in cui arrivavo. Pani Olga aveva bisogno del mio aiuto per fotografare il suo nuovo *rushnyk* e classificare diversi modelli regionali. Nadia mi ha invitata a Reshetylivka per l'inaugurazione della sua mostra di ricami. Aveva realizzato per me una bellissima camicia bianco su bianco e le dispiaceva che fossi già sposata perché avrebbe voluto cucire un abito da sposa tradizionale. "Potresti sempre fare un secondo matrimonio in Ucraina, come un rinnovo dei voti," ha riflettuto. Sonia e Keywan hanno insistito perché rimanessi con loro a Kiev e Alyona mi ha invitata a trascorrere un lungo fine settimana con la sua famiglia a Odessa.

Per quanto apprezzassi le offerte delle amiche, non sono andata da nessuna parte e sono rimasta con Valentina. Ero rimasta in contatto con Vladimir tramite Skype e ho messo una telecamera nella nostra sala da pranzo in modo che potesse unirsi a noi per un tè virtuale. Non aveva mai rinnegato la sua ammirazione per Putin e le critiche ai nazionalisti ucraini, ma avevo fatto pace con l'idea che non saremmo stati d'accordo su tutto. Aveva anche accettato sia l'inesorabile perfezionismo di mia nonna sia l'importanza del frutteto. "Siamo tutti destinati a diventare schiavi della terra?" la stuzzicavo, ma avevo imparato così bene i ritmi del giardino che Valentina non aveva più bisogno di affidarmi compiti speciali. Al mattino prendevo un rastrello e spazzavo via le foglie cadute. Certi giorni sentivo l'odore dell'inverno nell'aria e la cosa mi rendeva ansiosa. Il ciclo di decadenza e rinascita era inesorabile e per tenere a bada la malinconia, mi ricordavo che stavo preparando il giardino per la primavera.

Ho sentito Valentina chiamare il mio nome. Mia nonna era china sul cancello del giardino. Stava indicando il mio cellulare e lo teneva lontano da lei come se avesse una malattia contagiosa. "*Organy*," ha detto muovendo la bocca ma senza emettere suono. Significava "gli organi", il nome con cui la gente chiamava il KGB. Mi sono asciugata le mani sporche sulle foglie di bardana ricoperte di rugiada e sono corsa da Valentina.

"Sono Elena Ivanovna, direttrice degli archivi della SBU. Stavo controllando alcuni dei suoi documenti e la chiamo in merito alla sua visita per esaminare il fascicolo di Nikodim Berezko. Ha un minuto?" Ho riconosciuto la voce dell'archivista della Casa del Gallo. Non avevo la paura degli organi che aveva Valentina, ma ricevere una chiamata in modo così inaspettato mi ha messa in agitazione.

"Sì, Elena Ivanovna, la ascolto." Mi sono seduta su una panchina sotto il cespuglio di lillà e ho fatto cenno a Valentina di entrare in casa. L'aria era gelida e non aveva la giacca. Incerta, ha indugiato dietro la staccionata di legno e poi si è avviata lentamente verso la casa.

"Può confermare la sua residenza? Ho bisogno di aggiornare le informazioni sul file, dal momento che l'ha richiesto due volte."

Ho sentito le spalle rilassarsi e ho spiegato la mia situazione.

"Ma trascorre molto tempo in Ucraina," ha detto.

"Queste informazioni sono necessarie per i registri ufficiali?" ho chiesto, schiacciando foglie di lillà essiccate con il tacco dello stivale.

"No, per niente. Non ha bisogno di spiegare nulla. Ero solo curiosa."

"Posso chiederle una cosa, sempre ufficiosamente? E non deve rispondere se non vuole. Il fascicolo sul mio prozio dice che è morto suicida..."

Elena Ivanovna non mi ha lasciata continuare. "Nikodim Berezko non è morto suicida," ha detto. "Gli hanno sparato. Gli hanno sparato insieme a migliaia di altre persone. Nel 1937, il KGB uccideva gente per raggiungere le quote previste e in seguito ha inventato i casi per dare l'impressione di avere seguito il giusto processo alla lettera. Hanno anche rilasciato falsi certificati di morte per suicidio o malattie cardiache per assolvere lo stato da ogni responsabilità. L'avviso di morte di

Berezko non sembra giusto. L'originale non ha data, né ora, né firma, e c'è una parte che è stata aggiunta in seguito, con una grafia diversa e inchiostro diverso."

Elena Ivanovna ha fatto una pausa e poi ha detto: "Le persone che hanno scritto questi documenti sono state uccise a loro volta. Il capo degli interrogatori, Zdykhovsky, è stato accusato di essere la mente dietro la stessa organizzazione trotskista di destra che è stata il pretesto per l'esecuzione di Berezko."

Sono rimasta in silenzio. Stavo tracciando le venature di una foglia gialla che mi era caduta in grembo.

"Ovviamente non sappiamo con certezza cosa sia successo. Non lo sapremo mai con certezza. Possiamo solo accorgerci dei pattern," ha detto Elena Ivanovna. "Ma suo zio era innocente..."

"Se Nikodim era innocente, perché non avete rilasciato a suo figlio quel maledetto certificato di riabilitazione, invece di fargli scrivere decine di lettere e perdere la pensione?" ho chiesto interrompendola.

"Non posso scusarmi a nome dell'intera organizzazione, ma mi dispiace. Sono sinceramente molto dispiaciuta," ha detto con calma Elena Ivanovna. "Anche noi che lavoriamo alla Casa del Gallo abbiamo una coscienza e le nostre di paure," ha aggiunto.

"Ho un'altra domanda. Nel 1945 la mia bisnonna Asya venne convocata dal KGB per la questione del suo impiego in tempo di guerra, ma fu rilasciata. La rilasciarono a una condizione. La condizione è stata forse l'avere collaborato?" Mi addolorava dirlo, ma se ero arrivata fino a qui, avevo bisogno di sapere la verità.

"Posso controllare e richiamarla?"

Ho detto di sì e ho dato il nome completo e la data di nascita di Asya a Elena Ivanovna.

Molto tempo dopo avere riattaccato, ero ancora seduta a fissare il telefono silenzioso, poi l'ho infilato nella tasca della giacca e ho preso il rastrello. Le foglie color ruggine avevano un odore pungente di gusci di noci e fecce del vino. Elena Ivanovna non aveva rivelato nulla di sconvolgente sul destino di Nikodim. Avevo letto dozzine di libri sul terrore stalinista, sulla portata del suo potere e sulla natura casuale degli arresti e delle esecuzioni. Al culmine del Grande Terrore, gli arrestati vennero prima uccisi e i loro dossier furono compilati in seguito per mantenere l'apparenza di legalità. I regimi totalitari, dalla Germania nazista ai Khmer rossi, avevano un morboso attaccamento al documentare le loro azioni. Leggendo il fascicolo di Nikodim, mi ero resa conto che avrei rischiato di rimanere invischiata in una rete di bugie. Ma Nikodim non era una mera statistica per me, e la sua morte era più di un fascicolo. La mano mi tremava mentre stringevo il rastrello. Mi sono morsa il labbro inferiore e ho rastrellato più forte che potevo, come se insieme alle foglie in decomposizione potessi spazzare via il dolore, il dispiacere e il disgusto che provavo.

Sono entrata in casa barcollando fradicia di sudore e ho gettato la giacca sporca di terra in corridoio. Valentina era seduta al tavolo della sala da pranzo con in mano il giornale. Mi ha guardata preoccupata. "Hai le guance in fiamme. Sicura di non avere preso freddo? Ti avevo detto di non fare lavori in giardino con questo freddo," ha detto e mi ha toccato la fronte. “Comunque, cosa voleva il KGB?” Chiunque occupasse la Casa del Gallo, per Valentina rimaneva il KGB.

Ho risposto che l’archivista aveva chiamato per dirmi che Nikodim non è morto suicida e che la sua morte era stata insensata e tragica. “Io e te lo abbiamo sempre saputo, vero?” ha detto con dolcezza.

“Sono stata scortese con quella donna, come se fosse responsabile di tutto. Del destino di Nikodim, della sofferenza di sua moglie, della crudele trafila che suo figlio ha vissuto mentre cercava di provare l’innocenza di suo padre,” ho detto a Valentina.

Ho ricordato con un brivido la cartella di Nikodim. Era straziante vedere che la verità poteva scomparire con un tratto di penna. Una storia poteva essere fabbricata e i fatti le potevano essere adattati. La realtà poteva essere rifatta su richiesta. Una persona innocente poteva essere resa colpevole. Il nero poteva diventare bianco o qualsiasi sfumatura intermedia.

“La verità viene sempre a galla,” direbbero gli ottimisti. Forse, ma quando la nebbia si dirada e i contorni della verità diventano evidenti, è troppo tardi. Cosa ha detto quella donna? “Gli hanno sparato. Gli hanno sparato insieme a migliaia di altre persone.” Bisognava essere ancora più ottimisti per presumere che le persone imparassero dagli errori della storia.

Molte volte, durante la mia ricerca di Nikodim, mi ero chiesta quale fosse esattamente la verità che volevo trovare. Ora sapevo cosa era successo a Nikodim. Era morto. La sua famiglia era stata dispersa. E saperlo non aveva aggiunto nulla alla mia comprensione di Nikodim o del suo passato.

“Qual è la verità in questa storia?” ho domandato.

Valentina si è tolta gli occhiali da lettura, li ha allontanati da sé con impazienza e ha acceso il telegiornale del mattino. "Dipende da cosa intendi per 'verità'," ha detto. "Cercavi Nikodim, ma in realtà cercavi la spiegazione dietro la morte di tuo padre..."

Non ha detto "suicidio". Si è interrotta, si è voltata verso la tv e ha alzato il volume. Sapeva della mia conversazione con Vladimir.

"E penso che se questa è la tua verità, allora l'hai trovata."

Come al solito, questa mia nonna con i piedi per terra pronunciava le sue affermazioni filosofiche con il tono pratico del meteorologo, sul quale ora era concentrata la sua attenzione. Voleva sapere se oggi sarebbe stato abbastanza caldo per piantare fiori per la prossima primavera.

Il telefono ha squillato mentre stavo per preparare la cena.

"Pronto, sono Elena Ivanovna. Non ho trovato traccia di Asya Berezko nel nostro sistema, a parte il suo dossier personale. Forse il KGB non ha trovato nulla di sospetto nella sua fedina penale e non ha ritenuto di doverla trattenere."

"Nella copia del dossier che abbiamo a casa, ho trovato che le dichiarazioni più positive su di lei erano state scritte dai suoi vicini e colleghi," ho detto. "Mi ero sempre aspettata che le persone cogliessero tali opportunità per esprimere rimostranze, o per ingraziarsi il KGB o per i propri secondi fini."

"Le persone sono sia peggiori che migliori di quanto pensiamo," ha detto Elena Ivanovna. "L'ho imparato facendo questo lavoro."

"La lettera migliore è di Sergiy Berezko," ha aggiunto poi. "Descrive Asya nei termini più brillanti."

"Sergiy Berezko era suo marito."

"Ha detto che avrebbe puntato tutto sul fatto che Asya fosse una leale e patriottica cittadina dell'Unione Sovietica. Forse anche questo ha giocato un ruolo nel proteggerla." Elena Ivanovna ha sospirato e aggiunto: "Deve averla amata immensamente."

"Lo ha fatto," ho detto. "Avrebbe dato la vita per lei."

"L'ha quasi fatto. Grazie a Dio, il KGB l'ha rilasciata e non ha approfondito ulteriormente la questione."

Ho messo il bollitore sul fuoco e ho preparato un vassoio per il tè, riempiendolo con le nostre migliori tazze di porcellana, diversi tipi di marmellata e cioccolatini.

"Cos'è tutto questo?" ha esclamato Valentina. "Stiamo aspettando la regina d'Inghilterra per il tè?"

"Ci meritiamo un regalo dopo tutto questo lavoro in giardino," ho detto. "È un peccato che non abbiamo vino in casa, altrimenti avremmo potuto bere qualcosa."

"Una bottiglia di vino ce l'ho," ha detto Valentina. "L'ultima volta che siamo andati in Crimea, io e tua madre abbiamo visitato i vigneti di Massandra e comprato una bottiglia di Cabernet. È stato anni fa, spero che vada ancora bene."

Valentina è andata in dispensa ed è tornata con una bottiglia così impolverata da sembrare un grand cru e due bicchieri da vino di cristallo molato ancora più impolverati. Ho lottato con un cavatappi arrugginito per aprire la bottiglia e dopo alcuni tentativi ci sono riuscita. Il vino emanava un odore stantio e aspro, ma era passabile e abbiamo riempito i bicchieri.

"A cosa brindiamo?" ha chiesto Valentina. "Beviamo all'amore," ho detto. "All'amore e alla famiglia."

Epilogo

Il faut cultiver notre jardin.
Voltaire, *Candide*

Thauma è la parola greca che significa miracolo. Non un miracolo in senso soprannaturale come camminare sull'acqua o sfamare cinquemila persone con cinque pani e due pesci. *Thauma* è una meraviglia quotidiana, un breve scorcio del divino attraverso il velo che separa il mondo dei mortali dal regno celeste. Nella tradizione ortodossa, il confine tra i due mondi è fluido e ogni momento potrebbe essere un portale e un attraversamento.

L'ultima volta che ho visto il giardino era coperto di neve. "Guarda, si vedono già i boccioli," ha detto Valentina, indicando i rami di ciliegio. Sotto lo strato di ghiaccio, ho individuato la sfumatura viola dei gusci che racchiudevano futuri boccioli. Il frutteto in inverno dovrebbe essere uno spettacolo desolato, arido e ghiacciato, ma vedevo ricordi di vita in ogni germoglio gonfio e in ogni filo d'erba che spuntava nella neve.

La promessa dell'estate nel frutteto in inverno mi è sembrata una perfetta manifestazione del *thauma*, ma quando l'ho detto a Valentina, lei non ascoltava. Contemplava la prossima stagione della semina, con i suoi nuovi progetti, le sue emozioni e le sue ansie. "Lo zio Tolya potrebbe costruirci una piccola serra laggiù?" mi ha chiesto, indicando l'angolo vuoto del giardino. "Stavo leggendo di un nuovo ibrido di pomodoro a frutto precoce." Valentina si è soffiata sulle mani per scaldarle. Le sue guance avevano il colore della sua belladonna preferita, ma era troppo immersa nelle sue fantasticherie per preoccuparsi del vento pungente e delle nuvole scure che si spostavano da est. "Mi piacerebbe tanto imparare a coltivare buoni pomodori," ha detto, mentre tornavamo a casa attraverso i cumuli di neve.

Al ritorno in Ucraina, avevo pensato che stessi cercando Nikodim. Anche dopo avere realizzato che trovare Nikodim non era una cosa semplice, continuavo a non capire che stavo cercando meno il mio prozio che pezzi di me stessa. Stavo riempiendo il vuoto. Cercavo di ritrovare l'equilibrio che era stato sconvolto quando avevo lasciato l'Ucraina e ancora quando nel 2014 avevo capito che non avevo mai reciso i miei legami. Piangevo mio padre. Avevo bisogno di fare dei viaggi, di setacciare gli archivi e i miei ricordi. Le voci dei miei bisnonni potevano essere ascoltate di nuovo fintanto che avrei saputo ascoltare.

Ho ascoltato e cercato, ma nel modo che solo Valentina – o un mistico ortodosso – poteva spiegare, era Nikodim a guidare la mia ricerca. È stato un catalizzatore che ha accelerato il mio viaggio e uno specchio in cui ho potuto vedere riflesso il mio passato. Ho scoperto che questo passato è un deposito di perdita e dolore, ma anche una fonte di resilienza e speranza. Ho visto che nonostante il trauma e la sofferenza, le persone che sono venute prima di me hanno trovato la felicità e hanno mantenuto la loro dignità. Anche nei tempi più bui, riuscivano a ricamare un *rushnyk* e a coltivare un giardino dei ciliegi. Ho cominciato a dare per scontata la mia fede nel *thauma*.

I miracoli abbondavano durante la mia ricerca. Sentendo la voce di Sergiy mentre cercavo Nikodim, ho messo insieme un puzzle. Parlando con Vladimir di mio padre, ne ho risolto un altro. Per quanto difficili siano state queste ricerche e conversazioni, mi hanno anche aiutata a riprendere il controllo sulle mie paure. A volte mi chiedevo cosa avessi trovato esattamente, ma a volerla semplificare era il mio senso di sé e la mia appartenenza. L'Ucraina è rimasta la mia casa.

Fino al 2019, ho visitato l'Ucraina ogni volta che potevo, trascorrendo più tempo possibile con Valentina per recuperare gli anni in cui eravamo state separate. Ho anche mantenuto un contatto più stretto con Vladimir, mia cugina in Israele e gli altri membri della mia famiglia allargata. La saggezza e la forza d'animo di Valentina e Vladimir mi hanno colpita e, anche se la loro testardaggine mi esasperava, tenevo a freno la lingua. Veniamo dallo stesso ceppo. Quando io e Valentina preparavamo i nostri pani pasquali, mettevamo da parte due pagnotte per Nikodim e mio padre. Dopo decenni di oblio, Nikodim è tornato nelle storie di famiglia. Lo ricordiamo non come una vittima o un eroe, ma come il fratello maggiore di Sergiy che lo ha ispirato a studiare e diventare un insegnante. Non sappiamo dove sia sepolto Nikodim e il luogo di riposo di mio padre è lontano in California ma, in un gesto di ricordo, abbiamo seguito la tradizione e abbiamo lasciato i pani nel cimitero locale di Bereh.

Pani Olga ha trovato un nuovo lavoro, si è sistemata nel suo appartamento e continua a catalogare ricami e collezionare *rushnyk*. Gli amati motivi bianco su bianco di Reshetylivka di Nadia si sono guadagnati una nomination come patrimonio immateriale dell'UNESCO e ora lavora per trasformare questa nomination in uno status completo. È impiegata in un centro artistico dedicato alla conservazione del ricamo. Quando la pandemia del Covid-19 l'ha costretta a smettere di viaggiare per il mondo per promuovere le arti nello stile di Reshetylivka, ha portato il suo progetto online. Continua a insegnare e creare capi incantevoli. Ogni volta che osservo Nadia al lavoro, le sue dita così abili e aggraziate, mi sembra incredibile che nonostante il vortice della storia ucraina l'arte e la bellezza resistano. "Siamo sopravvissuti al comunismo," dice Nadia. "Speriamo di potere sopravvivere anche a questa guerra."

Nikodim rimane sempre giovane. Non ha tomba. Non ha volto. È l'uomo che è scomparso ma che è sfuggito all'oblio. A volte penso che l'odissea di Nikodim – la mia odissea – non sia finita e che ci sia ancora molto da scoprire. A volte passo davanti alla Casa del Gallo e mi fermo dall'altra parte della strada a guardare la sua magnifica facciata cremisi. Il posto mi mette ancora a disagio, ma non mi fa più paura. Potrei visitare altri archivi e cercare altre storie. Forse un giorno lo farò. Fino ad allora, resterò nel giardino dei ciliegi. Cammino tra gli alberi e strofino la loro ruvida corteccia. "Ma la tua eterna estate non svanirà," sussurro al giardino. Dopo tutti questi anni a Bereh, sono diventata la mia versione di un sussurratore di cetrioli. A volte mi viene persino in mente l'idea di stabilirmi qui e coltivare il mio frutteto.

*

L'ultima volta che ho visto Valentina è stato negli ultimi mesi del 2019. Abbiamo preparato il frutteto per l'inverno e pianificato la semina per la prossima primavera. Ma l'anno successivo la pandemia e un problema di salute mi hanno reso impossibile andare in Ucraina. Alla fine del 2021 Valentina si è ammalata di Covid. L'ultima volta che abbiamo parlato su Skype mia nonna respirava con difficoltà ma ignorava la sua malattia. "Posso muovermi e fare un po' di lavoro," ha detto. "Ho essiccato un vassoio di mele per te. Sai quante mele abbiamo avuto quest'anno?" Poi ha aggiunto: "Anche Sasha è malata, ma non riesce nemmeno ad alzarsi dal letto." L'indomani Valentina è stata portata in ospedale dove è morta nel sonno all'età di ottantasette anni. Sasha è sopravvissuta alla sua malattia e ha aiutato Dmytro con l'organizzazione del funerale. Lo zio Tolya si è preso cura personalmente della sepoltura. I voli per l'Ucraina sono stati cancellati per via di una nuova ondata di Covid, e io e mia madre abbiamo seguito il funerale via Skype. Mi ha fatto sentire come se l'intera faccenda fosse una rappresentazione teatrale, in qualche modo irreale.

Il 24 febbraio 2022 la Russia ha invaso l'Ucraina e ha iniziato una guerra che al momento in cui scrivo è ancora in corso. La guerra si è giocata sui social media in video che mostravano bombardamenti, edifici distrutti e corpi imbrattati di sangue. Ho perso la capacità di dormire e sono arrivata a un punto di rottura. Non potevo andare in Ucraina, ma il mio legame con quel paese era ormai così profondo che ogni giorno era pieno di immenso dolore al punto che non era più possibile farcela. A rendere il 2022 diverso dal 2014 è stato il fatto che ho potuto condividere la mia angoscia e la mia rabbia con molte altre persone, i miei amici e conoscenti a Bruxelles così come i lettori del mio blog in tutto il mondo. La guerra era così insensata e la distruzione così indiscriminata che non dovevo più spiegare a nessuno la catastrofe. Abbiamo tutti condiviso il dolore e la sofferenza dell'Ucraina mentre cercavamo modi per aiutare.

Ho aperto la mia consueta scorta di farina e riso e ho lavorato con la comunità ucraina locale a Bruxelles per distribuire cibo ai rifugiati appena arrivati. Erano perlopiù famiglie con bambini piccoli e anziani che erano sfuggiti all'occupazione dell'Ucraina orientale e stavano iniziando a rifarsi una vita in Belgio. Eppure ogni conversazione con loro riguardava la loro nostalgia per l'Ucraina e il desiderio di tornare a casa il prima possibile. Questo desiderio di una patria in pericolo faceva eco al mio ed era amplificato dalla mia lunga assenza dall'Ucraina. A volte mi chiedevo con amarezza se saremmo stati in questa situazione nel 2022 se il mondo si fosse preoccupato di più del mio paese nel 2014. Comunque sia, vivevo in Ucraina pur essendone fuori.

Dmytro è rimasto a Bereh. La perdita di Valentina ha fatto sentire a tutti noi che il congedo aveva un significato più profondo. È rimasto perché voleva continuare a curare il giardino di nostra nonna. Ripuliva il terreno, potava gli alberi e li imbiancava proprio mentre le sirene annunciavano un altro raid aereo. Poltava è stata in gran parte risparmiata dalla distruzione subita da altre regioni orientali e centrali, ma la situazione è rimasta tesa. Ma quello che ricevevo da mio cugino erano foto di nuovi alberelli e del frutteto in fiore. Nel periodo del raccolto, mi ha detto di avere riempito due secchi di ciliegie. "Li ho congelati così quando vieni possiamo fare i *varenyky*," ha detto. "Quando vinceremo questa guerra."

Ho immaginato di stendere la pasta sul tavolo di legno di quercia di Valentina e farcire gli gnocchi con la frutta zuccherata. Ho immaginato il profumo della farina e del succo di ciliegia e la sensazione del pesante mattarello tra le mani. La scena era così toccante che ho pianto, ma ho nascosto le lacrime a Dmytro e ho scherzato sul fatto che con due secchi di ciliegie avremmo fatto abbastanza *varenyky* da sfamare l'intera Poltava. "Una buona idea, no?" ha detto.

Ora capisco meglio perché Asya e Sergiy coltivavano il loro frutteto di ciliegi e come sono sopravvissuti alle numerose calamità del ventesimo secolo nelle terre di confine. Continuiamo a vivere e curiamo il nostro giardino un giorno alla volta, un albero alla volta. Il frutteto è ancora pieno della luce del sole e del canto degli uccelli, e la sua generosità è il rifiuto di sottomettersi alla disperazione e alla paura. Ogni germoglio e ogni ramo è un ricordo dell'irrefrenabile *memento vivere* che illumina di speranza i giorni più bui.

Bruxelles, agosto 2022

Ringraziamenti

Scrivere un libro è un viaggio e, nel mio caso, è stato un pellegrinaggio. Molte persone lo hanno reso possibile, e inizierò citando il più fortunato degli incontri con Pani Olga e i volontari della chiesa ortodossa ucraina di San Nicola. Quando sono diventata la loro archivista non ufficiale, il personale della chiesa mi ha accolta calorosamente e mi ha insegnato l'arte, la storia e la religione ucraine. Il mio pellegrinaggio non avrebbe intrapreso il suo affascinante percorso senza il loro aiuto.

Nadia Vakulenko e lo staff dell'Accademia di Belle Arti di Reshetylivka sono stati i miei insegnanti in materia di ricami e altri mestieri dell'artigianato ucraino. Ho preso lezioni da Nadia e ho imparato perché la tecnica del bianco su bianco meritava lo status di patrimonio immateriale dell'UNESCO.

Kateryna Ivanyvna e Volodymyr Mykolaevych Nakaznenko hanno tenuto aperte per me le porte della loro casa di Poltava e hanno condiviso le loro storie di famiglia mentre cercavo la mia. L'artista Natalia Satsyk a Leopoli mi ha aiutata a capire cosa ha reso la cultura ucraina così vibrante e mi ha dato l'ispirazione per fare ricerca sulla scena artistica. Gli artisti di icone della Kyivo-Pecherska Lavra, Natalya Gladovska e Mykhailo Haiovy, hanno ampliato ulteriormente la mia conoscenza delle arti ucraine e mi hanno iniziata al misterioso mondo della pittura di icone. Dal momento che la resilienza dell'arte e della cultura è un importante leitmotiv alla Casa del Gallo, le loro lezioni sono state preziose.

Anche se la Casa del Gallo, l'ex quartier generale del KGB, inizialmente mi terrorizzava, i suoi archivisti sono andati ben oltre il loro dovere nell'aiutarmi a rintracciare il fascicolo di Nikodim e ottenere qualsiasi altra informazione necessaria. Per motivi di privacy, i loro nomi sono stati cambiati, ma rimango grata per il loro aiuto.

Ringrazio i miei agenti Charlie Campbell e Sam Edenborough per avermi aiutata durante il viaggio di questo libro. Sono stati costantemente pazienti e solidali in ogni fase della trasformazione del manoscritto in libro. Un grande grazie al mio agente americano Beniamino Ambrosi. Ringrazio i miei editor della Virago Anna Kelly e Rose Tomaszewska, e il mio editor della Abrams Books Jamison Stoltz, per la loro guida e il loro aiuto. I talentuosi team della Virago e della Abrams Books meritano una menzione speciale per il loro duro lavoro su questo libro. La loro passione e dedizione hanno reso la nostra collaborazione entusiasmante.

Ringrazio anche Markku Aalto di Tammi, Dorotea Bromberg e Casia Bromberg di Brombergs Forlag, Ana Luísa Calmeiro di Porto, Raïssa Castro di BestSeller, María Fasce di Lumén, Iago Fernández di Grupo Enciclopedia, Camilla Rohde Søndergaard di Klim, Monika Rossiter di Mova/Kobiece, Friederike Schilbach di Aufbau, Elisabetta Sgarbi della Nave di Teseo, Jan Swensson e Marie Kleve di Aschehoug, Michel van der Waart di De Arbeiderspers, le redazioni di Faces, Könyvmolyképző, Moonhak Soochup, e gli altri miei editor internazionali e i loro team.

Non posso inoltre non menzionare le lunghe conversazioni con la mia amica Farran Smith Nehme sul dipinto *Paesaggio con la caduta di Icaro* che mi hanno ispirato a riconsiderare il modo in cui pensavo alla perdita e al lutto. Sono grata a Katherine Foshko Tsan per avere letto le prime bozze della storia e avere condiviso i suoi pareri.

Mio marito Paru merita una menzione speciale per avere letto ogni versione del manoscritto e per avere tollerato le mie lunghe assenze mentre viaggiavo per l'Ucraina. Questo libro non sarebbe stato possibile senza l'aiuto della mia famiglia che ha letto le diverse versioni del libro e mi ha aiutata a stabilire le date e verificare le storie. Li ringrazio per il loro sostegno e amore.

Il libro è stato scritto nel ricordo di mia nonna Valentina, scomparsa nell'autunno del 2021. È stata una persona formidabile che ha coltivato il suo giardino di ciliegi fino al suo ultimo giorno.

Indice